_____ 드림

홀로여도
좋지만
네가 있어
더 행복하다

홀로여도
좋지만
네가 있어
더 행복하다

초판 1쇄 발행 2013년 11월 11일
초판 2쇄 발행 2014년 9월 30일

지은이 무한(장윤성)

발행인 장상진
발행처 경향미디어
등록번호 제313-2002-477호
등록일자 2002년 1월 31일

주소 서울시 영등포구 양평동 2가 37-1번지 동아프라임밸리 507-508호
전화 1644-5613 | **팩스** 02) 304-5613

ⓒ 무한(장윤성)
ISBN 978-89-6518-082-1 13810

노멀로그 무한의
너와 나를 위한 연애 공부

홀로여도
좋지만
네가 있어
더 행복하다

무한 지음

경향미디어

연인이라는 간판을 걸고
시작했지만 경영에 실패해 문 닫는 연애

그대의 부모님이 '초보 부모'였던 시절을 떠올려 보자. 잘못을 해 팬티 바람이나 내복 바람으로 쫓겨나 본 일이라든가 겁에 질린 채로 궁지까지 몰려 혼났던 일, 또는 부모님이 말을 듣지 않는 그대를 혼내주려 그대만 놔두고 가 버리겠다고 해 공포를 느꼈던 일 등을 그대는 경험한 적 없는가?

그런 경험이 없다면 참 다행이지만, 안타깝게도 그 당시엔 지금처럼 육아나 훈육의 방법이 제대로 알려지지 않았기에 '초보 부모' 중 열에 아홉은 실수를 했을 것이다. 그리고 그 실수는 많은 시간이 지난 지금도 자식인 그대의 마음에 고스란히 흉터로 남아 있을 것이다. 요즘 부모와 과거 부모의 '자식 사랑하는 마음'에 차이가 있어서 그런 일이 벌어진 게 아니다. 몰라서 상처를 주고, 또 몰라서 상처를 받았던 것이다.

결혼할 때 좋은 부모나 좋은 배우자가 되길 꿈꾸지 않은 사람이 어디 있겠는가. 하지만 기대에 부풀어 '부부'라는 간판을 내걸며 시작했다가 부부생활의 경영에 실패해 결국 다시 남남으로 지내는 사람들을 어렵지 않게 볼 수 있다. 가정은 유지하고 있지만 부부가 서로를 '성격이상자'로 생각하며 지내거나 부모와 자식이 서로를 남보다 못한 존재로 생각하며 지내는 경우도 있다.

연애와 관련된 책 서문에 갑자기 가정과 훈육에 대한 이야기가 나오니 뜬금없다고 생각하는 독자가 있을 수도 있는데, 이 책에서 다루고자 하는 내용이 바로 저 '부모'가 되기 전 반드시 거쳐야 하는 시절에 대한 이야기다. 이제 막 연애를 시작한 '연인' 시절과, 그 이전 단계인 '싱글' 시절에 대한 이야기. 즉, '관계의 첫 단추를 어떻게 끼워야 하는가'에 관한 이야기라 할 수 있다.

　연애 역시 연인이라는 간판을 걸며 요란하게 시작해도 경영에 실패하면 남남이 되어버리는 수밖에 없다. 콩깍지의 도움을 받아 뜨겁게 달아오른 연애라 해도 그 기반에 존중이 없으면 모래 위에 지은 집처럼 무너질 것이고, 상처받지 않기 위해 마음에 보호필름을 붙여 둔 채라면 아무리 가까이 다가가도 신뢰는 생기지 않을 것이다. 맹목적으로 상대에게 헌신하면 추리닝 차림으로 슬리퍼 끌고 아무 때나 갈 수 있는 편의점 취급을 받을 수 있고, 사랑이라는 이름으로 상대의 인생을 대신 살아주려 하다간 본인은 그 중압감에 중상을 입고, 기대기만 해오던 상대는 버팀목이 쓰러질 때 함께 넘어져 치명상을 입을 수 있다.

　이런 이야기들을 여기에 다 적기엔 페이지가 좁은 까닭에 이어진 페이지들에서 생생한 사연들과 함께 풀어보고자 한다. 몇 달, 혹은 몇 년 '연인 코스프레'하다가 헤어져 남남으로 사는 연애할 생각이 아니라면, 그대와 상대 두 사람 모두를 위한 이 '연애 경영' 방법에 귀를 기울여 보길 바란다.

● 차례 ●

프롤로그 + 4

PART 1
가시가 있으면 안아줄 수 없다

01 연애하려면 벗어나야 할 콤플렉스 세 가지 + **12**

02 없으면 연애하기 힘든 연애의 필수요소들 + **16**

03 연애공백기로 굳은 마음, 다시 뛰게 하려면? + **20**

04 나이 많은 솔로들이 연애할 때 필요한 것들 + **24**

05 연애를 못하게 만드는 두 가지 나쁜 생각 + **28**

06 멀쩡한데 연애 못하는 여자, 연못녀의 특징 + **32**

07 싱글생활을 오래 한 남자들의 치명적인 문제들 + **36**

08 연애에 꼭 필요한 자존감, 어떻게 높일까? + **40**

09 연애에 소질 없는 여자를 위한 조언들 + **44**

10 여자가 연애를 하려면 꼭 지워야 하는 것들 + **48**

11 남자가 연애를 하려면 꼭 지워야 하는 것들 + **52**

12 따돌림의 기억이 연애에 미치는 영향은? + **56**

13 인기 없는 여자들이 겪게 되는 안타까운 일들 + **61**

PART 2
내 돌직구, 상대에겐 돌멩이일 수 있다

01 모태솔로가 범하기 쉬운 치명적 실수 세 가지 **+ 68**

02 그만두길 권하는 잘못된 짝사랑의 모습들 **+ 72**

03 호감 가는 상대와 친해질 수 있는 방법 **+ 76**

04 고백하기 전 다시 한번 살펴봐야 할 것들 **+ 80**

05 관심 있는 남자에게 절대 하지 말아야 할 세 가지 **+ 84**

06 소개팅에 나온 호감남을 사로잡는 기술 **+ 88**

07 무뚝뚝한 여자가 알아야 할 애교의 ABC **+ 92**

08 애인처럼 굴지만 사귀자곤 안 하는 남자 대처법 **+ 96**

09 편지로 고백할 때 쓰지 말아야 할 말들 **+ 100**

10 연애경험 없는 여자들을 위한 다가감의 방법 **+ 104**

11 찔러보는 남자와 호감 있는 남자, 어떻게 다를까? **+ 108**

12 소개팅 애프터에서 확 깨는 여자들, 문제는? **+ 112**

13 무덤덤한 남자에게 다가가는 세 가지 방법 **+ 116**

14 여자라면 꼭 알아둬야 할 궤변남 구별법 1부 **+ 120**

15 여자라면 꼭 알아둬야 할 궤변남 구별법 2부 **+ 124**

16 남자는 정말 자기 좋다는 여자를 싫어할까? **+ 128**

17 친구 사이를 연인으로 바꾸는 달콤한 방법 **+ 132**

PART 3
사랑은 말이 아니라 행동으로 증명된다

01 남자친구에게 대우받는 여자들의 공통점 **+ 138**

02 연락에 목숨 거는 여자가 매력 없는 이유 **+ 142**

03 앓게 되면 괴로운 연애의 병, 연애조급증 **+ 146**

04 무뚝뚝한 여자와 소심한 남자의 연애 **+ 151**

05 조금만 하면 질려버리는 연애, 바람기 때문? **+ 156**

06 헤어지지 않으려면 연애 초기에 약속해야 할 것들 **+ 160**

07 결혼하기 전 꼭 살펴봐야 할 세 가지 기준 **+ 165**

08 남자친구에게 상처를 입히는 고슴도치녀, 문제는? **+ 169**

09 여자가 오해하기 쉬운 남자친구의 이상 행동 **+ 173**

10 이별을 부르는 성격결함 세 가지 **+ 178**

11 최악의 데이트, 이것만 지키면 막을 수 있다 **+ 183**

12 연애할 때 꺼내면 이별의 원인이 될 수 있는 말들 **+ 188**

PART 4
이별은 자기 이름이 불리면 찾아온다

01 동굴로 들어가는 남자, 기다려야 할까? **+ 194**

02 남자가 이별을 생각하게 만드는 여자의 말 **+ 198**

03 여자가 이별을 생각하게 만드는 남자의 말 **+ 202**

04 이 커플, 정말 데이트 비용 때문에 헤어진 걸까? **+ 206**

05 엄마의 반대와 집착 때문에 이별위기에 놓인 여자 **+ 210**

06 이별하기 전 꼭 생각해 봐야 하는 세 가지 **+ 214**

07 결혼 전제로 사귀다 감당할 수 없다며 떠난 남자, 왜? **+ 219**

08 늘 짧은 연애만 반복하게 되는 여자, 왜 그럴까? **+ 223**

09 소개팅으로 만나 사귀다가 헤어진 골드미스, 문제는? **+ 228**

10 여자친구와 친해지지 못하고 이별하는 남자 **+ 232**

11 남자에게 쉬운 여자가 되는 결정적인 이유 **+ 236**

PART 5
흙탕물은 가만 두고 기다려야 맑아진다

01 남자와 헤어진 여자들이 하는 착각들 **+ 242**

02 착해 보이지만 착한 게 아닌 남자 유형 세 가지 **+ 246**

03 포기하길 권하고 싶은 연애의 모습들 **+ 251**

04 부모님 모시는 문제로 다투다 헤어진 커플 **+ 255**

05 구여친들도 말해주지 않았던 그의 문제점 **+ 260**

06 남자들은 왜 그녀에게 질려서 떠나갔을까? **+ 265**

07 헤어진 연인을 붙잡고 싶다면 알아야 할 것들 **+ 269**

PART 1
가시가 있으면
안아줄 수 없다

연애를 하려면 풀고 넘어야 할 문제가 있다.

지금까지 무엇이 당신의 연애를 방해해왔고

무엇이 다른 사람들을 보기 좋은 연애로 이끌었는지

알고 싶지만 알 수 없었던 당신의 궁금증을

속 시원하게 풀어줄 기본적인 마음가짐, 즉

'내 마음의 방'을 어떻게 편안하고 안락하게

만들어야 하는지 알아보자.

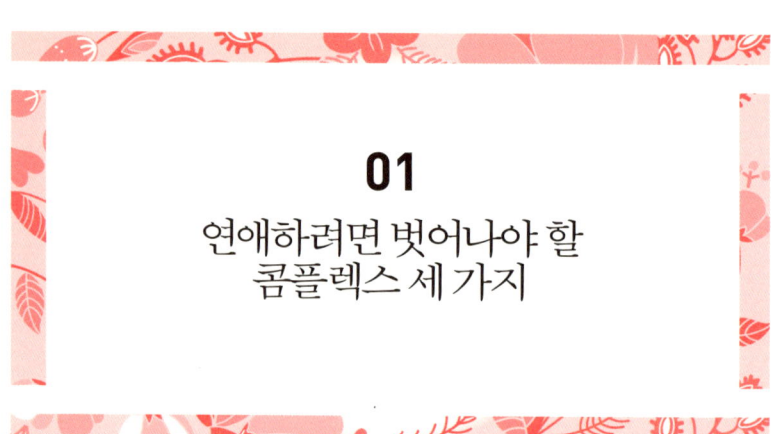

01
연애하려면 벗어나야 할
콤플렉스 세 가지

'마음 경영'과 관련된 이야기를 할 1장에서는 그대가 날것 그대로 가지고 있을 본능적인 연애습관의 수정과 누군가에게 상처받지 않기 위해 마음에 붙여 두었을 보호필름 제거에 총력을 기울일 것이다. 그 첫 시간, 솔로부대원들에게 가장 흔하게 발견되는 '연애에 해를 끼치는 콤플렉스'에 대해 살펴보자.

🌸 도브 콤플렉스

도브 콤플렉스는 수컷에게 지나치게 헌신적인 암컷 비둘기가 그 사랑에 힘겨워 일찍 죽는 것에서 비롯된 말이다. 이 콤플렉스를 가지고 있는 여성대원들은 썸을 타는 중에 쉽게 자존심을 버린다. 물론 연애에 있어 자존심만 내세우는 것은 쓸데없는 감정의 소모를 부추길 수 있다. 하지만 그렇다고 아예 자존심을 버리면,

둘은 '연인관계'가 아닌 '주종관계'가 되고 만다.

"그 사람과 가까워지려면 자존심 같은 건 버려야겠죠?"라고 묻는 여성대원들을 보자. 그녀들은 자존심을 버리고 사랑을 얻더라도 대부분 상대가 휘두르는 대로 휘둘리다가 결국 길을 잃는다. '나'와 '너'의 관계를 형성하지 못하고 '팬클럽회원'과 '스타'의 관계에만 머물기 때문이다.

썸이 연애로 이어진다고 해서 문제가 해결된 건 아니다. 오히려 연애를 시작한 후에 이 콤플렉스의 문제가 더욱 뚜렷하게 드러난다. 헌신하기만 하면 사랑받을 거라고 착각하기 때문이다. 한 여성대원은 연하남의 대학교 학비까지 대가며 연애하기도 했다. 그 대가로 그녀가 남자친구에게서 받은 건 "누난 엄마 같아."라는 마지막 말이었다. 그는 엄마로 느껴지는 그녀 대신 여자로 느껴지는 다른 사람을 찾아 떠났다.

헌신의 대가를 사랑으로 보답 받으려 하지 말자. 누군가에게 헌신하고 있는 사람은 자연히 그 대가를 기대하고 기다리게 된다. 그럴수록 상대는 부담스러워하거나 귀찮아할 것이고 말이다. 영화 〈부당거래〉의 명대사 "호의가 계속되면 그게 권리인 줄 알아요."라는 말처럼 상대가 그 헌신에 감사하긴커녕 점점 당연하게 생각하게 될 위험이 있다는 걸 기억해 두자.

✿ 사감 콤플렉스

연애 중엔 서로의 다름과 상황의 변화에 따른 꾸준한 조율이 필요하다. 그런데 이 사감 콤플렉스를 가지고 있는 대원들은 자신이 정해놓은 틀에 상대가 맞춰 움직이기를 기대하고, 나아가 강요한다. 그들은 자신이 가지고 있는 연애판타지가 깨지는 것을 견디지 못하기에 상대에게서 아주 작은 다른 점만 발견하게 되어도 어쩔 줄을 몰라 한다. 그리고 그렇게 혼란스러운 순간이 찾아왔을 땐 종종 극단적인 선택을 하기도 한다.

사감 콤플렉스는 썸을 탈 때에는 남성대원들에게, 연애 시작 후에는 여성대원들에게 주로 발견된다. 남성대원들의 경우, 두 사람이 아직 이렇다 할 사이가 된 것도 아닌데 혼자 완장 차고 상대에게 훈화 말씀 같은 걸 하려다가 아웃된다. 그중 여린 마음을 지닌 남성대원들은 실망을 바른 목소리로 서운함을 표시하다가 스팸으로 처리당하거나 소심한 복수 같은 걸 하다가 차단되기도 한다.

여성대원들은 '남친 개조작업'을 하다가 아웃당한다. 그녀들은 숨 막히는 자신의 원칙을 상대에게 강요하는데, 남자는 늘 감점만 당할 뿐인 연애가 짜증나서 이별통보를 하거나 주눅 들어 눈치만 보게 되는 연애가 싫어 도망친다.

❀ 착한여자 콤플렉스

심남이(관심 있는 남자)의 연애 상담을 해주고 있다는 여자, 상대의 무례한 멘트와 음담패설에 가까운 얘기들 때문에 괴롭다고 말하면서도 다 받아주고 있는 여자가 '착한여자 콤플렉스'를 가지고 있다고 보면 된다. 그냥 찝쩍대고 있을 뿐인 남자의 허튼소리를 받아주는 것에 자신의 청춘을 허비하고 있는 여자들이 꽤 많다. 그녀들은 그 자리에서 잘못된 점을 바로 지적하진 못하고 뒤에서 속만 태운다.

모든 사람과 좋은 관계를 맺으려는 마음, 그리고 모든 사람에게 사랑받으려는 마음을 내려놓자. 만 명에게 사랑을 받는 것보다 그대가 사랑하는 단 한 사람에게 사랑받는 편이 낫지 않은가. 착한여자 콤플렉스를 가지고 있던 선배대원들이 그 대가로 받은 건, '줏대 없는 여자', '우유부단한 여자', '쉬운 여자'라는 평가뿐임을 잊지 말라.

그렇다면 어디까지가 적정선인가를 궁금해 하는 독자가 있으리라 생각한다. 헌신하지 말라는 건 상대를 위해 아무것도 하지 말라는 얘긴지, 자신이 원하는 연애가 되도록 상대를 이끌지 말라는 건 그냥 있는 그대로만 늘 이해하라는 것인지 갈피가 잘 잡히지 않을 수 있다.

그 기준을 세우는 건 간단하다. '존중'만 떠올리면 된다. 상대를 위해 무언가를 하더라도 상대가 여전히 그대를 존중하고 있다면 괜찮고, 상대를 충분히 존중하면서 서로가 바라는 점을 조율해 가는 건 문제될 게 없다. '착한여자'와 관련된 부분은 좀 복잡한데, 이건 뒤에 이어질 관련 글에서 구체적인 사례와 함께 자세히 알아보도록 하자.

02
없으면 연애하기 힘든
연애의 필수요소들

식물이 건강하게 자라기 위해선 빛, 물, 흙이 잘 조화를 이루어야 하듯 건강한 연애를 위해서도 조화를 이루어야 할 필수요소들이 있다. 바로 친구, 취미, 직업이다. "사랑에 무슨 필수요소 같은 게 있나요, 사랑은 마음으로 하는 거 아닌가요?"라고 묻는 독자가 있을 수 있다. 그런 그에게 나 역시 허브열풍이 불었을 때 '레몬밤'을 키운 적이 있지만, 잘 키우고 싶은 마음에도 불구하고 물을 얼마나 줘야 하는지, 햇빛을 얼마나 받게 해줘야 하는지 몰라 누렇게 녹여버리고 말았다는 얘기를 해주고 싶다. 저 필수요소들이 연애에 어떤 작용을 하는지, 없으면 무슨 일이 생기는지 함께 살펴보자.

❀ 친구가 연애에 미치는 영향

내게 사연을 보내는 대원들 중에는 여자를 웃길 수 있는 개그를 좀 알려달라고 하거나 남자와 만났을 때 어색한 침묵이 흐르지 않게 대화하는 법을 알려달라는 대원들이 있다. 내 노하우를 알려주는 것은 어려운 일이 아니지만, 그들은 내 노하우를 듣더라도 그걸 기대했던 것만큼 훌륭하게 구사하진 못할 것이다. 그건 마치 도로연수 한 시간 받고 어느 도로에서든 막힘없이 운전하려는 것과 같다.

몇 가지 기술을 익혀 당장 이성에게 써먹을 생각만 하지 말자. 상대를 배려하는 태도와 자신을 표현하는 방식 같은 것은 습관화되어 있어야 실천이 가능하다. 예를 들어 식당에서 서로 다른 음식을 시켰을 때 음식을 먹기 전 조금 덜어 상대에게 권하는 모습은 습관화 되어 있지 않은 사람에겐 실천하기 어려운 일이다. 그런 권유를 한 번도 해보지 않은 사람은 누구와 밥을 먹든 자기 앞의 음식을 먹는 데에만 몰두할 뿐이다.

여러 친구들과 어울리며 모두와 좋은 관계를 맺으라는 얘기는 아니다. 단 한명의 친구라 하더라도 그와 밤을 새워 대화를 할 수 있을 정도의 깊은 관계를, 또 시간이 지나도 유지될 수 있을 정도의 우정을 형성했다면 성공이다. 그럴 수 있다는 건 그대와 연이 닿은 사람과도 깊은 관계를 오래 유지할 수 있다는 증거이다.

❀ 취미가 연애에 미치는 영향

취미는 그대의 열정을 불태울 수 있는 장작이다. 이렇게 열정을 불태울 창구가 있다는 것은 상당히 중요하다. 이러한 창구 없이 그저 코딱지 같은 무료한 일상만 반복했다면 연애를 시작했을 때 상대에게 목숨을 걸 위험이 있다. 그간 억압되었던 열정을 사랑이나 연애에 다 쏟아 붓는 것이다.

그대가 사랑이나 연애에 목숨을 걸거나 앞뒤 안 가리고 올인하는 것을 막아주는 점 외에도 취미는 또 다른 의미에서 중요하다. 취미를 가진 사람에게는 생동감이 느껴지기 때문이다. 얼마 전 한 TV 프로그램에 나온 가수가 이런 얘기를 했다. "수학여행을 가기 전에는 전 그냥 존재감 없는 아이였어요. 그런데 가서 장기자랑 시간에 노래를 부르고 나니, 돌아오는 버스 안에서부터는 다 제 얘기를 하더라고요." 이처럼 취미는 사람들로 하여금 그대의 또 다른 모습을 발견할 수 있게한다. 게다가 취미를 가지고 무언가를 익히는 과정에서 그대는 지식이나 노하우를 쌓을 수 있다. 그걸 누군가와 공유하거나 누군가에게 알려주며 당신의 매력을 보여줄 수도 있고 말이다. 취미를 상대보다 더 우선순위에 두는 게 아니라면 연애에서 취미는 분명, 꼭 필요하다.

🌸 직업이 연애에 미치는 영향

백수생활을 오래하면 사람이 쪼그라든다. 벌이가 없는 생활로 인해 잔고가 바닥을 보이면 위기감에 어쩔 줄 몰라 하거나 '돈' 때문에 망설이는 일이 많아지기 때문이다. 만 원을 들고 백화점에 갈 때와 십만 원을 들고 백화점에 갈 때의 차이를 생각해 보자. 만 원을 들고 백화점에 가면 매장 직원의 친절마저도 부담으로 느껴질 수 있다.

이제 막 연애를 시작했을 때엔 마냥 즐겁기에 잘 느끼지 못하지만 시간이 지나면 반드시 문제가 수면 위로 드러난다. 한쪽이 다른 쪽을 업고 가는 모습과 같기 때문에 결국 업은 사람은 지치게 된다. 그렇다고 업힌 사람이 마음 편한 건 아니다.

그는 자신의 열등감이 만든 날카로운 이야기들을 거침없이 하거나 상대에게 도움 받는 것에 길들여져 호의가 줄어들면 불평을 하는 이상한 모습을 보일 수 있다.

위의 취미 부분에서 이야기했던 집착의 문제도 일어날 수 있다. 사귀는 상대가 직장에 다니고 있는 경우 이쪽의 여유로운 시간과 달리 상대는 업무로 바쁠 수 있다. 그걸 모른 채 관심을 더 보여 달라며 징징댈 수 있고, 퇴근시간에 느끼는 그 후련하면서도 몽롱한 피곤함을 모르기에 "회사 끝났어? 오늘 나 만날 거지?"라며 들이대기만 할 수도 있다.

정리하자면, 연애를 시작하기 이전에 스스로의 생활을 돌볼 수 있을 만큼의 준비가 되어 있어야 한다. 연애는 도피처가 아니며 연인은 해결사가 아니다. 위에서 말한 필수요소들을 갖추도록 하자. 그렇지 않으면 운이 좋아 연애를 시작했다 하더라도 관계의 뿌리를 내리지 못하고, 처음의 환희는 내 허브 잎처럼 누렇게 녹아버릴 것이다.

03
연애공백기로 굳은 마음,
다시 뛰게 하려면?

연애의 공백이 길어지면 지치기 시작한다. 다시 누군가를 만나 처음부터 알아가는 게 엄두가 안 나기도 하고, 썸만 타다 끝나는 관계가 늘수록 자신감은 줄어든다. 주선자의 얼굴을 봐서 상대를 접대하듯 하는 소개팅이 많아지면 이성과의 만남 자체에 회의를 느낄 수도 있다. 소개팅 상대를 보면 '주선자가 날 어떻게 생각하고 있는지'를 알 수 있기 때문이다.

본인은 굶고 있으면서 입맛 없다고 불평하는 친구의 연애 상담을 해주고 있다 보면 대체 이게 뭐 하고 있는 짓인가 하는 생각마저 들 수 있다. 그렇게 실망과 회의로 점점 굳어가고 있는 그대의 마음을 다시 뛰게 하려면 무엇을 어떻게 해야 할까?

🌸 마음의 방 청소하기

난 강아지를 키우고 있기에 강아지들의 이상 행동을 교정하는 TV 프로그램을 빠짐없이 챙겨 본다. 지금까지 가장 인상적이었던 것은 한 회사원이 회사 앞마당에서 키우던 강아지 이야기였다. 그 강아지는 늘 회사원이 퇴근할 시간이면 그의 승용차를 따라 차도로 나섰다. 차도에 접어든 회사원은 강아지의 안전을 위해 다시 회사로 돌아오면서 몇 번이나 그 강아지를 달랬지만, 여전히 강아지는 회사원의 차를 따라 나섰고 다른 차들을 보면 맹렬하게 짖어댔다. 맛있는 간식을 주고는 강아지가 간식에 한눈을 파는 사이 살그머니 떠나기도 해 봤지만, 강아지는 맛있는 간식도 팽개치고 그 회사원의 차를 따라 나섰다.

애견 행동 교정 전문가가 그 모습을 보고 내린 처방은 '강아지 집 마련'이었다. 녀석은 그간 회사원이 깔아준 방석 위에서 지내고 있었는데, 그것 대신 지붕이 있어서 그 안에 들어가 스스로 '보호받고 있다'고 느낄 수 있는 집을 마련해 주었다. 그 후 강아지는 더 이상 자동차를 쫓아오지 않고 집에서 편안히 쉬었다.

솔로부대원들 중 이처럼 위험한 차도로 뛰어들려 하듯 연애를 향해 돌진하는 사연을 접할 때마다 이 이야기가 생각난다. 자기 마음의 방이 쉴 수 없을 정도로 폐허가 되었다면 늘 상대에게 기대야 하고 상대가 곁에 있어야만 안심할 수 있는 상황이 벌어질 것이다. 다른 방법 없이 늘 남의 차를 얻어 타야 할 때, 상대가 언제 "너, 내려."라고 할지 모른다는 두려움에서 벗어날 수 없을 만큼 불안할 것이다. 그러니 상대 마음의 방에 들어갈 생각을 하기 전에 자기 마음의 방을 먼저 청소하자.

🌸 피폐함을 경계하자

피폐함은 다양한 모습으로 찾아오는데, 가장 많이 볼 수 있는 것이 '자존심' 과 관련된 피폐함이다. 긴 솔로의 시간으로 인해 자존심은 풍화작용을 겪는다. 보통의 풍화작용은 닳고 깨지며 작아지는 것을 의미하지만, 자존심은 닳고 깨지며 작아지는 동시에 날카로워진다. 작아진 자존심을 들키지 않기 위해 방어적으로 변하며 상처받지 않기 위해 오히려 상대에게 먼저 상처를 주기도 한다.

뿐만 아니라 자존심이 떨어져 나간 자리를 이별이 남기고 간 '의심'이 차지하고 있는 경우도 있다. 그런 대원에게는 누군가 다가가는 것 자체가 어려운 일이 되어 버린다. 이성관계의 '사막화'가 이루어진 것이다. 안타깝게도 이성관계의 사막화가 이루어지기 시작하면 자기 관리에 대한 열정도 점점 수그러든다. 점점 편한 것만 찾게 되는 것이다.

그대는 '블링블링'해야 한다. 가끔 "제가 빛나지 않아도 진흙 속에 묻혀 있는 진주 발견하듯 절 찾아줄 수 있는 사람이 있었으면 좋겠어요."라고 얘기하는 대원들이 있다. 아무에게도 주소를 알려주지 않은 채 손님이 오기를 기다리는 건 바보 같은 짓 아닌가? 거울을 보며 헝클어진 머리를 고치듯 그대의 헝클어진 마음도 고쳐보자.

🌸 준비가 끝났으면 달리자

자꾸 다음으로 미루면 계속 미루게 되는 법이다. "그냥 누가 확 날 잡아 줬으면 좋겠어요. 새로운 누군가를 만날 힘이 없네요."라는 건 슬픔을 쟁여 놓고 있는 게으름뱅이의 변명일 뿐이다. 당신이 그냥 가만히 있을수록 당신의 창문에는 먼지

홀로여도 좋지만 네가 있어 더 행복하다

가 쌓이고, 그 시간이 길어지면 결국 아무도 당신을 볼 수 없게 된다.

　같은 솔로부대원이어도 무표정과 무감각으로 점철된 사람이 있는 반면 사랑할 준비가 되어 있다는 느낌을 풍기는 사람이 있다. 그대가 하루의 대부분을 어떤 표정으로 보내는지, 주변 사람들과 얼마나 대화를 하는지 곰곰이 생각해 보길 권한다. 무심한 얼굴로 수동적인 생활을 하고 있다면 사람들은 그대에게 아무 매력도 느끼지 못할 것이다.

　밥 먹을 힘이 있다면, 사랑하자. 그게 꼭 누구를 만나 연애하는 것이 아니라도 좋다. 그대의 주변 사람들을 사랑하고, 그대의 관심이 필요한 것들을 사랑하고, 그대 자신을 사랑하자. 사랑하고 싶지만 사랑할 수 없는 것에 대해 비통함을 가질 것이 아니라 사랑할 수 있는 것들을 먼저 사랑하자. 아무 사랑도 하지 않고 있는 사람은 아무도 사랑하고 싶지 않은 법이다.

04
나이 많은 솔로들이
연애할 때 필요한 것들

　　나이가 들수록 자신이 솔로부대원이라는 사실에 민감해지고, 누군가가 악의 없이 한 이야기도 예민하게 받아들일 수 있다. 지인이 소개팅을 주선하며 "상대가 직업에 대해 좀 더 디테일하게 알고 싶어 하던데, 말해줘도 돼?"라고 물었을 때 "제 직업에 왜 그렇게 관심이 많대요? 됐어요." 하며 까칠하게 반응할 수 있다는 얘기다.

　　저 '괜한 버럭질'의 시기마저 지난 솔로부대원들은 직업 알려주는 게 문제겠냐며 한없이 너그러운 태도를 보일 수도 있는데, 여기에서는 그 시기 이전의 대원들에 대해 다룰 예정이다. 김광석의 〈서른 즈음에〉도 꾸덕꾸덕하게 들릴 시기에 있는 대원들. 그들이 반짝반짝하던 시절을 지나며 잃은 것은 무엇인지, 또 그들에게 지금 필요한 것은 무엇인지 함께 살펴보자.

🌸 다음 페이지에 대한 집중력

나이가 들어 솔로부대에 복귀한 대원들은 대개 책 한 권 쓸 분량의 러브스토리를 가지고 있기 마련이다. 그것이 외사랑이든 아니면 하얗게 타올랐던 옛사랑이든, 가끔 떠올리면 가슴이 먹먹해지기도 하고 어디서부터 뭐가 잘못되었는지 궁금하기도 한 얘기 하나쯤은 가지고 있다.

시간이라는 체에 옛사랑을 거르면 미움이나 원망 같은 감정들은 다 아래로 빠져 나가고, 애틋함과 미련과 후회가 남는다. 그렇게 정제된 옛사랑의 추억이 떠오르기라도 하는 날에는 대부분의 솔로부대원이 항거불능 상태가 되어 버린다. 깨진 옛사랑의 조각 중 한 가지만 떠올라도 가슴이 먹먹하고 손발이 저려오는 것이다.

쉽지 않겠지만 그대는 유효기간이 지난 그 이야기들에서 이제 그만 벗어나야 한다. 그래야 다음 사람에게 집중할 수 있다. 정제된 옛사랑의 추억을 마음 한편에 둔 채 다음 사람을 만나는 것은 책을 읽다 말고 자꾸 다른 짓을 하는 것과 같다. 그렇게 책을 읽으면 뒷이야기는 영영 알 수 없는 법 아닌가. 과거 때문에 현재를 그냥 흘려보내지 말고, 다음 페이지에 집중해 보자.

🌸 흐른 세월에 대한 인식

결혼한 친구들이 아이를 낳고, 그 아이가 유치원이나 초등학교에 들어간다는 소식을 들을 때쯤 고위간부급 솔로부대원들은 신기한 현상을 경험하게 된다. 지인의 소개로 누군가를 만나는 자리에 '아저씨'나 '아줌마'처럼 보이는 사람들이 나오는 것이다. 특히 오랜 기간 외국에 살다 온 대원이거나 다른 사람들을 상대할 필요 없는 일에 종사하는 대원일 경우, 십중팔구 이와 같은 상황을 맞닥뜨리며 괴

리감을 느끼게 된다. 공부나 돈벌이, 또는 마음이 시키는 여러 가지 일을 하다 보니 주변 상황이 어떻게 돌아가는지 모른 채 시간을 보내버렸고, 이제야 그 세월에 대해 인생이 준 청구서를 받아들게 된 것이다.

세월이 흐르고 있다는 걸 덮어만 둘 게 아니라 직시해야 한다. 그대의 지금 마음이야 '스물 몇 살'에서 별로 멀리 온 것 같지 않겠지만, 세월은 분명 흘러 지나갔다. 이런 가슴 아픈 이야기를 꺼내는 까닭은 자신의 변화에는 둔감하고 타인의 변화에만 민감한 대원들이 많기 때문이다. 꼭 외모뿐만 아니라 생각이나 감수성과 같은 면에서 '스물 몇 살' 즈음의 모습만 보이는 대원들도 있다. 이제 더 이상 자신이 꼬꼬마가 아니라는 걸 받아들여야 한다. 꼬꼬마 시절처럼 연애를 하다가는 상대에게 '수준 미달'의 판정을 받을 수 있다.

🌸 결혼에 대한 조급증 버리기

내게 도착하는 사연 중 이 '결혼에 대한 조급증' 때문에 연애를 망쳐버린 사연이 꽤 많다. 상대의 신발 사이즈가 몇인지도 모르면서 결혼 계획만 묻다 아웃당한 사연, 결혼할 생각이 있긴 하냐고 상대에게 물어 부담을 증폭시키거나 이별 통보받은 사연, 다짜고짜 '결혼할 생각이 없으면 만나긴 좀 그렇다'는 얘기를 꺼냈다가 팽당한 사연 등.

나이가 있으니 어쩔 수 없다고 얘기하지만, 결혼을 최우선에 두는 그대가 상대에게 어떻게 보일지 생각도 좀 해보자. 호감을 넘어 확신까지 생겨야 결혼도 생각하는 거지, 혼기가 찬 시기의 연애니 무조건 결혼해야 하는 건 아니잖은가. 그대의 그런 행위는 서점에 "만 원짜리 책 뭐뭐 있어요?"라고 묻는 것처럼 보인다. 읽고

홀로여도 좋지만 네가 있어 더 행복하다

싶은 책 대신 살 수 있는 책만 알아보는 행위로 보인다는 말이다.

'결혼해야 한다'는 생각을 '책임감과 존중을 가진 사람과 결혼해야 한다'로만 바꿔도 그 조급증은 사라질 것이다. 나이 때문에 '이 사람이라도 잡아야 해'라며 절박해하는 태도에서 벗어나 남은 반평생을 정말 그 사람과 함께해도 좋을지를 살펴보라.

저 위에서 말한 '괜한 버럭질'에 대한 이야기를 좀 더 하자. 그 증상을 보이는 대원들은 '나 말고 다 속물'이라고 생각하고 있는 경우가 많다. 나이가 들고 사람을 많이 만나다 보면 자연스레 생길 수 있는 증상으로, 사람이나 사랑에 크게 데인 적이 있을 땐 그 증상이 더욱 격렬하게 나타난다.

그런 시각으로 사람을 보면 모두가 속물로 보인다. 그리고 그렇게 보기 시작하면 그 누구와도 가까워지기가 어렵다. 만약 신데렐라가 '저 궁전에 있는 놈들 다 똑같지'라고 생각했다면 이야기가 어떻게 바뀌었을까. 오늘부터는 누구를 만나든 '하나의 인간'으로 생각하며 만나보자. 인연의 끈을 놓는 건 좀 더 나중에, 끈이 느슨해졌을 때 놓아도 늦지 않다. 매듭이 맺어지기도 전에 선입견으로 밀어내는 일은 그만두고 우선 만나보자.

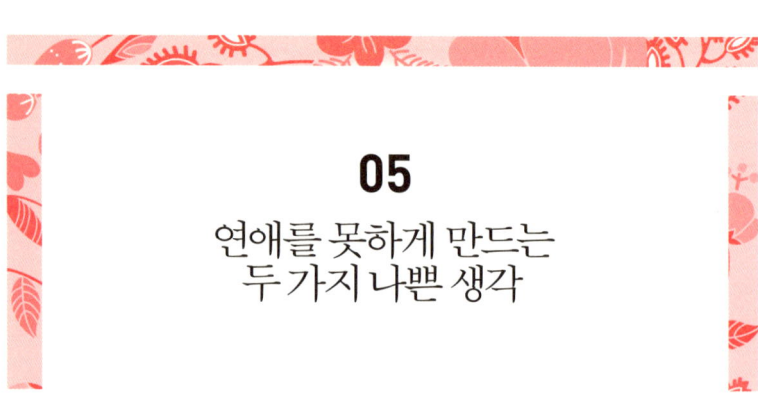

05
연애를 못하게 만드는
두 가지 나쁜 생각

그대나 나나 인생에서 나침반이 되는 것은 결국 각자가 가지고 있는 '생각'이며, 그 생각으로 행한 '선택'이 낳은 것이 바로 지금의 이 '상황'이다. 나쁜 생각은 나쁜 선택을 하게 만들고, 나쁜 선택은 나쁜 상황을 만든다. 그리고 나쁜 상황에 놓이면 결국 계속 나쁜 생각을 할 수밖에 없다. 이 절망뿐인 사이클에 빠지지 않도록 연애를 못하게 만드는 나쁜 생각에 대해 살펴보자.

🌸 상대는 정말 나에게 마음이 없을까?

자존감이 낮고 여린 마음을 지닌 사람들에게 이 문제가 자주 발견된다. 그들은 상대와 밥을 한 끼 먹기 전부터 '쟤는 나에게 마음이 없을 거야'라고 생각하며, 그 두려움을 상대에게 긍정적인 답변을 듣는 것으로 없애려고 한다.

"제 연락이 귀찮거나 싫으시면 그냥 말씀해 주세요. 괜찮아요."

저런 이야기를 한 후 상대에게 "아뇨. 그렇지 않아요."라는 말을 듣길 바라는 것이다. 운이 좋아 상대가 저 말에 긍정적인 답변을 했다고 치자. 그렇다고 해서 문제가 해결되는 건 아니다. 얼마간은 저 신호에 만족하며 적당한 거리를 유지하겠지만, 머지않아 상대가 기대에 못 미치는 모습을 보이면 또 저런 '확인 작업'을 하고 만다. 심한 경우 상대가 카톡 확인을 늦게 해 답문을 못 보낸 걸 가지고 어장 관리로 판정하기도 한다. 남들이 다 본인처럼 썸을 탈 때 올인하는 것도 아니고 폰만 들여다보는 것도 아닌데, 그들은 상대의 반응이 자신의 기대에 못 미치면 울퉁불퉁한 마음이 되어 날 선 말을 던진다.

"밀당인가요? 일부러 확인 안 하실 필요는 없는데….."

저 말을 듣고 유쾌해 할 사람이 있을까? 저렇게 진상의 모습을 보인 까닭에 진상 판정을 받은 건데, 그들은 상대의 진상 판정을 두고 '내가 생각했던 대로 상대에게 처음부터 마음이 없었기에 이렇게 된 거지'라고 생각해 버린다. 감수성이 예민한 솔로부대원일 경우, 이쯤에서 혼자 비련의 주인공 놀이하며 〈가질 수 없는 너〉 같은 노래를 부르기도 한다. 상상과 의미부여로 만들어 낸 '피해' 보상을 상대에게 요구하다 차단당하는 대원들도 있고 말이다.

썸의 과정을 서울에서 부산까지 차를 타고 가는 것이라 가정하면, 내 기대에 못 미치는 상대의 행동은 그저 천안쯤에서 잠시 막히는 것 정도의 일이다. 그렇게 생각하자. 막히면 막히는 대로 라디오라도 들으며 여유롭게 가자. 거기서 실망했다는 티를 내며 차를 돌려 버리면 부산엔 영영 가지 못하게 된다. 슬픈 예감이 틀리지 않네 어쩌네 하는 얘기는 그만하고, 애초에 슬픈 예감 같은 걸 갖지 말자.

❀ 당신이 늘 옳아야 한다고 생각하면 피곤해진다

세상 모든 일을 '승/패'로 나누어 생각하는 사람들이 있다. 그들은 누군가에게 지적을 받으면 못 견디고, 자신에게 싫은 소리 하는 것에 과잉반응을 보인다. 타인의 생각을 '다른' 것이라 생각하지 않고 그저 자신의 주장을 반복해 상대를 굴복시키려 하니, 본인은 물론 상대에게도 그는 피곤한 존재가 되어 버린다.

소개팅에 나가 토론을 하고 들어오거나 이제 막 친해지려는 상대에게 지적하려 드는 모습이 바로 이러한 속성 때문에 생겨난다. 그런 대원들의 사연을 받을 때마다 내 가슴은 무너진다. 타협이 불가능한 사람과 할 수 있는 유일한 일은 인연을 끊는 것 아닌가.

"열두 시가 넘었는데 집에 안 들어가서 걱정되어 전화한 것을 두고 부담스럽다네요? 관심이 있으면 당연히 그 사람이 걱정되는 거 아닙니까? 전 관심을 표현한 것뿐인데, 이제 전화도 받지 않으니 이 오해를 어떻게 풀어야 할지 모르겠습니다. 상대가 절 다시 만나지 않을 생각을 가지고 있는 거라 해도, 남의 연락을 이런 식으로 받지 않는 것은 잘못된 거라고 꼭 말해주고 싶습니다."

뭘 먹어야 저렇게 생각할 수 있는 건지 모르겠다. 저건 철저히 자신의 입장에서 자신의 감정에만 충실한 모습 아닌가. 늘 자신이 옳다고 생각하기 전에 상대의 입장을 살피고 상대를 존중하는 태도를 먼저 갖추자. 저 이야기를 했던 대원은

홀로여도 좋지만 네가 있어 더 행복하다

회식 중인 상대에게 30분에 한 번씩 전화를 걸었다. 제발 그러지 말자.

그대의 마음이 좁으면 그곳엔 아무도 들어와 쉴 수 없다. 넓고 볕이 잘 드는 포근한 마음을 가진 사람도 있는데, 뭐 하러 좁고 창문 하나 없는 갑갑한 그대의 마음에 머물겠는가. 그저 연애하고 싶다는 욕구에 기댄 채 상대에게 구애만 할 것이 아니라 상대가 보금자리로 삼고 싶을 만한 넓고 포근한 마음을 먼저 마련하자.

06
멀쩡한데 연애 못하는 여자,
연못녀의 특징

난 중고물품을 살 때 미적미적하다가 물건을 놓치는 경우가 꽤 많다. 사려고 했던 물건이 올라오면 조건을 따지다 놓치고, 좀 더 괜찮은 상태의 물건이 또 올라올지도 모른다는 생각에 망설이다 놓친다. 부끄럽지만 '쿨매물(시가보다 싸게 나온 물건)'에 현혹되어 사기를 당할 뻔한 적도 있다.

숨기고 싶은 이런 내 모습이, 멀쩡한데 연애 못하는 여자들(연못녀)에게서도 곧잘 발견된다. 때문에 그녀들도 다가온 썸남을 밀어내거나, 좋은 사람이 옆에 있음에도 불구하고 보지 못하거나, 나쁜 남자나 급한 남자들에게 휘둘리곤 한다. 이 시간엔 연못녀의 특징을 함께 살펴보자.

🌸 불공정한 거래 조건

연못녀의 사연에는 아래와 같은 문장들이 빈번히 등장한다.

ⓐ 처음 만나는 사람 앞에서는 낯을 가립니다.

ⓑ 활발하게 대화를 나누기보다는 조용히 듣는 편입니다.

ⓒ 관심사가 다르거나 성격이 다른 사람과는 어울리지 않습니다.

ⓓ 상대를 좀 알고 난 후에야 마음을 여는 스타일입니다.

위의 문장들을 '단점'으로 본다면, 아래와 같이 해석할 수 있다.

ⓐ 처음 만나는 사람 앞에서는 낯을 가립니다. (소극적)

ⓑ 활발하게 대화를 나누기보다는 조용히 듣는 편입니다. (수동적)

ⓒ 관심사가 다르거나 성격이 다른 사람과는 어울리지 않습니다. (폐쇄적)

ⓓ 상대를 좀 알고 난 후에야 마음을 여는 스타일입니다. (방어적)

소극적, 수동적, 폐쇄적, 방어적인 모습을 자신의 '성격'이라 소개하며, 그 성격을 모두 이해해 주길 바라는 건 이기적인 태도다. 저건 마치 물건을 100만 원에 올려놓은 판매자에게 "내 형편이 지금 어려우니 80만 원에 팔아 달라."라고 말하는 것과 같다. 말도 안 되는 거래 조건을 내세우니 거래가 취소되는 건 당연한데, 연못녀들은 그런 상황에서도 '이런 내 모습까지도 다 이해해 줄 사람'을 바랄 뿐 자신의 잘못은 돌아보지 않는다.

'상대가 봤을 때 상대에게 난 좋은 사람인가'에 대해 곰곰이 생각해 보라. 내 지인 중에도 연못녀가 몇 명 있는데, 그녀들 중 한 사람은 '남자와 대화하는 것에 익숙하지 않다'는 핑계를 대며 썸을 탈 때 상대의 질문에 단답만 한다. 상대가 보기엔 그게 어장관리 같기도 하고, 또 마음이 없어서 예의상 보내는 대답 같기에 관계에서 발을 뺀다. 일이 그렇게 되고 나면 그녀는 내게 "남자가 호감이 있는 게 분명했으면 이렇게 쉽게 포기하지 않았을 거야. 마음이 딱 그 정도였던 것 같아."라는 얘기를 한다. 그대는 이런 합리화의 달인이 되지 않길 바란다.

🌺 백마 탄 왕자님을 찾아서

연못녀들이 자주 사용하는 문장을 하나 더 보자.

"어떤 문제가 생기든 간에 언제나 그 사람 편에 서줄 수 있으며, 그 사람 역시 저를 그렇게 생각하는 그런 사람과 만나고 싶습니다. 그런 사람이라면 헤어질 일 없이 평생 서로 사랑하며 지낼 수 있을 것 같습니다. 그렇기 때문에 상대에 대해 확실하게 알고 싶습니다. 몇 년 만나다 헤어지고, 서로 완전히 믿지도 못하는 관계는 싫습니다."

거대한 환상이다. 단언컨대 그런 남자는 없다. 그런 '로봇'이라면 몰라도 그런 '사람'은 없다. 평생 서로 사랑하며 지낸다는 건 그렇게 만들어 가는 거지, 그렇게 지낼 수 있도록 만들어져 있는 사람을 구하는 게 아니다.

저 태도는 내가 카메라 렌즈를 구입할 때 보이는 태도와 비슷하다. 손떨림 방지 기능이 들어간 최근의 제품이고 사용감이 거의 없으며, 가격은 손떨림 방지 기능이 없는 구형제품의 중고가와 비슷할 것. 그리고 귀찮게 멀리 나갈 일 없이 직거래가 가능하도록 인근에 사는 판매자의 제품일 것. 이게 내가 6년째 망원 렌즈를 구입하지 못하고 있는 이유다.

연못녀들은 그런 남자만 나타난다면 자신의 모든 걸 올인할 수도 있다는 다짐을 하지만, 결국 '그런 척하는 남자'만 만나서 휘둘리는 경우가 많다. 내가 초저가에 나온 중고 렌즈에 들떠 사기를 당할 뻔한 것처럼 말이다. 내 사람으로 고정된 존재를 찾는 건 그만하고, 앞으로는 상대를 내 사람으로 만드는 것에 힘을 쏟아보자.

너무 복잡하게 생각하지 말자. 연애는 구두를 사는 일과 별반 큰 차이 없는 일이다. 매장에 가서 구두를 신어 봐야 '내 발에 잘 맞는지', '내가 가진 옷과 잘 어울리는 색상인지', '나중에 문제가 생기면 AS가 되는지'를 알 수 있는 것 아닌가. 자신이 원하는 구두를 살 수 있기를 혼자 바라기만 하면 아무것도 되지 않는다. 신어봤는데 발에 맞지 않으면 다른 구두를 사면 되는 거니, 염려는 그만하고 직접 나가서 찾아보자. 구두 사러 가기 좋은 날씨다.

07
싱글생활을 오래 한
남자들의 치명적인 문제들

내 지인 중엔 축구선수였던 사람이 있다. 그와 함께 운동을 할 때마다 느끼는 거지만, 선수생활을 했던 까닭인지 그는 일반인보다 넓은 시야와 여유를 가지고 있다. 그는 전후좌우에 있는 자신의 팀원을 살피고, 앞에 있는 상대팀 선수와 일대일로 붙는 게 좋을지 패스를 하는 것이 좋을지를 파악한다.

보통 사람들은 그와 같은 플레이를 꿈꾸기가 어렵다. 난 경기 중 공을 받으면 어쩔 줄 몰라 하거나, 혹 상대팀 선수에게 공을 빼앗길까 봐 다른 사람에게 얼른 패스해 버리곤 한다. 골대 근처에서 공을 받았을 경우엔 무리를 해가면서 슛을 하고 말이다. 그래서 지금은 아무도 내게 축구하자고 말하지 않는다.

신기하게도 내가 축구를 할 때 보이는 문제들은 싱글생활을 오래 한 남자들의 연애에서 똑같은 모습으로 나타난다. 어떤 문제들인지 함께 살펴보자.

❀ 공을 잡으면 슈팅할 생각만 하는 문제

상대와 통성명한 사이가 되었다는 건, 축구로 치자면 자기편 진영에서 공을 잡아 이제 막 상대팀 진영으로 출발한 것과 같다. 아직 하프라인도 넘지 않았다는 얘기다. 그런데 싱글생활을 오래 한 남자들은 이쯤에서 '친해진 여자가 생겼다'는 것에 들떠 폭풍 안부 카톡을 보내거나 빨리 가까워지기 위해 끊임없이 말을 거는 모습을 보인다.

물론 처음엔 상대가 답장을 잘 보내주기도 한다. 이제 막 알게 된 사이라 예의상 대답을 해주기도 하고 말이다. 그럼 이럴 땐 공을 좀 더 몰고 가야 확실한 찬스를 잡듯, 만남을 이어가며 가까워져야 한다. 하지만 안타깝게도 싱글생활을 오래 한 남자들은 온 힘을 모아 이쯤에서 슈팅을 날려 버린다. 고백하는 것이다.

하프라인에서 슛을 하니 당연히 슈팅성공률은 떨어질 수밖에 없다. 이건 뒤에서 또 이야기하겠지만 '주변의 아는 여자를 멸종시키는 행동'과도 직결된다. 약간의 가능성이 보이거나 친해지기만 하면 혼자 마음을 부풀리다 고백해 버리니, 주변엔 죄다 '내 고백을 거절한 여자'들만 남게 된다. 그렇게 외로운 시절을 보내다 '뉴페이스'가 나타나면 그녀에게 역시 폭풍 카톡을 보내다가 고백한다. 공을 잡았다고 무작정 슛을 하지 말고, 일단 하프라인이라도 좀 넘어 보길 권한다.

❀ 공 가는 곳으로 달려만 가는 문제

내 주변엔 자기가 A시에 사는 여자 절반을 울렸다고 말하는 지인이 하나 있는데, 그의 허풍은 우습지만 그가 한 얘기 하나는 기억해 둘 만하다.

"여자가 원하는 것을 다 들어줄 필요는 없어.여자들이 그런 남자를 바라는 듯 얘기하지만, 정작 좋아하진 않거든. 여자는 자기가 상상도 못한 것들을 보여주는 남자를 좋아하지."

상대에게 이상형이 뭔지, 뭘 좋아하는지, 어떻게 해주길 바라는지를 물어 그대로 하려고 하지 말자. 그건 한 박자 늦은 일일 뿐만 아니라 상대에게 자기 마음을 스포일러해 버리는 행위와 같다. 결말을 다 얘기해 버린 까닭에 긴장감도 사라지고, 점점 지겨움만 불러올 수 있다.

공 가는 곳으로 우르르 몰려가는 동네축구 하듯 다가가선 곤란하다. 자신의 포지션을 떠올리며 자리를 지키자. 필요하다면 공이 올 만한 위치를 찾아 공보다 먼저 달려가고 말이다. 상대가 보낸 카톡 하나에 일희일비하면 지는 거다. 공 따라다니다 지쳐 "잘 될 가능성이 있다면 더 해보겠지만, 그게 아니라면 포기하겠습니다."라는 얘기만 하지 말고, 이젠 그대가 한발 앞서 가능성을 만들어 보자.

🌸 공 뺏길까 두려워 자기 진영에만 있는 문제

이건 조급하게 들이대다가 퇴짜를 맞은 기억 때문에 자신감을 잃었거나 이성을 대하는 것에 익숙하지 않은 대원들이 주로 보이는 문제다. 그들은 상대 진영으로 넘어갔다가 공을 뺏길까 무서워 자기 진영에서만 볼을 돌리는 사람처럼 행동한다. '카톡으로만 연애하려는 남자'나 '상대에게 마음이 있는지 자꾸 확인하려는 남자'의 모습을 보이는 것이다.

경기를 하다 보면 넘어질 수 있고 공을 뺏길 수도 있으며, 우스꽝스러운 헛발질도 할 수 있는 법이다. 그들은 실패했을 경우 없던 일로 하기 쉽도록 장난을 가장한 말을 던지거나 그런 뜻이 아니었다고 변명하기 쉬운 말들을 한다. 상대는 이쪽을 진지하게 대하고 있는데, 이쪽에선 '아니면 말고'의 가면을 쓴 '떠보기'를 한다는 얘기다.

진실하지 못한 태도와 진정성이 없는 말들은 상대로 하여금 '레드카드'를 들게 만든다는 걸 잊지 말자. 두렵고 불안하기 때문에 한 발짝 물러서서 돌멩이만 던지는 이런 태도는 그대로 그대의 이미지가 된다. 그리고 그렇게 형성된 이미지는 나중에 울며 사과해도 바꾸기 어렵다.

단순히 공을 잡았다고 달려 나가지 말고, 전체를 먼저 파악하자. 코앞밖에 볼 줄 모르는 사람은 늘 조급하고 불안하기 마련이다. 그대에게 넓은 시야와 여유, 그리고 진정성이 있다면 싱글생활에서 벗어나는 건 시간문제일 테니 위의 저 모습들부터 바꿔보자.

08
연애에 꼭 필요한 자존감,
어떻게 높일까?

스스로 "난 원만한 대인관계를 유지하고 있고, 남에게 비굴하게 군 적이 한 번도 없어. 내 문제는 내가 결정하지만 다른 사람의 의견도 존중하고, 항상 긍정적이고 희망적이지. 정서적으로도 안정된 상태야."라고 말하는 사람이 몇이나 될까?

자존감을 '있다, 없다'로만 구분해 방금 말한 부분에 해당되지 않는 사람들은 자존감이 없다고 하면, 이 글을 읽는 거의 모든 사람들은 자신에게 자존감이 부족하다고 생각할 것이다. 엄친아나 엄친딸이 아니라면 '모난 성격'이라는 말과 다를 게 없으니 말이다.

이 글은 자존감의 레벨에 대한 이야기가 아니라, 위축된 자신 때문에 생활에 불편함을 겪고 있거나 연애를 시작하기 힘든 사람들에게 보내는 글 정도로 생각해 주었으면 한다. 출발해 보자.

✿ 위너와 루저로 분류하는 속물근성

뜬금없지만 사슴벌레를 아는가? 사슴벌레라는 곤충은 녀석들끼리 누가 제일 큰지, 누가 제일 센지, 누가 제일 높이 나는지, 혹은 누가 제일 아름다운 자태를 가졌는지 등에 대해 아무런 신경도 쓰지 않는다. 어느 동네에 있는 어떤 사슴벌레가 제일 크다고 소문을 내지도 않고, 두고두고 기억할 위대한 사슴벌레라며 역사를 만들지도 않는다. 태어나고, 먹고, 낳고, 살다 죽는다.

녀석들의 크기, 모양, 색깔 등에 신경을 쓰는 건 사람들뿐이다. 초대형 개체들을 비싼 값에 파는 시장이 있으니 길이를 재고, 번식의 유리함을 위해 뛰어난 모양을 지닌 녀석들을 찾는다. 아마 그대가 10cm가 넘는 왕사슴벌레를 발견했다면 억 단위의 돈을 벌 수 있을 것이다.(일본에서는 8cm 조금 넘는 왕사슴벌레가 1억 원에 팔린 적도 있다.)

사슴벌레와 바퀴벌레를 구별할 줄 몰랐던 사람이라 하더라도 관심을 갖기 시작하면 그 역시 녀석들의 크기, 모양, 색깔에 의미를 부여하기 시작할 것이다. 곤충 커뮤니티에 누군가가 초대형 개체 사진을 올리면 환호할 것이고, 흔하게 볼 수 있는 사슴벌레 사진을 올리면 냉랭한 반응을 보일 것이다.

위의 이야기에서 '사슴벌레'를 빼고 현재 그대가 관심을 두고 있는 것을 넣어보자. 카메라나 자전거, 토익이나 토플, 자격증 취득이나 취직, 여행, 다이어트나 웨이트 트레이닝 등. 내가 관조적인 태도로 삶을 바라보고 있을 땐 그대가 누구든, 뭘 할 줄 알든, 얼마나 유명하든 난 관심이 없다. 그대가 역사에 길이 남을 정도의 업적을 가진 사람이라고 해도 나는 "아, 그렇습니까?" 하고 말 뿐이다.

그런데 내가 그대와 같은 관심사를 가지고 있으며 그것에 큰 의미부여를 하

41

고 있다면 난 그대가 나보다 많이 가지고 있거나, 잘하거나, 뛰어난 업적을 가진 것들에 대해 질투하거나 예찬할 것이다. 그 반대의 경우라면 우쭐한 마음을 가질 수도 있고 말이다.

더 멀리 빙빙 돌아갈 것 없이 바로 말하자. 사람들과 어울려 살고 있다면 우리는 필연적으로 돈과 지위, 그리고 명예에 대해 '속물근성'이라 불리는 수직적 기준을 가지고 있을 것이다. 그게 우리가 자신을, 그리고 서로를 위너와 루저로 분류하는 기준이다. 사슴벌레는 스스로의 삶을 충실하게, 또 치열하게 살고 있는데, 우리는 서로의 옷과 차, 명함과 주소지를 보느라 정신이 없다. 그러다 자신이 루저로 분류되는 순간이 오면 절망감과 패배감에 젖어 구멍 난 양말을 신은 사람의 마음이 되고 만다.

🌸 자존감과 속물근성은 같은 방을 쓴다

자존감과 속물근성은 같은 방을 쓴다. 때문에 속물근성이 비대해지면 자존감이 머물 자리가 좁아진다. 친구 A가 5개 국어를 한다고 가정해 보자. 비대해진 속물근성을 가진 사람이라면 그 사실만으로도 쉽게 패배감에 사로잡힐 것이다. 사실 A가 5개 국어를 하든 6개 국어를 하든 A의 삶은 A의 삶이고 그대의 삶은 그대의 삶인데 말이다.

난 그런 기준들에 휘둘리지 않으려고 노력 중이지만, 타인이 자신의 잣대를 나에게 들이대면 내 마음속의 속물근성은 금방 고개를 든다. 예컨대 "너 아직 거기 못 가봤어?"라고 누군가 묻는 순간, 그걸 자연스레 패배로 연결시켜 받아들이며 위축되는 것이다.

이런 생각을 해본 적 없이 그저 사람들에게 널리 회자되는 것들에만 민감하게 반응하며 살아온 사람은 증세가 더욱 심각하다. 내게 사연을 보내는 사람들 중에는 멀리서도 맡을 수 있을 정도로 두려움의 냄새를 풍기는 사람이 있다. 사연으로만 접한 나도 맡을 수 있을 정도인데, 그의 구애를 받고 있는 상대는 어떻겠는가. 그가 패배한 느낌에 사로잡혀서 자기 자신조차 믿지 못한다는 것을 상대는 그 자리에서 눈치 채게 될 것이다.

연락이나 만남을 부탁하거나 사랑을 구걸하는 모습, 상대에게 '불합격' 판정을 받지 않을까 벌벌 떠는 모습을 지닌 사람들. 그들은 상대를 자신에게 '초대'하지는 못하고, 옆에 있어 달라고 징징거리거나 함께 놀아달라고 떼를 쓸 뿐이다. 그렇게만 해준다면 뭐든 다 하겠다는 태도를 보이면서 말이다.

말은 쉽게 했지만 자존감을 높이는 게 쉬운 일은 아니다. 아침에 일어나 뉴스만 봐도 돈, 지위, 명예에 대한 이야기들이 넘쳐나고, 출근길에만 나서도 누군가가 가진 것 또는 입은 것들을 보며 비교하게 되니 말이다.

세상이 들이대는 잣대에 겁먹어 숨지 말고, 타인이 내미는 기준에 위축되어 구멍 난 양말 신은 마음이 되지 말자. 그런 마음으로는 그 누구에게도 '포근한 순간'을 선물할 수 없다. 관조적 태도로 자신의 삶 전체를 파악할 줄 알며, 자신에 대해 흔들리지 않는 믿음을 지녀야 한다. 노력하다가 힘든 순간이 올 때엔 '사슴벌레'를 떠올리기 바란다. 누가 뭐라든 충실하게, 또 치열하게 자기 삶을 살아내고 있는 그 녀석을.

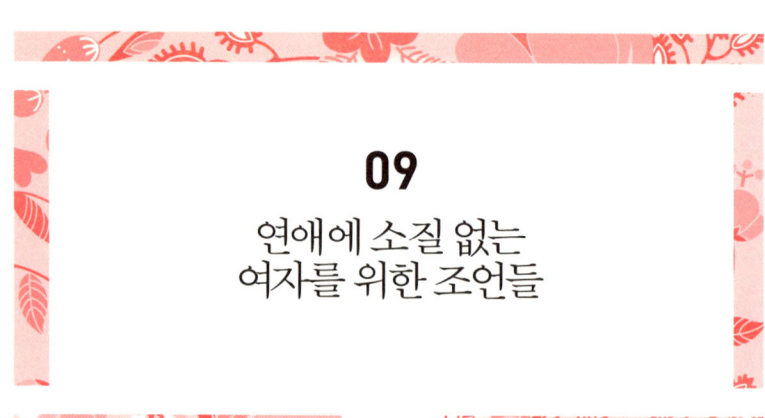

09
연애에 소질 없는
여자를 위한 조언들

스피커 선을 꽂지 않고는 스피커에서 소리가 안 난다고 말하는 사람들이 있고, 렌즈캡을 열지 않고서는 사진이 안 찍힌다고 말하는 사람들이 있다. 마찬가지로 일상에서 연애하기 힘든 태도를 보이고 있으면서 연애가 어렵다고만 말하는 사람들이 있다.

연애의 '첫 단추'를 끼우는 일이 늘 어렵다면, 아래의 이야기들을 읽으며 혹시 자신이 저런 모습들을 가지고 있는 건 아닌지 꼼꼼히 살펴보길 권한다. 주위에 직설적인 지인이 있어서 한 번 말해주면 참 좋을 텐데, 안타깝게도 괜히 저런 이야기를 해 의 상할 일을 만들고 싶지 않아 말해주지 않는 경우가 많다. 그래서 내가 대신 말해주기로 했다. 출발해 보자.

🌸 재미있어도 깊이가 없으면 푼수처럼 보인다

"웃자고 한 말에 친구들이 예민하게 반응할 때가 있어요."라고 말한다면 그녀는 이 문제를 가지고 있을 가능성이 높다. 이건 사실 여성대원들보다 남성대원들이 주로 보이는 문제인데, 분위기를 띄우려 무리수인 개그를 던지거나 방금 한 말의 반응이 시원치 않자 좀 더 수위를 높여 드립을 치는 모습 등이라 할 수 있다. 이런 모습을 지닌 여성대원은 썸남이 생겨도 연인으로 이어가지 못하고 그에게 '재미있는 여자'라거나 '개그콤비' 정도의 존재로만 남게 된다.

그녀들이 보낸 카톡 대화를 보면 문제점이 여실히 드러난다. 카톡 대화에서 그녀들은 기분이 들뜬 까닭에 아무 말이나 막 하다가 말실수를 하거나, 떠오르는 웃길 거리들을 필터링 없이 쏟아내다가 '웃긴 여자'라는 판정을 받는다. 남자가 한 마디를 하면 혼자 세 마디를 한다든가 대화창을 'ㅋㅋㅋ'로 도배하기도 한다.

재미있어도 깊이가 없으면 상대에게 푼수처럼 보일 수 있다. 약간의 긴장감은 둘이 썸을 탈 때든 연애할 때든 계속 유지되어야 한다. 편해졌다고 해서 눈치 없이 행동하지 말고, 여운을 남기려면 언제 자제해야 하는지를 잊지 말고 생각하자.

🌸 심증만 가지고 매달리면 비참해질 수 있다

공주병이나 도끼병을 오래 앓아 온 여성대원들에게서 이 모습을 어렵지 않게 발견할 수 있다. 사연을 가지고 살펴보자. 이 증상이 심한 한 여성대원이 있었다. 그녀는 상품에 가입하기 위해 은행에 갔고, 거기서 자신에게 관심을 보이는 은행직원을 만나게 되었다. 물론 여기서 말하는 '관심을 보이는 은행직원'이라는 건 그녀의 생각이다. 은행에 가서 상품에 가입하겠다고 하면 어느 은행의 직원이든 웃으며 대해주는 법인데, 그녀는 그게 자신에게 호감이 있기 때문에 그러는 거라고 착각한 것이다.

보통 사람에겐 이상하게 보일 이야기가 그 이후에 이어진다. 그녀는 그 직원의 명함을 가져왔는데, 돌아와서는 자신이 남자친구가 없다는 걸 알리려 그에게 소개팅을 부탁했다. 그녀의 그런 들이댐을 받아준 은행직원도 사실 이해하기가 어려운데, 여하튼 직원은 그녀가 들이댈 때마다 답변을 해주었다. 때문에 그녀의 착각은 더욱 힘을 얻어 그녀는 선물이나 간식을 사 은행에 방문하기도 했다. 그가 권하는 상품들에 가입한 건 말할 것도 없고 말이다.(직원은 자신의 실적을 채우기 위해 그녀를 이용한 것으로 보인다.)

'연락하는 사이'에서 더 가까워지지 않자 그녀는 다양한 방법으로 그를 자극했다. 다가오는 남자가 있다는 얘기를 꺼내 질투심을 유발하려 했고, (이미 들켰지만) 반했다는 걸 들키지 않고자 밥 한 번 먹자는 얘기를 지나가는 말처럼 했다. 물론 그런 행동들은 상대에게 아무 영향도 끼치지 못했다. 상대는 업무시간에 사적인 얘기는 하지 말아달라고 대답했고, 밥 먹자는 말에는 고객과 밥 안 먹는다고 대답했을 뿐이다. 그런 그에게, 그녀는 "밥 먹자는 얘기 더 하지 않을 테니까 밥 먹고 싶을 때 먼저 말해주세요."라고 말했다.

서비스직 남자의 친절을 관심으로 착각하는 대원들이 수두룩하다. 물론 그녀들은 모두 "제 얘긴 좀 다르거든요. 분명 마음이 있다고 생각할 만한 증거가 있어요."라고 말하지만 그중 99.82%는 심증일 뿐이다. 상대가 젠틀한 남자라면 그 심증이 옳지 않다고 확실하게 밝히겠지만, 그게 아니라면 반했다는 마음을 이용해 자신의 욕심만 채울 수 있음을 잊지 말자. 승부는 확실한 물증이 있을 때 걸자.

🌸 같이 밥 먹는 것도 불편하면서 무슨 연애?

연애가 무슨 로또 당첨되는 것처럼 간절히 바라기만 하면 시작되는 건 줄 아는 대원들이 있다. 상대와 아직 전화 통화를 할 만큼 가까워진 사이는 아니고, 같이 밥 먹는 것 역시 어색하고 불편하다고 말하는 대원들이다. 상황이 그렇다면 일단 더 친해져야 하는 법인데, 당황스럽게도 그녀들은 어서 상대가 고백을 해 연애가 시작되기만 기다리고 있다.

상대와 함께 밥 먹는 게 어색하거나 불편하지 않은 사이가 되는 게 먼저다. 수동적인 자세로 기다리기만 하다가는 연애로 이어지기가 어려울뿐더러 운이 좋아 연애를 시작하더라도 며칠 사귀다가 흐지부지될 위험이 있다. 둘 사이의 결속력이 '그냥 친구로 지내는 사이'보다도 약하기 때문이다. 사귀기로 한 걸 하루 만에 번복당했다거나, 며칠 사귀다가 헤어지잔 말도 없이 녹아 없어지듯 헤어졌다는 대원들이 이 부류에 속한다. 연인이 되어서도 관계가 낯설고 불편하니 자연스레 헤어지는 것이다. 연애만 시작하면 세상에 둘도 없는 사이가 될 거라 생각하지 말고, 연애를 시작하기 전에 먼저 그런 사이로 만들어 두길 권한다.

위와 같은 모습들을 가지고 있기에 연애가 어려운 것임에도 불구하고, 주변에선 그저 이쪽 편을 들어 상대를 나쁜 사람이라 말하고, 상대는 말없이 잠수를 타는 것으로 인연을 끊는 일이 많기에 '진짜 문제'를 모르고 있는 경우가 많다. 그대에게서 저 모습들이 발견된다면 이 글을 거울삼아 얼른 고치길 바란다.

47

10
여자가 연애를 하려면
꼭 지워야 하는 것들

촌스럽게 들릴 수도 있겠지만 아파트로 이사 온 뒤로 새로운 세상에 사는 것 같다. 이전에 살던 집들은 수압이 약하거나, 온수를 쓰려고 하면 보일러를 켠 뒤 오래 기다려야 하거나, 주방에서 물을 쓰면 화장실에서 샤워를 하던 사람은 화상을 입을 위험이 있는 문제점들이 있었다. 집 자체는 아늑하고 좋았지만 내부 시설이 엉망이라 살기가 불편했다.

내게 사연을 보내는 여성대원들 중에도 겉보기엔 멀쩡하지만 내부가 엉망인 대원들이 있다. 때문에 가까워지려고 다가왔던 이성들도 엉망인 내부를 확인하고는 떠나 버린다. 그녀들에게 리모델링이 필요한 시점이다. 무엇을 어떻게 고쳐야 할지 함께 살펴보자.

❀ 부서진 나날들

심장이 없으면 죽는데도 불구하고 자꾸 심장이 없다고 노래를 부르는 대원들이 있다. 좌심방 우심실 뭐 하나 빠짐없이 다 있고, 맥박도 정상인데 왜 그러는 걸까?

그대가 옛사랑의 기억에 함몰되어 있으면 누군가가 다가왔다가도 그 잔해들 때문에 그대를 발견하지 못할 가능성이 높다. 괜찮으면 안 될 것 같고 괜찮지도 않은 그 마음을 몰라서 하는 얘기가 아니다. 다 아는데, 거기서 계속 그러고 있어봐야 달라지는 것도 찾아오는 사람도 없다.

청춘이 한 50년쯤 지속되는 거라면 그대가 몇 년 정도 문 걸어 잠근 채 혼자 있어도 별 문제 없겠지만, 안타깝게도 청춘은 짧다. 이십 대 중반에 연애를 하다 넘어져 잠깐 운 것 같은데 정신을 차려보니 삼십 대 초반이 되었다는 대원들이 하나 둘이 아니다.

단언컨대 상대가 누구든 그대가 슬픔에 지칠 때까지 방치해 두는 사람이라면 슬퍼할 가치도 없다. 그런 사람을 위해 청춘을 그냥 다 흘려보내고 있다는 게 안타깝다. 상대는 그대를 유기한 거다. 햇빛도 들어오지 않는 그 지하 셋방 같은 슬픔 속에서 혹시나 상대가 다시 돌아오진 않을까 지나가는 사람들 신발만 쳐다보는 일은 이제 그만 하자.

❀ 상대에 대한 민감증

의심하기 시작하면 모든 게 다 의심스러운 법이다. 사연을 가지고 살펴보자. 소개팅을 마치고 돌아와 이런 이야기를 한 여성대원이 있었다.

"대화하는 내내 회사 얘기를 하는 게 짜증났어요. 대기업 다닌다고 자랑하고 싶었는지, 자기네 회사는 어쩌고저쩌고."

그녀가 기억을 토대로 작성해서 보낸 스크립트를 보니, 남자가 회사 얘기를 꺼낸 건 그녀가 그 부분에서 가장 큰 리액션을 했기 때문이었다. 그녀는 사연에서 상대가 회사 얘기를 꺼내 짜증났다고 말했지만, 실제로 소개팅 자리에선 그 회사에 대해 궁금한 듯 복리후생이나 시스템 등에 대해 질문했다. 그러다 보니 상대는 그녀의 관심사를 찾았다는 듯 계속해서 회사 얘기를 했고 말이다.

반대의 사연도 있었다. 외국 유학까지 마친 고학력 고소득의 여성대원이었는데, 그녀는 "남자들이 다 제 조건만 보고 다가오는 것 같아요."라고 이야기했다. 다시 말하지만 그렇게 보면 전부 다 그렇게 보인다. 최소한 계절 하나는 함께 보내 보고 그 사람에 대한 윤곽을 잡자. 상대의 말 한마디나 태도 하나를 가지고 모든 걸 평가해 버리면 곤란하다. 그대가 완벽한 사람이 아니듯 상대 역시 그대에게 잘 보이고 싶은 까닭에 허풍을 좀 떨 수 있고, 표현하는 방법이 서툴러 실수를 할 수 있으니 말이다. 현재 레드카드만 잔뜩 들어있는 그대의 지갑에 옐로카드 두 장 정도는 넣어두길 권한다.

🌸 이상형

스무 살이 넘었으면 이상형 같은 건 어디 넣어두자. 이상형이라는 건 그대가 고등학생 때 꿈꾸던 대학생활과 같다고 생각하면 된다. 현실에는 이상현(29세, 회사원) 같은 사람만 있을 뿐이다.

썸남이 자신의 이상형이라며 쫓아가서는 희망고문당하는 여성대원들이 꽤 많다. 그녀들이 사연에서 이상형이라며 소개하는 사람은 외국인 남자, 어플로 만난 남자, 클럽에서 만난 남자, 여행 가서 만난 남자, 서비스직에 종사하는 남자 등인 경우가 많다. 그런 남자들은 환상을 덧씌우기 아주 좋은 조건을 가지고 있기 때문이다.

판단은 만나보고 나서 하자. 대인관계 좋은 남자는 연애해도 사람들 챙기느라 바쁠 수 있고, 따뜻하고 다정한 남자는 연인이 된 후 다른 여자에게도 그럴 수 있다. 호기 있게 돈을 쓰는 남자는 그냥 낭비벽에 시달리는 사람일 수 있고, 리더십과 추진력을 가진 남자는 자기 멋대로 행동하거나 "내 말만 옳아."라고 말하는 고집불통일 수 있다. 그러니 미리 틀을 짠 뒤 상대를 거기에 맞추려 하지 말고 만나본 뒤 판단하자.

여기에 하나 더 추가해, '방심하고 있는 표정'을 지우길 권해주고 싶다. 평소에 하도 웃지 않아서 웃는 게 어색한 사람들이 있다. 빵 터질 때에나 괴물 같은 표정을 한 채 코 먹는 소리를 내선 곤란하다. 영혼 없는 표정은 오늘부로 영원히 지워버리고, 누군가 말을 걸어오면 미소로 맞이해 주자. 미소 짓는 여자는 언제나 아름답다.

11
남자가 연애를 하려면
꼭 지워야 하는 것들

남성대원들은 대부분 이야기를 차분히 듣기보다, "그래서 결론이 뭡니까?" 라는 것부터 묻기 때문에 서론은 생략한다.

 **예민함**

그대가 유리같이 깨지기 쉽고 예민한 사람이라는 건 잘 알겠다. 그런데 바람만 불어도 깨져 버릴 정도로 예민하다면 누군가와 깊은 관계를 맺기가 어렵다. 친해진다는 건 서로가 서로의 마음의 방에 들어와 머무는 것과 같은데, 상대가 가구를 조금만 옮겨도 무너져 버리는 마음의 방이라면 누가 들어와 머물 수 있겠는가.

이제 막 연락을 주고받는 사이가 된 상대의 표정이 어둡다고 해서

'내가 어제 문자에 실수가 될 만한 말을 썼나?'

'무슨 일이 있었던 걸까? 표정이 어두운데….'

'나에게 별로 관심이 없다는 걸 표현한 걸까?'

이렇게 걱정하기 시작하면 이후엔 청승 떨 일밖에 남지 않는다. 사람이 365일 24시간 웃기만 하면서 살 수는 없지 않은가. 그녀의 표정이 잠시 어둡다고 해서 지구 종말 소식을 들은 사람처럼 그녀에게 "왜요? 말해 봐요. 무슨 일인데요?" 하며 조급증을 드러내면 돌아오는 건 그녀의 '부담스럽다'는 말일 가능성이 높다.

예민함과 감수성은 정비례하는 까닭에, 예민한 남자들은 이렇게 자신이 관계를 엎어 놓고도 '토이남'이 되어 이상한 포지션을 유지하는 경우가 많다. 아직 제대로 된 데이트도 한 번 안 해본 시점에서 "그토록 내게 절실한 사람 너였어….(토이, 〈바램〉 중에서)"라며 피해자 코스프레를 시작하는 것이다.

부담주지 않고 옆에서 지켜만 보겠다면서 술 마시고 전화하고는 제정신으로 돌아오면 사과하는 일을 반복하는 대원들도 있는데, 이건 '호감' 편에서 자세히 살펴보기로 하자. 여기다간 '감정의 롤러코스터를 타는 남자는 여자에게 불안과 부담을 줄 수 있다'는 얘기만 적어두도록 하겠다.

🌸 야생의 모습

자신의 입에서 혹시 양말 냄새가 나는 건 아닌지 점검해 보자. 코털이 키보드 청소를 할 수 있을 정도로 자란 건 아닌지도 살펴보고, 손톱이 위생적으로 정돈되어 있는지도 한 번 확인해 보자.

그런 게 보이지 않을 정도로 상대에게 콩깍지가 씌었다면 모르겠지만, 그게 아니라면 저 야생 그대로의 모습은 상대에게 거부감이 들게 만들 수 있다. 이런 모습이 자연스러운 거라고 생각하는 대원들이 몇 있는데, 그들에겐 "그건, 썸녀의 다리털이 스타킹 사이로 삐져나온 걸 봤을 때의 느낌과 같습니다."라는 얘기를 해주고 싶다. 실제로 같이 밥을 먹은 후 카드 영수증으로 이를 쑤시는 남자를 보고 트라우마가 생겼다는 여성대원이 있고, 웃을 때마다 고개를 내미는 코털 때문에 온몸에 벌레가 기어 다니는 듯한 느낌을 받았다는 여성대원도 있다.

아직 사귀기 전이고 몇 번 만나본 게 전부인 경우, 야생 그대로의 모습은 상대로 하여금 있던 마음도 식게 만드는 무서운 힘을 가지고 있다. 이거 누가 직설적으로 말해주지 않으면 모르는 부분이라 꼭 말하고 싶었다.

✿ 무용담과 사랑 이야기

여자들이 남자의 무용담을 들으며 '대단하다'고 생각하는 경우는 결코 없다. 특히 군대 얘기는 더 그렇다. 간혹 밀리터리 덕후 증상을 보이는 여성대원들이 군대 얘기에 열광하긴 하지만, 그 수는 전국에 있는 지하철역 수와 비슷한 정도라고 보면 된다. 대부분의 무용담을 들으며 여자들은 '이 사람 아직 철이 안 들었네.' 하는 생각을 할 뿐이다.

사랑 이야기 역시 마찬가지다. 아직 꼬꼬마인 대원들은 자신의 옛사랑 이야기가 상대방의 모성애를 자극하거나 자신을 낭만적이고 순수한 남자로 보이게 할 거라고 생각하는데, 그렇지 않다. 그 얘기를 듣고 있는 여자의 머릿속에는 다음과 같은 생각이 자리 잡고 있을 가능성이 높다.

'이 얘기를 왜 나한테 하는 거지?'

'지금 나한테 연애 상담하는 건가?'

'그래서 아직도 못 잊었다는 얘기를 하고 싶은 건가?'

'감성팔이 그만하시지….'

혼자만 이걸 모른 채 아직도 "담배는 그녀와 헤어지고 난 뒤부터…." 따위의 얘기를 하고 있는 대원들은 어서 정신줄을 꽉 부여잡길 바란다.

어설프게 인연의 끈을 잡고 망설이거나 툭툭 당기며 상대의 반응을 관찰하지 말고, 당겨야 할 땐 온 힘을 다해 당기자. 비겁하게 숨지 말고 상황이 예상과 다르다고 해서 도망가지 말자. 남자라면 어느 정도의 박력은 가지고 있어야 하는 것 아닌가. 무용담 늘어놓는 대신 행동으로 용감함을 보여주고, 그 전에 깎아야 할 것들은 미리 깎아두도록 하자.

12
따돌림의 기억이
연애에 미치는 영향은?

따돌림의 기억에 너무 함몰되어 있을 필요는 없다. 따돌림은 사람이 셋 이상 모인 곳에서는 언제든 벌어질 수 있다. 특히 배신, 시샘, 파벌이 있는 곳에선 어김없이 따돌림이 존재한다.

그대가 조금 연약한 부분을 가지고 있어도 따돌림당할 수 있고, 성향이 전혀 다른 사람들이 많이 모여 있는 곳에 가도 따돌림당할 수 있으며, 기회주의자인 친구를 옆에 둬도 따돌림당할 수 있다. 사회에서도 마찬가지다. 직장에서 정치를 하려는 선배나 동료를 하나 만나면 따돌림을 당하는 건 시간문제다. 그 파벌에 완전히 스며들어 하수인 역할을 한다면 따돌림은 벗어날 수 있겠지만, 그게 아니라면 조만간 그대를 제외한 술자리가 있다는 소식을 듣게 될 가능성이 높다.

🌺 뿌리에 입은 상처

따돌림당한 기억은 평생 지워지지 않는다. 그건 뿌리에 입은 상처고, 어떤 형태로든 계속 삶에 영향을 미친다. 평온하고 기쁨이 가득한 나날을 보낼 때에는 그 상처가 다 치유된 듯 여겨지겠지만, 배신의 냄새가 잠깐이라도 풍겨오거나 누군가가 눈앞에서 등을 돌리는 날엔 그 끔찍한 느낌이 머리카락 한 올까지 전부 지배할 것이다.

따돌림의 기억을 툭툭 털어내라고 말하는 사람들이 있는데, 그렇게 쉽게 털어낼 수 있는 것 같았으면 왜 많은 사람들이 그 기억으로 인해 여전히 고통받고 있겠는가. 그런 미지근한 위로 같은 건 접어두고, 여기에선 '따돌림의 기억'이 연애에 미치는 영향에 대해 살펴보자. 덮어만 두었던 이야기들을 피하지 않고 똑바로 마주하는 것만으로도 그대의 마음은 한 뼘 이상 넓어질 수 있을 것이다.

🌺 내가 거부하거나 잘해주지 않으면 떠날 것 같아

상대가 조금만 토라진 듯한 분위기를 풍기면 질겁해서는 상대가 원하는 모든 것을 들어주며 관계를 유지하려는 경우다. 호감 때문에 헌신하는 게 아니라 상대와 멀어질까 무서워 헌신하고, 사랑하기 때문에 이해하는 게 아니라 헤어질까 두려워 이해한다.

인연의 끈을 놓칠지도 모른다는 생각 때문에 붙잡고 있지 말고, 현재 상대로부터 자신이 존중받고 있는지를 먼저 살펴보길 권하고 싶다. 이쪽을 존중하지 않는 상대를 붙잡고 있다가는 상대의 장난감이 되어 상대가 휘두르는 대로 휘둘릴 수 있다.

❀ 내가 잘해주면 떠나갈 것 같아

위에서 말한 것과는 정반대의 태도인데, 이건 주로 배신의 기억 때문에 '아무도 믿지 않겠어'라는 자기최면을 열심히 건 사람들에게서 찾아볼 수 있다. 끔찍한 과거와 같은 일이 또 벌어지는 것을 대비해 마음에 보호필름을 붙인 것이다. 상대를 의심하고, 상대의 모든 것을 냉소적인 시각에서 바라보려 한다.

그렇다고 계속 그런 회의적인 태도를 취하는 건 아니다. 상대가 몇 가지 증거를 내보이며 마음을 열어 달라고 요청하면 그들은 너무나도 쉽게 보호필름을 떼고 예전과 같은 모습으로 돌아온다. 위에서 말한 '일방적인 관계'와 다를 바 없는 연애를 하는 것이다.

❀ 누구라도 좋으니 나랑 연애하자

이건 연애를 도피처로 삼는 경우다. 주로 소심한 남자들에게서 찾아볼 수 있다. 그들은 만난지 얼마 되지 않은 상대에게 목숨이라고 걸 수 있을 듯이 구애하고, 습관화된 사과를 입에 달고 사는 경우가 많다. 그것도 만나서 눈을 쳐다보며 말하지는 못하고, 자신을 많이 드러내지 않을 수 있는 카톡이나 문자, 혹은 메일을 통해서만 고백한다.

누가 봐도 이상하니 저런 고백이 받아들여질 리 없다. 그러면 그는 더욱 비장해져서 "네가 나를 마음에 들어 할 때까지 노력할게."라든가 "날 지켜봐 줘. 널 위해 변화할 거야." 따위의 부담스런 말들을 늘어놓는다. 심각한 피해의식에 시달리고 있을 경우 "그래, 외모도 별로고 조건도 좋지 않은 나 같은 사람, 싫겠지." 따위의 얘기를 하기도 한다.

🌺 네가 날 함부로 대하니, 이제 좀 정상적인 관계 같네

핑크빛 러브러브를 꿈꾸지만 그런 연애가 실제로 시작되려 하면 도망치고 싶어 하는 사람들이다. 크리스마스 선물을 받고선, '이건 나에게 주려고 산 선물이 아닐 거야. 주려던 사람은 따로 있을 거야'라는 생각을 하는 것과 비슷하다고 할까. 연애가 이루어질 것 같은 분위기에선 도망치고, 상대가 이쪽을 밀어낼 게 분명할 때에만 무섭게 집착한다. 서로를 잘 모르는 시기라 예의를 갖추며 지낼 때에도 그들은 꼭 거절의 말이나 차단을 당해야만 마음이 놓이는 사람처럼 군다. 상대의 카톡 차단을 확인하곤 '결국 또 이렇게 되었어'라는 감정과 함께 묘한 안도감을 함께 느낀다.

🌺 변명, 혹은 빈정거림 전문가

자신이 누군가로부터 지적을 당하면 일단 변명부터 내밀고, 그다음 속으로 '내가 맞고, 쟤가 틀려', '나는 그럴 수도 있는 일을 했을 뿐이야'라는 식의 합리화를 하는 경우다.

연애를 시작했을 때에도 이 태도는 문제가 된다. 갈등이 생길 경우 바늘 하나 들어갈 틈 없이 철저한 변명으로 자신만을 지키려 하기 때문이다. 양보를 하거나 인정하면 지는 거라는 공포감을 가지고 있기에, 이쪽에 99%의 과실이 있는 경우에도 상대의 1% 과실을 지적하며 맞선다. 꼬투리 잡는 건 기본이고, 더 할 말이 없을 땐 상대에게 빈정거리기도 한다.

속마음은 전혀 그렇지 않은데 겉으로는 저런 태도를 고수하다가 관계를 막장까지 이끌고 가 버리는 것이다. 훗날 후회하며 관계를 예전처럼 되돌려 보려 하지만 그땐 이미 상대가 이쪽에 '소통불가' 판정을 내렸거나, 받은 상처가 너무 커 이름만 들어도 소름이 돋을 정도가 되어 버린 경우가 많다.

따돌림의 기억을 완전히 떨쳐낼 순 없다. 하지만 따돌림의 기억이 나에게 어떤 영향을 미치고 있는지는 조금만 살펴보면 알아낼 수 있고, 그 영향이 만들어내는 태도를 수정한다면 더는 도망칠 필요 없이 삶의 온전한 주인이 될 수 있을 것이다. 이상한 행동을 하게 만드는 막연한 불안을 걷어내자. 공포와 달리 불안은 그 명확한 대상이 없다는 말이 있는데, 이 글이 그대의 막연한 불안을 걷어내는 데 작은 도움이 되었으면 한다.

13
인기 없는 여자들이 겪게 되는
안타까운 일들

그대가 친구의 집에 놀러갔다고 해보자. 처음에 간 친구의 집은 깔끔하게 정리가 되어 있다. 모든 게 제자리를 찾아 놓여 있었으며, 머리카락 하나만 떨어져도 눈에 띌 정도로 깨끗하게 청소가 되어 있다. 두 번째 친구의 집은 엉망이다. 온갖 메모지가 여기저기 널려있고, 먹다 남은 과자들이 봉해지지도 않은 채 방 안에서 구르고 있다.

두 친구 모두 그대에게 과자를 권했다. 포장지로 여러 겹 싸여 있는 과자다. 과자를 다 먹고 나니 과자봉지만 남았다. 그대는 그 과자봉지를 어떻게 할 것인가? 쓰레기니 당연히 쓰레기통에 버린다고 하는 사람도 있겠지만, 대개는 친구의 방 상태에 맞춰 친구가 하는 대로 따라 하게 될 것이다. 말끔한 친구가 쓰레기통에 봉지를 버린다면 그대도 따라 할 것이고, 엉망인 친구가 봉지를 아무 데나 던져둔다면 그대도 그냥 비슷하게 옆으로 치워둘 것이다.

인기 없는 여자들은 정리가 안 된 방과 같다. 상대가 아무렇게나 굴어도 다 이해하려 하거나, 스스로 자신을 모욕하는 일을 벌이기에 상대 역시 그녀를 모욕하게 된다. 왜 이런 일이 벌어지는지, 그리고 그런 상황에서 벗어나려면 어떻게 해야 하는지 함께 살펴보자.

❀ 이성에 대한 예민한 촉, 하지만 무딘 감각

잠이 잘 오지 않는 밤, 전혀 의식하지 않았던 시계 초침 소리며 밖에서 나는 자동차 지나가는 소리 등이 유난히 크게 들리듯, 오랜 시간 솔로의 시간을 가졌거나 이성으로부터 관심과 친절을 받지 못했던 대원들은 이성에 대해 예민해지기 마련이다. 쉽게 말해서 이성을 향한 길고 예민한 더듬이가 하나 돋는다는 이야기다.

그런데 그 더듬이는 소량의 관심에도 민감하게 반응한다. 이성과 눈만 마주쳐도 혹시 관심이 있어서 쳐다보는 건 아닌지 고민하게 되는 모습이 바로 그 더듬이 때문이다.(이런 '착각'에 대해서는 앞에서 이미 얘기했으니 넘어가자.)

그런데 더 큰 문제는 그 더듬이가 '관심 있는 척' 하는 모습에도 반응한다는 것이다.

"시간 되시면 술 한잔 같이 할래요? 지역이 저와 같으시던데."

"남친 없으시면 저랑 사귈래요?"

"사진 보고 너무 마음에 들어 연락드립니다. 만나고 싶습니다."

열 몇 살짜리 *꼬꼬마*도 휘둘리지 않을 저런 찝쩍거림에도 그녀들은 반응하고 만다. 그중엔 "점 봤을 때 6월에 연애운이 있다고 했는데, 그게 이건가 봐요."라고 말하는 안타까운 대원들도 있다. 이렇듯 탐색에는 민감한 반면, 상대의 '진짜 의도'를 파악하거나 그가 예의상 하는 말들을 거르는 감각은 제로에 가깝다.

"우리 처음 만나는 날, 기념으로 족욕을 해주고 싶어."
"전 얼굴은 전혀 안 봐요. 그러니까 부담 갖지 말고 사진 보내 주세요."

너무 오글거려 손발이 로그아웃할 정도인 저 말을, 그녀들은 '설렘'으로 받아들이는 것이다. 이성의 관심과 친절에 익숙하지 않기에 상대가 전화를 걸어 주말에 뭐 하냐고 묻기만 해도 그녀들은 황송해한다.

아는 거라곤 이름하고 연락처 밖에 없으면서 '영원한 사랑'이니 '소울 메이트'니 하는 얘기는 하지 말자. '아는 남자'로 시작하는 게 정상이다. 만남 어플에서 알게 된 남자와 세 시간 만에 여보 자기 어쩌고 하며 하트를 주고받는 여성대원들 때문에 내가 담배를 못 끊고 있다. '그런 척'을 잘하는 소위 '지랄꾸러기'들은 자신이 요구하는 대로 그대가 행동하지 않으면 실망했다든지, 인연을 받아들이지 못하는 것 같아서 안타깝다든지 하는 이야기를 할 텐데, 절대 그 궤변에 휘둘리지 말길 바란다.

✿ 거절하지 못해 끌려다니는 연애

상대와 이별하고 나면 다시 혼자여야 한다는 생각에 많은 여성대원들이 상대의 말도 되지 않는 요구를 따른다. 일부 대원들은 상대에게 욕설을 듣거나 심한 경우 맞으면서까지도 만신창이가 된 연애를 놓지 못한다. 그 외에 이쪽에서는 둘의 관계를 '연애'라고 생각하지만, 상대는 둘의 관계에 대해 '엔조이'로 생각하고 있는 경우도 많다. 상대는 자신이 필요할 때만 연락할 뿐인데, 이쪽에서는 이성에게 오는 연락이 그것 하나밖에 없기에 인연의 끈을 자르지 못하고 계속 휘둘림을 당한다.

그대가 '이 사람 말고는 나에게 관심을 주는 남자가 없을 거야'라고 생각하는 한 대안은 없다. 그리고 상대를 잘라내지 않는 한 당신의 마음을 흙 묻은 발로 아무렇게나 짓밟는 그의 행동은 계속될 것이다.

상대의 요구를 다 들어주는 것에 대해 지금 잠깐 상대에게 허리를 숙이고 있을 뿐이라고 생각하는 대원들이 있는데, 착각이다. 절대 '잠깐'이 아니다. 조만간 상대는 허리를 숙이는 것으로도 모자라 무릎을 꿇으라는 요구를 할 테니 말이다.

거절을 어려워하지 말자. 기울어진 일방적인 관계를 바로잡는 방법은 '거절' 뿐이다. 운전으로 치자면 거절은 '후진'이라고 할 수 있다. 그간 그대가 직진만 해왔기에 그 어둡고 습한 지하주차장에서 오도가도 못하게 된 것 아닌가. 후진을 하지 않는 한 그곳에서 빠져나올 방법은 없다.

그대의 방이 깔끔하게 정돈되어 있다면 놀러 온 친구가 아무 데나 쓰레기를 버리지 못하고 휴지통을 찾지만, 아무렇게나 어질러져 있고 쓰레기투성이라면 놀러 온 친구도 부담 없이 쓰레기를 아무 데나 버릴 것이다. 그대 스스로 자신을 하찮고 인기 없는 존재라고 생각한다면 다른 사람들도 그대를 그렇게 생각할 수밖에 없단 얘기다. 연애를 꿈꾸거나 외로움에서 벗어날 생각만 할 것이 아니라 스스로를 먼저 소중하게 생각하자. 그럼 자연히 다른 사람들도 당신을 소중히 생각할 테니 말이다.

P A R T 2
내 돌직구,
상대에겐 돌멩이일 수 있다

평소엔 오버페이스, 중요한 순간엔 소심남,

거절당하면 찌질함 3종세트 보이는 헛발질

'썸'을 항상 썸으로만 끝내는 서투른 연애는 그만하고

상대에게 낯선 이방인의 자리를 주는 대신

'연인'이라고 부르는 연애를 꼭 해보고 싶다면?

연못남, 연못녀도 그만! 호감 가는 상대와

연애하는 방법을 배워보자.

01
모태솔로가 범하기 쉬운
치명적 실수 세 가지

채식주의자인 친구에게 그를 위해 준비했다며 갈비에 생선회, 각종 육류 반찬들이 가득한 밥상을 차려준다면 친구는 난감해할 것이다. 모태솔로부대원들이 호감 가는 상대에게 보이는 호의가 그렇다. 그들은 '뭔가 해야 한다'거나 '뭔가 선물해서 마음을 표현해야 한다'는 강박에 시달리는 경우가 많다. 물론 그 상대는 "내겐 필요 없고, 또 원하는 것도 아닌데 계속 들이대서 부담스럽다."고 말할 뿐이다. 이벤트를 어떻게 해야 상대가 감동하냐고 묻거나 무슨 선물을 챙겨주면 좋냐고 묻는 사연을 받을 때마다 난 한숨을 쉰다. 처음엔 순조롭게 만나다가도 갈수록 들이대 결국 '기-승-전-병'의 이야기를 만들고 마는 대원들을 위해 준비했다. 왜 제자리에서 같은 실수만 반복하게 되는지, 그 이유와 해결책을 확실히 정리해 보자.

🌺 모든 이성을 연애상대로 보는 실수

이성으로 생각하고 있지 않던 지인이나 우연한 계기로 만난 사람과 연애를 시작하게 되는 것이 이상한 일은 아니다. 실제로 공원에 배변봉투를 가지고 오지 않아 난감해하는 여자사람에게 휴지와 배변봉투를 빌려줬다가 그것을 계기로 친해져 결국 결혼까지 한 커플도 있다. 나 역시 그런 일이 벌어질 것에 대비해 언제나 사랑스러운 모습을 보이라고 솔로부대원들에게 권하고 있고 말이다.

그러나 자신이 반짝거릴 생각은 하지 않고 남들의 반짝거림에만 관심을 두고 있다가는 '상상연애'나 '짝사랑'만 하게 될 위험이 크다. 혼자 시작하고, 혼자 키워가고, 혼자 정리하게 되는 것이다. 게다가 모든 이성을 '연애상대'로 생각하면 이성과 대화를 하고 친하게 지내는 일이 어렵게 느껴진다. 평소 언어생활에 아무런 불편도 못 느끼고 사는 사람을 붙잡고, '먹는 밤'과 '어두운 밤' 중 어떤 '밤'이 길게 발음되는지를 물으면 몇 번 발음해 보다 혼란의 늪에 빠지는 모습을 볼 수 있을 것이다. 그것처럼 모든 이성을 연애상대로 생각하는 순간부터 뭘 어떻게 해야 할지 갈피를 잡지 못할 수 있다.

또, 무분별한 고백으로 인해 앞서 말한 '주변의 이성을 멸종시키는 문제'가 발생하기도 한다. 이성과 조금만 친해져도 그 관계를 연애로 이으려다 결국 관계를 뒤엎고, 그러다 보니 이성과 진득하게 대화할 수 있는 기회마저 잃게 된다. 이는 달리 말하면 '서투름'을 극복할 수 있는 계기를 잃은 것과 같다. 때문에 '경험 부족 → 들이댐 → 기회 상실 → 경험 부족 → 들이댐'의 악순환은 계속된다.

현재 그대에게 이성과 10분간 전화 통화를 하는 일이 부담스러울 정도라면 대화하는 연습을 먼저 하길 권한다. 해 봐야 '감'이 생긴다. 전화번호를 알게 되었다고 혼자 불타오르다 고백해서 관계를 망치지 말고, 길게 보며 서서히 우정과 애정을 만들어 보자. 그럼 그대가 원하는 '친해지고 싶다'는 게 저절로 이루어질 테니 말이다.

🌸 상대의 호감 확인에 올인하는 실수

호감은 변덕이 심하다. 어제 넘칠 정도로 있다가도 오늘 언제 그랬냐는 듯 바닥을 드러낼 수 있는 것이 호감이다. 상대가 약간의 호감을 보인다고 만사 제쳐두고 연애전선에 뛰어들려 벼르지 말자. 그대가 정말 포근한 '보금자리'라면 애써 달려들지 않아도 상대가 저절로 다가올 것이다.

"상대는 저에게 호감이 있는 건가요? 그렇다면 전 올인하고 싶은데요."라는 말은 이제 내려두어야 한다. 절대 올인하지 말자. 올인하는 순간 당신은 상대에게 '사은품'이 된다. 함부로 다룰 수 있고, 별로 중요하지 않은 사은품 말이다.

상대가 그대에게 호감을 가지고 있다면 그냥 감사하게 그 호감을 받아들이면 된다. 꼭 누가 만 원짜리 선물을 주면 이만 원짜리 보답을 해야 직성이 풀리는 사람처럼 호들갑을 떨지 말자. 호감이 자라 애정이 될 때까지는 아무것도 장담할 수 있는 게 없으니, 김칫국부터 마시지 말고 그 호감이 안전하게 뿌리내릴 수 있도록 차분히 보살피자.

🌸 술이 부르는 실수

모태솔로부대원들의 문제 중 '직접적인 헛발질'의 원인은 8할이 '술' 때문이다. 술 마시고 전화하기, 술 마시고 고백하기, 술 마시고 행패 부리기 등 많은 대원들이 다양한 형태로 침몰해 간다.

"술 때문에 용기가 났는지…"라는 평계를 대는 대원들이 많은데, 술 먹고 낼 수 있는 것은 '객기'지 '용기'가 아니다. '용기'는 맨정신에서만 낼 수 있다. 오늘 저녁쯤 동네 파출소에 한 번 방문해 보길 바란다. 강호를 주름잡는 취객들이 모여서 서로의 무공을 겨루고 있는 모습을 볼 수 있을 것이다. 경찰에게 겨루기를 요청하는 그 모습을 보고 당신은 '용감하다'고 하는가? 취한 건 그냥 취했을 뿐인 거다.

'다음 날 사과해야 할 일'을 제발 만들지 말자. 술은 그대에게 "야, 지금 지르면 그냥 다 잘 될 것 같은데?"라고 속삭이겠지만, 거기에 넘어간 대원들이 얻은 것이라곤 '숙취'와 '연락 두절'밖에 없다. 마음이 술 때문에 둥둥 뜨기 시작하면 그땐 손에서 전화기부터 내려놓자.

아직 이성과의 대화나 만남이 어색한 대원은 그 두려움이나 어려움을 극복하는 것이 먼저다. 그저 모든 이성을 '연애상대' 폴더에 집어넣지 말고, '이성친구'나 '아는 이성' 등의 폴더에 넣어두자. '사귀는 사람이 아니라면 같이 밥 먹어선 안 돼'라고 못 박거나 '같이 밥을 먹다니, 이러다 사귀게 되는 건가'라며 김칫국을 마시지 말자. 시험을 앞두고 "제가 붙을 수 있을까요?"만 묻는 것 같은 '호감 확인'도 그만두고, 술이 저지르고 그대가 뒤처리하는 바보 같은 짓도 하지 말자.

02
그만두길 권하는
잘못된 짝사랑의 모습들

짝사랑과 관련되어 상대의 작은 행동이나 말에 어마어마한 의미부여를 하다 그 무게를 감당하지 못해 결국 침몰한 사연, 잘해보려는 마음만 앞서 혼자 북치고 장구까지 치다 퇴장까지 이어진 사연, 그리고 상대는 이쪽의 존재조차 모르는데 혼자 좋아하고 혼자 연락하고 혼자 속 앓는 외사랑만 하고 있는 사연 중에는 그만두길 권하고 싶은 사연들이 있다.

사람의 일엔 워낙 많은 변수가 있는 까닭에 "그런 경우는 이러이러하게 될 것이 분명합니다."라고 얘기할 순 없다. 하지만 전염병이 도는 마을에 아무 대책 없이 들어가 생활하다 보면 아무래도 그렇지 않을 때보다 병에 걸릴 확률이 높은 것 아닌가. 그처럼 짝사랑 진행 중인 대원들의 사연 중엔 일반적인 짝사랑의 경우보다 처참한 최후를 맞이할 확률이 높은 사연들이 있다. 그 이야기들을 살펴보자.

🌸 상대의 특별한 일부를 전부라고 생각하는 모습

괴테의 소설에 나오는 아래 문장을 보자.

"우리는 자신이 여러모로 부족하다는 것을 느끼고 있으며, 자신에게 결여되어 있는 그 모든 것이 다른 사람에게는 다 갖추어져 있는 듯이 생각한다. 그리고 자신이 가지고 있는 모든 것을 상대방에게 덧붙이고, 나아가서는 거기에다 이상적인 생활의 즐거움까지를 더하게 된다. 그리하여 결국은 완전히 행복한 인간을 만들어내기에 이른다. 그러나 그것은 실재하는 것이 아니다. 그것은 다만 우리 자신이 만들어낸 하나의 허상에 지나지 않는 것이다."

그대는 혹시 애초부터 상대에게 있지도 않았던 부분들을 혼자 상상한 뒤 그것을 기대하며 구애하고 있지 않은가? 상대가 괜찮은 사람이라는 걸 잘 알기에 좋아하는 게 아니라, 상대에게 괜찮은 사람이라는 이미지를 입혀두고 그 이미지를 흠모하며 구애하고 있는 것은 아닌가?

상대의 특별한 일부에서 매력을 발견했다면, 상대와 친해지면서 나머지 부분들을 알아가 보도록 하자. 자신이 본 '일부'를 근거로 상대의 '전부'를 추측해가며 무작정 고백부터 한다거나 상대를 종교로 만들어 기도만 하면 곤란하다. 그런 대원들은 종종 "그 사람, 그럴 사람 아니에요."라는 말을 하는데, 원래부터 그런 사람은 세상 어디에도 없다. 그러니까 그런 사람만 있을 뿐이다.

🌸 믿고 싶은 대로만 믿는 모습

온라인 쇼핑으로 가방을 주문했다고 하자. 이쪽에서 입금을 했는데 판매자는 계속 배송을 미룬다. 늦어도 내일은 받아볼 수 있다고 장담한 게 벌써 네 번째

다. 그럼 그 판매자에 대한 신용을 접고 환불을 요구하는 게 맞다.

그런데 연애에서 저런 상황에 놓였음에도 불구하고 끝까지 상대를 믿으려는 대원들이 있다. 가장 대표적인 게 양다리를 걸친 남자를 만난 여성대원들이다. 아니, 차라리 양다리면 그나마 자존심 상하진 않을 것 같다. 상대는 멀쩡히 연애를 하고 있으면서 심심할 때만 여자친구가 아닌 그녀를 찾을 뿐이다. "우리는 친구 이상인 사이." 따위의 괴상한 소리를 하면서 말이다.

친구 이상이니까 연인과 하는 일들도 함께 하지만 실제 연인은 또 따로 있는 상황. 이게 글로만 접할 때에는 여자가 분별력이 없어서 속는 것처럼 보이는데, 실제로 저런 남자를 만나면 그의 달콤한 약속과 낭만적인 분위기, 그리고 누군가로부터 상대를 뺏는다는 은밀한 스릴까지 겹쳐 정신을 차릴 수 없는 경우가 많다.

넋 놓고 있으면 그의 순발력에 휘둘릴 수밖에 없지만, 말이 아닌 행동을 보면 그의 진심을 알아낼 수 있다. 행동으로 증명되지 않는 상대의 말은 허위공약과 같다고 생각하자. 그 말만 부여잡고 있다간 언제든 유기당할 수 있으니 그의 행동을 통해 진심을 보길 바란다.

🌸 자신의 스포일러가 되지 말자

예고편에 본편의 결말과 반전까지 다 나온다면 어떨까? 예고편에서 볼 걸 다 본 까닭에 본편을 보고 싶은 마음은 사라지고 말 것이다. 이처럼 서로 알아가는 과정 중에 상대에 대한 자신의 마음과 순간순간의 감정, 그리고 관심을 가져주길 바라는 속마음까지 모두 말해버리는 대원들이 있다.

자신의 스포일러가 되어 "나 너에게 완전 관심 있음."이라는 얘기를 건네고

나면, 상대는 앞으로 그대가 하는 모든 행동들을 다 그것과 연관 지어 생각하게 될 것이다. 그렇게 되면 부담 줄 생각 없이 한 말도 상대는 부담으로 느낄 위험이 커지고, 그대의 관심이 상대에게 '사은품' 취급을 당할 수도 있다. '다음 이야기'가 궁금하지 않은 사람이 될 생각이 아니라면 스스로 스포일러가 되는 일은 그만두자.

자전거 탈 때를 생각해 보자. 보조바퀴가 없는 자전거를 처음 탔을 때, '넘어지면 어쩌지?', '중심을 못 잡겠어. 발을 짚어야지'라고 생각한다면 자전거 타기는 공포가 되고 더욱 어려워지게 된다. 마찬가지로 연애도 마음속에 불안감만 가득 담고 출발하면 얼마 가지 못하고 주저앉게 된다.

넘어지지 않게 잡아달라고 요청만 하면 늘 누가 잡아줘야 자전거를 탈 수 있게 되고, 넘어지는 게 무서워 발로 땅을 짚으려 하면 결국 서게 되는 것 아닌가. 이 시간 이후로는 무엇을 할지, 어떤 결정을 내릴지를 스스로 선택하자. 선택에 대한 책임까지 온전히 자신이 지겠다는 각오로 임한다면 짝사랑 때문에 삶 전체가 흔들리는 일은 막을 수 있을 것이다.

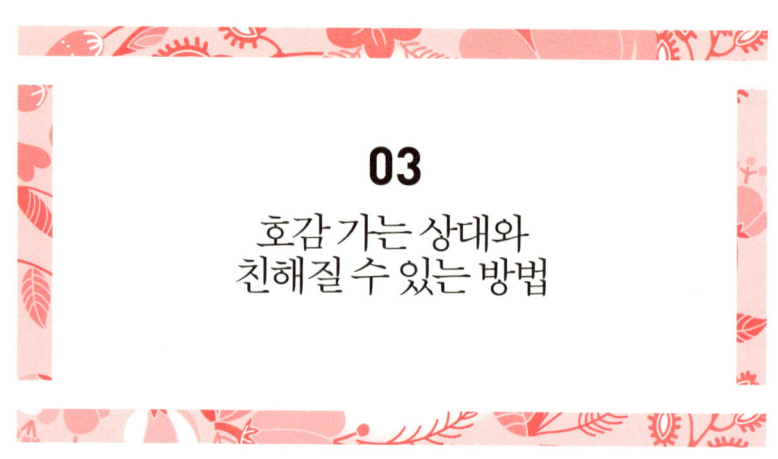

03
호감 가는 상대와
친해질 수 있는 방법

호감 가는 사람이 생기면 온 신경이 상대에게 집중되고, 상대가 어떤 반응을 보일지 궁금하며, 기대한 대로 가까워지지 못하면 그 기대했던 만큼의 실망감이 찾아올 수 있다. 이건 누구에게나 찾아올 수 있는 감정이니 이상한 건 아닌데, 그 정도가 너무 심하거나 그 감정대로 상대를 대하면 문제가 된다. 여기서는 이런 실수를 하지 않으면서 상대와 가까워질 수 있는 방법에 대해 알아보자.

❀ 알고 지내던 사람처럼 시작하자

"또 연락해도 될까요?", "그럼 앞으로 우리 친하게 지내는 거죠?", "이렇게 연락하는 게 부담스러우신가요?" 따위의 재미도 감동도 영양가도 없는 이야기는 절대 꺼내지 말자. 그렇게 물어 긍정적인 대답을 들으면 그대의 자신감이 상승하겠지만, 반대로 그대에 대한 상대의 호감도는 하락할 수 있다.

　　이제 막 친해진 동성친구가 있는데, 그 친구가 그대에게 뭐든 확인을 받으려 한다고 가정해 보자. 내일 또 만날 수 있냐고 묻고, 같이 밥 먹을 시간 있냐고 묻고, 이렇게 연락하는 게 혹시 부담스럽진 않냐고 묻는다면 그대의 기분은 어떨 것 같은가? 한두 번이야 상대의 예의바른 태도라고 볼지 모르겠지만 상대가 매번 저러면 그대에겐 약간의 오만한 마음까지 들게 될 것이다. 마치 갑을관계처럼 그대가 갑이 되어 을인 상대와 만나주고 있는 듯한 마음 말이다.

　　숨어서 돌 던지며 상대의 마음을 떠볼 게 아니라 그대가 전면에 나서서 상대 마음을 그대 쪽으로 흐르게 만들어야 한다. 확인받으려 하지 않고 전부터 알고 지내던 사람처럼 자연스럽게 다가가면 상대에게 '자신감 구걸'을 하는 일은 막을 수 있을 것이다. 문제를 다 풀면 자연히 알 수 있는 답을 그 이전에 해답지 들춰 알아보려다 엉망으로 만들지 말자.

❀ 어린 외국인 소녀를 만난다고 생각하자

　　상대를 무슨 '여신'쯤으로 생각하면 종교활동을 하듯 상대를 대하게 되고, 만남의 자리에선 예배드리는 모양으로 앉아 있게 된다. 이런 문제는 상대를 '나이 어린 외국인 소녀'라고 생각하는 것으로 쉽게 해결할 수 있다.

　　나이가 어린 외국인 소녀를 만났다고 가정해 보자. 상대와 그대는 서로 다른 언어를 사용할 테니 혹시나 못 듣게 되는 말이 없도록 귀를 기울일 것이다. 또, 그대는 외국어에 익숙하지 않을 테니 그녀의 말을 중간에 자르지도 않을 것이고 말이다.(이 부분에서 많은 남성대원들이 실패하는 '경청'이 자연히 이루어진다.)

게다가 상대는 외국에서 온 까닭에 한국의 지리나 문물에 대해서 잘 모를 테니, 그대는 상대를 '외국에서 온 손님'이라고 생각하며 자연히 리드할 것이다. 더불어 손님인 상대를 배려하게 될 것이고 말이다.

뿐만 아니라 그대는 상대의 좋아하는 색깔, 좋아하는 음악, 가보고 싶은 곳 등을 모르니 그 부분을 알아내려 노력할 것이다. 상대를 앞에 두고 아는 척, 잘난 척, 있는 척하는 대신 상대에게 집중할 수 있게 된다. 무엇보다 '내 얘기'만 하는 것이 아니라, "너희 나라는 어떤데?"라며 상대의 의견이나 생각을 묻는 최고의 대화법도 자연스레 발휘할 수 있다.

연애라고 해서 특별히 어렵게 생각하지 말자. 다른 사람들과는 좋은 관계를 맺으며 아무 문제없이 잘 살고 있는 사람도 연애라고 하면 괜히 혼자 잔뜩 긴장하거나 기대해 관계를 망치는 일이 많다. 위에서 말한 대로 상대를 대하며 자연스레 가까워지다가 어느 순간 두 사람 모두 내일 또 서로를 만나고 싶어지는 마음이 들게 되었을 때, 그 순간이 바로 연애의 시작이라는 걸 기억해 두자.

❀ 라디오 DJ에게서 배우자

내 메일함에 있는 솔로부대원들의 사연 중에는 세상을 부정적으로 바라보는 시각, 동정부터 바라는 태도, 시작도 하기 전에 이미 패배감에 절어있는 모습을 엿볼 수 있는 이야기들이 꽤 많다. 본인의 마음속에 손바닥만 한 여유도 없으면서 자꾸 상대에게 그 마음속으로 들어오라는 얘기만 하고 있으면 곤란하다. 상대가 그대에게 얼마나 반짝반짝한 존재인지에 대해서만 말하는 건 예찬일 뿐이다. 상대와 친해지고 싶다면 상대에게 그대도 반짝반짝한 존재가 되어야 할 것 아닌가. 호감을 계기로 깊은 짝사랑에 빠져있는 대원들을 보면, 이걸 깨닫지 못한 채 그저 상대의 추종자가 되어 있는 경우가 많다.

라디오 DJ에게서 배우자. 그들은 청취자가 얼마 되지 않는 것 같다며 초조해하지 않고, 제발 방송을 들어 달라고 구걸하지 않는다. 청취자가 관심을 가지고 있을 만한 것들에 대한 이야기를 꺼내며 그들이 보낸 사연에 함께 웃고 울다 보니, 억지로 부탁하지 않아도 청취자는 자연히 애청자가 된다. 상대가 마음을 받아주지 않는다며 비련의 주인공 놀이하는 건 그만두고, '난 상대에게 친해지고 싶은 사람이었을까?'에 대해 곰곰이 생각해 보도록 하자.

잠시 자신의 손을 들여다 보자. 그리고 그 손으로 누군가의 손을 꼭 쥐어줬던 게 언제인지를 떠올려 보자. 손을 꼭 쥘 때 서로의 마음에 따뜻한 바람이 불어오는 느낌. 그 느낌으로 다가가는 거다. 지금처럼 무작정 상대를 움켜쥐려 팔을 뻗지 말고, 상대의 손을 꼭 쥐는 느낌으로 다가가 보자.

04
고백하기 전 다시 한번
살펴봐야 할 것들

　"결과가 어떻든 일단 고백할래요."라는 얘기는 갑갑한 상황에서 벗어나기 위해 자신의 고민을 상대에게 떠넘기고, 그 책임까지도 상대에게 지도록 만들겠다는 의미밖에 되지 않는다. 그렇게 상대를 부담스럽게 만들어 놓고, 상대가 대답을 주지 않는다느니 진심을 몰라준다느니 하는 대원들이 정말 많다. 그래놓곤 또 이 대로 끝낼 순 없다며 정식으로(응?) 다시 고백을 하겠다는 대원들도 많고 말이다. 그러지 말고 고백을 할 거면 애초에 신중하게 하자. 신중한 고백을 위해 다시 한번 살펴봐야 하는 것들, 함께 알아보자.

✿ 더는 자신이 없어서 고백하려는 건 아닌가?

　이미 상대에게 많은 부담을 준 까닭에 더 이상 친해질 방법은 없는 것 같고,

홀로여도 좋지만 네가 있어 더 행복하다

그리하여 마지막으로 고백이라도 한 뒤 확인사살을 받으려는 대원들이 있다. 가능성이 없다고 생각하면서도 '모 아니면 도' 식의 고백을 하는 대원들인데, 그런 경우 대개 잘 안 될 것 같다는 '슬픈 예감'은 어김없이 들어맞는다.

그간 상대가 거부감을 가질 정도로 들이댄 게 아니라면, 지금보다 더 높은 '성공률'을 만들 수 있는 기회는 아직 충분히 남아 있다. 마음 경영 파트에서 이야기한 것처럼 공 잡았다고 무조건 중거리 슛 날리지 말자. 상대가 어떻게 살아왔는지, 지금 무슨 고민을 하고 있는지, 가장 친한 친구와는 언제 어떻게 만났는지를 모른다면 고백은 뒤로 미뤄야 한다. 답을 쓰기 전 문제를 먼저 읽듯 그렇게 상대에 대해 알아가 보자. 그런 과정 없이 고백하는 건 문제를 '푸는 것'이라기보다는 그냥 '찍는 것'에 가까우니 말이다.

❀ 그간 딴 얘기만 했던 것은 아닌가?

대화를 하나 보자.

남자 : 퇴근했어?

여자 : 네. 정류장이에요.

남자 : 피곤하겠다. 난 칼퇴해서 집에 왔어.

여자 : 전 15분째 버스 기다리는 중. 노래 들으며 버티고 있어요.

남자 : 내일 뭐해?

여자 : 내일 친구네 집에 가서 책 좀 가져오려고요. 책 맡겨놨거든요.

남자 : 친구네 집이 어딘데? 몇 시에 돌아올 것 같아?

여자 : 마두동이요. 아마 같이 저녁 먹고 올 것 같아요.

남자 : 그렇구나. 난 너 내일 한가하면 같이 영화나 볼까 했지.

위의 대화에서 남자는 '딴 생각'을 하느라 30분짜리 대화를 3분 만에 마쳤다. 무슨 노래를 듣고 있는지, 내일 친구네 집에서 가져온다는 책이 뭔지를 물어보며 서로 알아갈 수 있는 것 아닌가. 그런데 그는 오로지 '내일 영화 보자고 말해야지' 하는 생각만 하느라 상대의 말을 한 귀로 흘려버려 대화를 망치고 말았다.

그간 저런 수박 겉핥기식 대화만 나눈 건 아닌지 먼저 생각해 보자. 또, 애초부터 '얼른 고백해야지' 하는 생각만 하느라 손바닥만 한 공감대도 갖지 못한 건 아닌지도 생각해 보자. 상대에 대해 어쩌다 버스 옆자리에 앉게 된 사람만큼밖에 아는 게 없으면서 무작정 들이대는 건 호객행위에 지나지 않는다.

🌺 상대와 30분 이상 자연스레 통화할 수 있는가?

난 두 사람이 연인이 되기 위해선 30분 이상 자연스레 통화할 수 있을 정도의 가까움이 있어야 한다고 생각한다. 그대가 카톡으로만 용감할 뿐 만나서는 눈도 잘 못 마주칠 정도라면 그런 상황에서의 고백은 그냥 도박일 뿐이다.

단둘이 만나자는 그대의 제안을 상대가 부담스러워 할 정도의 사이일 때도 마찬가지다. 그대에게는 연애만 시작하면 모든 게 다 알아서 저절로 해결될 것처럼 느껴지겠지만, 상대에게 그대는 아직 이방인이다. 고백에 실패한 후 타이밍이 좋지 않아서 퇴짜 맞은 것 같다는 대원들의 8할은 대개 이 '이방인'을 벗어나지 못해서 그렇다는 걸 기억해 두자.

보너스로, 퇴짜 맞은 후 절대 하지 말아야 할 '찌질함 3종 세트'를 소개한다.

A. "아…, 그렇구나. 그럼 우리 좋은 친구하자."라고 이야기한 뒤, 혼자 '좋은 친구'를 빌미로 이런 저런 요구를 하며 상대방의 숨통을 조이는 행동.

B. "난 괜찮아. 내 걱정은 하지 마."라고 이야기한 뒤, 대놓고 아프다느니 힘들다느니 하는 이야기를 하며 상대방에게 징징거리는 행동.

C. "사귀자고 한 고백은 아니야. 그냥 내 마음을 알리고 싶었어."라고 이야기한 뒤, 지인을 동원해 다시 생각해 보길 권하는 전화를 걸게 하거나 사생활을 캐물으며 발목 잡는 행동.

평소에는 오버페이스, 중요한 순간엔 소심남, 거절당하면 찌질함 3종 세트를 사용하는 건 이미 '헛발질'로 판명이 난 레퍼토리니, 그대는 앞선 선배대원들이 한 그 헛발질을 똑같이 반복하지 말길 바란다.

05
관심 있는 남자에게
절대 하지 말아야 할 세 가지

많은 여성대원들이 사랑받고 싶은 마음에 먼저 사랑을 주곤 하는데, 안타깝게도 그랬다간 그냥 그의 '팬클럽'이 될 가능성이 높다. 열심히 호감을 드러내고 아낌없이 사랑을 주기만 하다가 'One of them'이 되는 걸 방지하기 위해 이번 글을 준비했다. 관심 있는 남자에게 절대 하지 말아야 할 세 가지 출발해 보자.

 **외로워 죽겠다는 광고하기**

농도 짙은 외로움에 빠져있는 여자에게선 어떤 형태로든 그 외로움이 드러난다. 그녀들은 상대가 뭘 제안하든 거절하는 법이 없고, 언제 연락하든 연락만을 기다렸던 사람처럼 하고 싶었던 이야기를 쏟아낸다. 또, 그녀의 SNS 페이지에선 일상에서 재미있는 일이 하나도 벌어지지 않는 사람이 쓴 듯한 글들도 발견할 수

있다. 심지어 어느 여성대원의 SNS 페이지는 우울증 진단서 같은 모양을 한 경우도 있다. 보통의 여자가 지갑에 5만 원이 들어있는 듯 행동한다면, 외로움에 빠져있는 여자는 주머니에 5백 원밖에 없는 듯이 행동한다. 상대의 작은 친절에 구원자를 만난 듯 황송해하고, 상대가 조금만 곁을 내줘도 금방 올인할 사람처럼 군다.

그런 태도는 상대에게도 큰 영향을 끼친다. 뭘 하든 그대에게 부탁하며 신세를 지는 친구와 그대에게 아쉬울 것 없이 동등한 관계를 유지하고 있는 친구가 있다고 해보자. 그 두 친구를 대하는 그대의 태도는 어떻게 다를 것 같은가? 외로워 죽겠다는 광고를 하는 여자는 상대에게 늘 부탁하며 신세만 지는 친구처럼 여겨질 가능성이 높다는 걸 기억해 두자.

좀 이상하게 들릴 수도 있겠지만, 난 외로움에 빠져있는 여성대원들에게 "사랑받고 있는 여자처럼 행동하세요."라는 이야기를 한다. 사랑받고 있는 여자는 누군가에게 "날 친구로 생각하는지, 아니면 이성으로 생각하는지 솔직히 말해줘."라거나 "제 연락이 불편하시다고 하면 연락 안 할게요." 따위의 말을 절대 하지 않으니 말이다. 그대에게도 권해주고 싶다. 외로워 죽겠다는 광고는 그만하고, 사랑받고 있는 여자처럼 행동하자.

🌸 왜냐고 물으며 상대의 답에 의존하기

상대에게 묻지 말아야 할 것들이 몇 가지 있는데, 우선 옛사랑에 대해서 묻지 말자. 그거 아무리 복근이 단단한 여자라고 해도 감당하지 못한다. 괜히 옛사랑을 물었다가 그 러브스토리에 압사당한 솔로부대 선배대원들이 하나 둘이 아니다. 게다가 그 질문을 계기로 앞으로 심남이를 만날 때마다 "여긴 예전에 여자친구랑 같이 왔던 곳이야."라든가 "구여친이 이 음악 좋아했었는데…" 같은 혈압 올리는 얘기를 듣게 되는 경우도 있다.

그다음 왜 연락이 없는지 묻지 말자. 그거 물어본다고 솔직하게 대답하는 사람 없다. 예의상 그저 바빴다고 대답하거나 자신이 원래 연락을 잘 안 하는 타입이라서 그렇다는 대답만 돌아올 것이다. 상대에게서 연락이 없으면 먼저 연락을 해보든가, 좀 더 기다려보든가 둘 중 하나를 하자. 기다리다 화가 났다고 그 질문을 해버리면 그대는 상대의 연락만 기다리고 있는 여자로 보이게 될 것이다.

왜 친구로는 좋은데 연인으로는 싫은지도 묻지 말자. 그런 질문을 하는 사람들은 그저 찌질해 보일 뿐이다. 그 질문에 대한 대답으로 가장 흔한 것이 "친구로는 평생 볼 수 있지만, 사귀다가 헤어지면 못 보게 되니까."라든가 "아직 이성으로 느껴질 단계가 아닌 것 같다."라는 답변이 있는데, 저건 완곡히 돌려 말하는 것일 뿐이다. "너에게 사귀고 싶을 만큼 반하지 않아서."라는 게 본래의 의미니 궁금해하던 것에 대한 대답, 내게 대신 들었다 생각하고 앞으로는 절대 묻지 말길 바란다.

✿ 아닌 것 같아도 상대는 좋은 사람이라 최면 걸기

상대의 본모습과 자신이 만든 상대의 이미지를 일치시키려 노력하는 여성 대원들이 많다. 그녀들이 내게 보낸 사연을 보면 아무리 봐도 상대가 '그런 사람'으로 보이는데, 그녀들만 "그 사람, 그럴 사람 아니에요."라는 이야기를 한다. 이미 그 말을 부정하는 물증이 다 나왔는데 심증만 가지고 계속 우기는 것이다.

그 사람이 그대가 생각하는 그런 사람이 아닐 수도 있다는 걸 늘 염두에 두자. 앞서 이야기했듯 상대의 본모습은 말이 아닌 행동으로 드러난다. 이와 관련된

홀로여도 좋지만 네가 있어 더 행복하다

가장 슬픈 이야기는 옛날에 살던 동네 놀러 오듯 잊을만하면 다가오는 구남친에게 휘둘리는 여성대원의 사연이다. 누가 봐도 그 남자는 심심하거나 외로울 때 찾아와서 잠깐 놀다 가는 건데, 그 여성대원은 그걸 미련이나 후회로 해석하고 있었다. 그녀는 스물넷에 헤어진 뒤 스스로에게 그런 최면을 걸었고, 스물아홉이 되어서야 겨우 최면에서 깨어났다. 수업료로 지불한 5년의 청춘, 그건 무슨 수를 써도 돌려받을 수 없다는 걸 잊지 말자.

상대보다 먼저 호감을 갖기 시작한 여성대원들에게 난 "상대의 코흘리개 시절을 떠올려 보세요."라는 이야기를 한다. 많은 대원들이 상대는 뭐든 다 잘할 거라고, 또는 어른스러울 거라고 생각하는 경우가 많은데, 상대 역시 사람이다. 그대와 별반 다르지 않게 실수를 하거나 철없는 모습을 보일 수 있다는 얘기다. 그러니 상대를 전설 속에 나오는 엄친아라 생각하며 팬클럽에 등록하지 말고, 상대 역시 코흘리개 시절을 가진 하나의 사람일 뿐이라고 생각하며 위축되지 말고 다가가자.

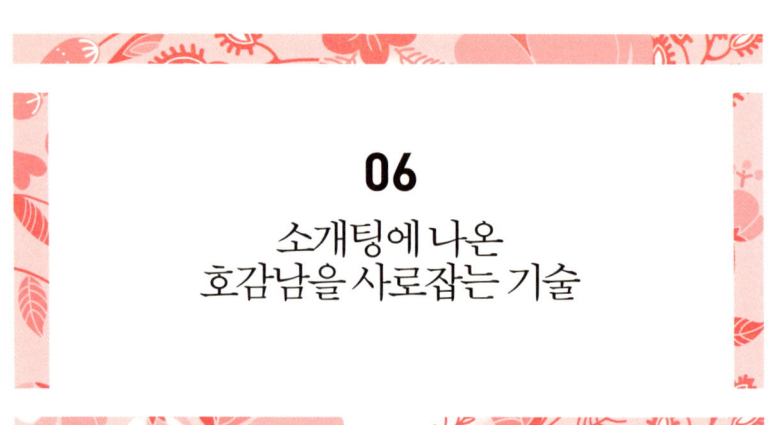

06
소개팅에 나온
호감남을 사로잡는 기술

높은 가치를 지닌 국보급 도자기도 신문지에 싸 놓으면 사람들이 하찮은 도자기로 생각할 수 있다. 이처럼 분명 고운 심성과 뛰어난 혜안을 가진 여자도 그 매력이 겉으로 드러나 보이지 않으면 상대가 모를 수 있는 법이다. 오랜 기간 같은 공간에서 함께 지내며 알아간다면 그 매력이 분명 드러나겠지만, 소개팅처럼 한정된 시간에 자신을 드러내야 하는 상황에선 표현에 서툰 그녀들이 불리하다. 그래서 준비했다. 소개팅에 나온 호감남을 사로잡는 기술. 출발해 보자.

❀ 상대를 크리스마스 선물이라고 생각하며 대하기

표정과 태도에 관한 얘기다. 사람을 많이 마주해야 하는 직업을 가지고 있다면 몰라도, 그렇지 않은 경우 그대의 표정과 태도는 상대를 대하는 것에 최적화되

홀로여도 좋지만 네가 있어 더 행복하다

어 있지 않을 것이다. 미소 짓는 일에 인색하거나 어색할 수 있고, 상대의 말에 적절한 리액션 없이 그저 듣는 것에만 익숙해져 있을 수 있다.

콜센터의 상담원을 한번 떠올려 보자. 어느 상담원이 예의상 하는 '립 서비스'의 멘트를 빼고, '솔'톤의 목소리 대신 평소의 목소리로 딱딱한 대답만 한다면 그대는 그 상담원을 어떻게 생각할 것 같은가? 그들의 호의와 친절이 형식적이라 할지라도 그게 빠지면 대화가 껄끄러워지고 만다. '네, 아니요.'로만 무뚝뚝하게 대답하는 상담원이 있다면 그대 역시 그 상담원을 불친절하게 생각할 것 아닌가.

상대를 '크리스마스 선물'이라고 생각하자. 크리스마스 선물을 받는 당신의 얼굴엔 당연히 미소가 번질 것이고, 그 선물이 무엇인지 궁금해 자연히 집중하게 될 것 아닌가. 그때의 표정과 태도로 상대를 대하자. 그럼 어느새 상대는 그대의 귀여운 수다쟁이가 되어 있을 것이다.

🌸 자신의 안목을 드러내는 칭찬하기

사람은 누구나 자신과 관련된 일에 가장 관심을 보이는 법이다. 소개팅 자리에서 영화 얘기나 친구 얘기만 하며 빙빙 돌기보다는 그대에게 느껴지는 상대의 이미지에 대해 이야기해 보자. 그대의 질문에 열정적으로 답하는 상대에게 "차근차근 설명해 주시는 걸 굉장히 잘하시는 것 같아요." 정도의 칭찬을 하는 것이다. 단, 그게 칭찬을 위한 칭찬이 되어서는 안 된다. 예컨대 노래를 잘하는 상대에게 "노래 정말 잘하시는 것 같아요!"라는 칭찬을 하는 건 상대가 많이 들었을 칭찬을 반복하는 것이 될 뿐이다. 그런 칭찬 대신 "클라이막스에서 박자 살짝 늦춰서 부르시던데, 가수 같아요!" 정도의 칭찬을 해보자. 안목이 드러나는 칭찬은 상대를 춤

추게 만들 뿐만 아니라 칭찬을 하는 그대의 매력까지 보여줄 수 있는 훌륭한 방법이다. 게다가 객관적 이유를 담고 있는 칭찬인 까닭에 기억에도 강하게 각인된다. 잘 생각해 보면 그대 역시 누군가가 객관적으로 한 긍정적인 평가를 여전히 기억하고 있을 것이다. 상대에게 그대를 확실하게 각인시킬 수 있는 '안목을 드러내는 칭찬', 꼭 기억해 두길 바란다.

🌸 능동적인 모습 보이기

친구네 집에 놀러 갔다가 나오는 길이라고 해보자. 그냥 현관문 앞에서 손 흔들며 보내는 친구와 단지 입구까지 배웅하는 친구는 느낌이 다르지 않은가? 이 차이를 곰곰이 생각해 보면 상대에게 여운을 느끼는 방법까지 찾아낼 수 있다.

일반적으로 소개팅은 밥 먹고, 얘기하고, 커피 마신 후에 작별하는 순서로 진행된다. 그렇게 만났다가 남자가 집 근처까지 데려다 주거나, 집에 가기 위해 버스나 전철을 타야 하는 곳까지 데려다 주기 마련이다. 거기서 밋밋하게 인사 나누며 바로 헤어지지 말고, 앞으로는 헤어지기 직전 편의점에 잠깐 들러보자. 추운 날이라면 따뜻한 두유 같은 것을 하나 사서 상대에게 건네자. 집에 갈 때까지 손 시릴 테니까 손도 녹이고 나중에 마시라며 주는 것이다. 이게 별 것 아닌 행동 같지만 상대는 그 모습에서 그대의 세심한 배려를 볼 것이고, 그대의 따뜻한 마음을 느낄 것이다. 그저 잘 들어가라는 인사만 한 뒤 집에 가서 '얘 왜 카톡 안 보내지?' 하며 폰만 노려보지 말고, 이러한 작은 행동 하나로 그대의 매력을 보여주기 바란다.

표현에 서툴러 고민이라는 대원들에게 난 '서비스'에 관한 책을 한번 읽어보길 추천한다. 서비스기술은 사랑을 벤치마킹하며 발전하고 있다. 서비스에 관련

홀로여도 좋지만 네가 있어 더 행복하다

된 책은 실질적인 애정이 없어도 상대에게 애정이 있는 듯 보이게 할 수 있는 구체적인 기술들을 소개하는데, 애정이 있으면서도 표현을 못하는 대원들에게는 그 이야기들이 도움이 될 거라 생각한다. 이런 얘기를 하면 연기를 하라는 거냐고 반문하는 대원들이 종종 있는데, 그 물음엔 일부러라도 노력해서 하는 게 못(혹은 안)하는 것보다 낫다는 대답을 해주고 싶다. 콜센터 상담원들이 왜 고객응대 매뉴얼을 따로 익히는지를 곰곰이 생각해 본다면, '일부러라도 노력해서 하는 게 낫다'는 내 말에 그대도 공감할 수 있을 것이다.

07
무뚝뚝한 여자가 알아야 할
애교의 ABC

만나면 예식장에 온 것 같은 분위기를 내는 여자가 있는 반면, 장례식장에 온 듯한 분위기를 내는 여자도 있다. 그녀들은 남자 앞에서 미소를 지었다간 큰일이라도 나는 사람처럼 무표정을 고집한다. 어쩌다 엘리베이터를 함께 타게 된 사람처럼 불편한 기운을 풍긴다.

친구들과 함께 있을 땐 그녀도 그렇지 않다. 재치 있는 말을 꺼내 친구들을 빵빵 터트리기도 하고, 친구의 이야기에 리액션을 하며 함께 웃고, 걱정하고, 다독이기까지 한다. 오로지 이성, 그중에서도 호감 가는 이성이나 사귀고 있는 이성 앞에서 그녀는 '소리에 놀라지 않는 사자처럼, 그물에 걸리지 않는 바람처럼, 진흙에 더럽혀지지 않는 연꽃처럼, 무소의 뿔처럼 혼자서(〈숫타니파타〉에서 인용)' 가는 것이다.

홀로여도 좋지만 네가 있어 더 행복하다

그렇게 무소의 뿔처럼 혼자서 간다는 건 속세의 희로애락에 개의치 않는 초연함을 가질 수 있다는 장점이 되기도 하지만, 아무 일도 일어나지 않는다는 단점도 된다. 무소식으로 점철된 일상(연애)은 맑은 날만 계속되는 나날처럼 권태로워진다. 비도 오고 바람도 불고 천둥도 치고 그래야 하는데, 마냥 쨍하다 보니 마음속은 쩍쩍 갈라진다. 게다가 건조한 날들이 이어진 까닭에 작은 불씨라도 날아오면 걷잡을 수 없이 강렬한 기세로 마음속이 활활 타기도 한다. 무뚝뚝한 여자들이 왜 주로 불타는 짝사랑을 하는지 이제 좀 알 것 같지 않은가?

무뚝뚝하게 무소의 뿔처럼 혼자서 가고 있는 여성대원들을 위해 준비했다. 상대와 함께 가기 위해 필요한 애교의 ABC.

🌺 A 통합관제센터 철거하기

사람이라면 누구나 마음에 '경비실'을 가지고 있다. 다들 그곳에 마련된 CCTV를 통해 현재 상황을 파악하며, 그곳의 방명록엔 살아오며 만난 사람들의 흔적이 남아 있다. 무슨 얘긴지 잘 모르겠다면 혼자 방에 앉아 졸업앨범 볼 때를 떠올려 보자. 그때 떠오르는 것들이 경비실에서 녹화된 CCTV를 돌려 보는 것이라고 생각하면 된다.

무뚝뚝한 여자들은 일반 사람들에게 있는 마음의 '경비실'보다 더 엄격한 '통합관제센터'를 가지고 있다. 동성을 만날 땐 경비실과 별 차이 없이 운영되지만, 이성을 만나면 출입구에 바리케이드를 치고 세세한 조사를 한다.

남자와 함께 차를 타고 가며 말없이 창밖만 보는 것이 바로 '통합관제센터' 때문이다. 이성과 함께 있을 경우 그녀의 '통합관제센터'는 바빠진다. 보통의 여자라면 별 고민 없이 상대의 옆자리에서 운전이나 지리 등에 대해 이야기를 나눌 텐데, 무뚝뚝한 여자는 그 일을 모두 '통합관제센터'에서 혼자 처리한다. '선곡을 보니 이 사람 스타일은 어떨 것 같군', '여기 지리를 잘 아는 것 같네. 많이 와 봤다는 건가?' 하며 말이다.

그 모습이 상대에게는 버퍼링으로 느껴지고, 결국 그는 '뒤로 가기' 버튼을 누르듯 그녀에게서 나가버린다. 그녀가 상상이나 추측, 분석 등을 하느라 상대를 홀로 내버려 둔 결과다. 그녀의 '통합관제센터'가 아무리 훌륭한 판단을 내리더라도 상대가 다른 곳으로 가 버렸다면 소용없는 일 아닐까?

🌺 B 'And you?' 활용하기

무뚝뚝한 여성대원들이 이성과 나눈 카톡 대화를 보면, 상대에게 되묻는 일이 거의 없다는 공통점을 발견할 수 있다. 상대에게 마음이 없는 것도 아닌데 '단답형 정보 전달'만 한다는 게 놀랍다. 거의 모든 대화가 받은 질문에 대답만 하는 패턴이다. 질문을 하며 먼저 말을 거는 경우도 있지만, 그랬다가도 금방 다시 문답 패턴으로 돌아온다.

늘 그런 식의 대화가 진행되면 남자는 '고기 굽는 사람'의 마음이 된다. 굽는 사람만 계속 굽는 그런 상황 말이다. 상대는 짜증이 나고 만다. 그럴 땐 대화에 'And you?'만 넣어줘도 훨씬 화기애애한 분위기를 만들 수 있다. 밥 먹었냐는 상대의 질문에 대답과 함께 'And you?'를 넣어보자. 무슨 말을 더 할지 고민하지 않아도 대화가 풍성해질 것이다.

❀ C 괜찮지 말자

혼자서도 잘하는 건 혼자일 때의 얘기다. 둘이 되었을 때엔 얘기가 달라진다. 홀로 달리기를 하는 것과 둘의 한쪽 다리를 묶어 2인 3각으로 달리는 것은 엄연히 다른 것 아닌가. 상대는 2인 3각으로 달릴 때 어떻게 할 것인지 의견을 묻고 있는데, 무뚝뚝한 여자는 "나 달리기 잘하니까 걱정 없어요. 편한 대로 하시면 돼요."라는 이야기만 한다.

그렇게 사무적으로 만나는 것이 깔끔한 건 인정하지만 친밀하고 끈끈한 관계로 발전하긴 어렵다. 운이 좋아 연애로 이어지더라도 '너는 너, 나는 나'로 지낸다면 그 연애는 무슨 의미가 있을까.

친구가 "야, 어제 축구 봤어? 장난 아니었는데."라고 말하면, "아니, 못 봤어. 어땠는데?" 정도는 리액션을 해줄 수 있어야 한다. 그런데 무뚝뚝한 여자는 '나 축구 안 봐."라고 답하며 상대를 무안하게 만든다. 내가 소중한 만큼 상대도 소중한 사람이다. 사무적인 태도에서 벗어나 애정을 가지고 진심으로 대해 보자.

상대에게 바짝 다가앉자. 남자들이 원하는 애교란 콧소리를 내거나 내숭을 떠는 게 아니다. 애정을 가지고 가까이 다가오는 것, 그게 남자들이 원하는 애교다. 애정이 있다면 옷에 묻은 먼지가 보일 때 털어 주게 되고, 좀 재미없는 얘기를 해도 즐겁게 웃어 주며, 함께 있는 순간이나 대화를 나누는 시간에 행복해하는 모습을 보여줄 수 있다. 지난 사랑을 추억하는 노래 가사에 "앙앙거리던 네 콧소리 잊을 수 없어."라는 대목 따위는 나오지 않는다는 걸 잊지 말자.

08
애인처럼 굴지만
사귀자곤 안 하는 남자 대처법

이쪽의 진심에 상대도 진심으로 대해준다면 참 좋을 텐데, 안타깝게도 반했다는 마음을 이용해 마음대로 휘두르러 하거나 어장에 넣어둔 채 심심할 때만 찾아오는 남자들이 있다. 그런 남자들에게 당하고 있는 여성대원들은 마음이 여려 거절을 잘 못하고 상대에게 상처가 될까 봐 심한 말 못하는 성격의 대원들이라 난 더 가슴이 아프다. 그런 대원들을 위한 '애인처럼 굴지만 사귀자곤 안 하는 남자 대처법'에 대해 함께 살펴보자.

상대의 비겁한 행동엔 비겁하다고 명확히 말하자

애인처럼 굴지만 사귀자곤 안 하는 남자들은 대개 자신의 기분에 따라 말과 행동이 달라지며, 자신이 한 말과 행동에 책임을 지지 않는 특징이 있다. 그들은 잘못을 저질러 놓고 되려 화를 내거나 그런 뜻이 아니었다고 궤변을 늘어놓으며 상대를 바보로 만들기도 한다. 그런 졸렬한 짓을 해도 그대가 별 대응 없이 다 받아준다면 그는 그대를 더욱 만만하게 여기며 자기 마음대로 행동하게 될 것이다.

상대가 비겁한 행동을 한다면 그 행동이 비겁하다는 것을 명확히 말해야 한다. 그대의 연락에는 성실히 반응하지 않으면서 자신이 심심할 때에만 연락하는 행동, 늘 뭔가 부탁만 하는 행동, 술에 취했을 때에만 다정하게 구는 행동, 더불어 다른 사람과 연애하고 있으면서 찝쩍거리는 행동들을 하고 있는 상대가 있다면 그대 혼자 속으로만 앓지 말고 겉으로 드러내 명확히 말하자. 그런 행동들은 비겁한 것이라고 말이다.

단, 왜 그런 행동을 하는지 상대에게 이유를 물어서는 안 된다. 그 물음에 상대가 말도 안 되는 이유를 갖다 붙여도 이미 마음을 빼앗긴 그대는 다 이해하려 들테니 말이다. 이유는 묻지 말고, 그 행동의 비겁함에 대해서만 명확히 말하자.

🌸 상대가 반하지 않았다면 우선 마음을 접자

반하지 않은 남자들의 대표적인 멘트는 아래와 같다.

"난 다정다감한 성격도 아니고, 잘 챙겨주지도 못해. 그래도 괜찮아?"

"나 나쁜 남자야. 나랑 사귀면 네가 힘들어질 거야. 그러니까 좋아하지 마."

"연인이 되면 언젠가 헤어질 수 있잖아. 너랑은 그러기 싫으니까, 연애는 하지 말자."

저 말이 그대에게 반하지 않았다는 의미라는 걸 모른 채 그럴듯한 겉모습만 보고 의지해 버리면 분명 문제가 생긴다. 저건 상대가 훗날 책임져야 할 일에서 벗어나기 위해 미리 집어든 일종의 면죄부다. 그래도 좋다며 상대와의 관계를 계속 이어간 선배대원들은 결정적인 순간에 상대가 "것 봐. 내가 분명 전에 그렇게 말했잖아."라며 면죄부를 꺼내드는 바람에 대부분 알콜과 일촌을 맺게 되었다는 걸 잊지 말자.

그대의 썸남이 위와 같은 이야기를 한다면, 그 상황은 연애의 씨앗을 뿌리기엔 너무 추운 겨울이라고 생각하자. 식물을 빨리 키우고 싶다고 겨울에 씨앗을 뿌리는 사람은 없잖은가. 훗날 계절 바뀌듯 상황이 바뀔 수도 있는 법이니 우선은 상대를 향한 마음을 접자. 그 상황에서 연애를 시작하더라도 그대의 연애는 그저 언 땅에 뿌린 씨앗 같은 처지가 되고 말 것이다.

✿ 상대의 '떠보기'엔 무관심으로 대응하자

본인이 필요할 땐 이쪽의 마음을 책 페이지 넘기듯 아무렇게나 넘겨보고, 확인이 끝나면 아무렇지 않게 덮는 일만 반복하는 남자들이 있다. 분명 그 시간엔 상대가 그대를 향한 마음이 있는 듯이 행동했겠지만, 이후 다시 잠수를 타거나 그대를 방치해두는 상대의 태도를 보면 그때의 행동이 진심이 아니라는 걸 알 수 있을 것이다.

어느 여성대원의 사연에 "나 너희 동네에 일이 있어서 가려고 하는데."라며 계속해서 여지만 흘리는 남자가 등장한 적 있다. 그에게 이미 반해있는 그녀는 계속해서 만나고 싶다는 의사를 내비쳤다. 하지만 그는 단 한 번도 그녀를 찾아오지 않았다. 저런 식으로 떠본 후 그녀가 아직 자신에게 호감을 가지고 있다는 것만 확인하며 즐겼던 것이다. 난 그녀에게 무관심으로 대응하길 권했다. 그녀의 동네에 볼 일이 있어 놀러간다는 그에게 "응. 잼나게 놀다 가." 정도로만 대답해 주라고 했다. 그녀가 무관심으로 대응하자 늘 대화 이후 연락 두절 되었던 상대는 저녁에 다시 연락을 해왔다.

당장 상대에게 냉담하게 반응하거나 상대의 요구를 거절하면 인연이 끊어질 것 같아서 두렵겠지만, '상황'이 바뀌면 '사람'도 바뀐다는 걸 기억해 두자. 별로 손대지 않아도 잘 굴러가는 오토매틱 차량에선 기어에 손댈 일이 거의 없지만, 수시로 기어를 바꿔야 움직이는 수동기어 차량에선 늘 기어에 손이 가 있는 법이다. 상대에게 그대와의 관계가 노력하지 않으면 잃을 위험이 있는 관계로 여겨져야 한다. 그러기 위해선 계속되는 '떠보기'에 무관심으로 대응할 필요가 있다.

더 이상 기다리지 말고 기대하지 말고 기대지 말자. 연락오길 기다리고, 고백해주길 기대하고, 스스로 서지 못해 상대에게 기대려 하는 여자는 아쉬운 여자다. 그리고 아쉬운 여자가 바로 쉬운 여자다.

09
편지로 고백할 때
쓰지 말아야 할 말들

정말 피치 못할 사정이 있는 게 아니라면 고백은 편지로 하지 말길 권한다. 고백을 편지로 하면 편지를 전하는 순간부터 답장의 노예가 되어 초조해할 수 있고, 그 내용 역시 자기가 무슨 소리를 하는지도 모른 채 "부담스럽게 생각하진 않았으면 좋겠어." 같은 멘트만 잔뜩 나열하는 중얼거림이 될 수 있다.

그럼에도 불구하고 이 글을 쓰는 건, 자신이 쓴 연애편지에 이상한 점은 없는지 확인해 달라며 내게 메일을 보내는 대원들이 많기 때문이다. 하나하나 읽어보고 첨삭해 줄 수 없기에 여기다 대부분의 연애편지에서 보이는 오류들을 정리해 둘까 한다. 자신이 쓴 연애편지에 혹 아래와 같은 내용들이 포함되어있진 않은가를 살펴보며, 셀프 첨삭을 하길 바란다.

🌸 연애편지인가, 반성문인가?

편지로 고백하겠다는 대원의 8할은 '연애편지'가 아닌 '반성문'을 쓴다. 첫 인사부터 갑자기 편지를 줘 당황스럽게 만든 것 같다며 사과, 만나서 직접 이야기하고 싶었는데 이렇게 편지로 대신 말해서 미안하다며 사과, 지난 날 오해했을지도 모르는 부분에 대한 사과, 어쩌면 이 사과도 자신이 너무 일방적으로 한 생각 같다며 사과, 도움을 주고 싶은데 도움을 못 줘서 미안하다며 사과, 이 편지를 읽고 불편한 마음이 될지도 모르겠다며 사과….

개인적으론 이게 일본 만화에 나온 '츤데레'의 포지션을 유지하고 있기 때문에 벌어지는 일이라 생각한다. 위키백과에서 정의하는 '츤데레'의 특징을 보자.

ⓐ 애정을 갖기 시작하면 부끄러워하는 성격
ⓑ 서투른 호의, 장벽이 있는 사랑의 표현

상대를 '절대적인 존재'로, 자신을 '하찮은 존재'로 설정해 버리면 할 게 사과밖에 없다. 그럴 경우 호감을 표현하는 일도 '관심 구걸'의 형태로 나타날 수 있고 말이다. 그대가 쓴 연애편지에 상대에게 부탁하거나 허락을 구하는 문장들이 가득한 것은 아닌지 확인해 보길 권한다.

🌸 감정의 바다에 빠져 허우적거리는 모습

택시 할증이 붙는 시간에는 되도록 편지를 쓰지 말길 권하고 싶다. 그 시간엔 감수성이 풍부해지기 마련이라서 '너에게 하고 싶은 이야기'보다는 '내 감정에 대한 이야기'를 구구절절 늘어놓게 된다. 어느 남성대원이 쓴 연애편지의 한 대목을 보자.

"집에 돌아와 문자를 보내려 해도 너한테는 문자 보내는 사람이 많으니까, 나도 그냥 그들 중 한 명이 되어 버릴 것 같고… 나에게 자신감이 있다면… 얘기도 나누고… 밥도 같이 먹자고 하고 그럴 텐데… 으… 어렵다…나 혼자 너무 어려워하는 건가? 미안… 근데… 또 이 편지는 어떻게 주지?… 으… 걱정 투성이야. 미안…"

재미도 없고, 혼자 횡설수설하고, 마음대로 상상하고, 걱정하고, 패배의식만 잔뜩 담겨 있는 문장들이다. 우선 갈팡질팡하고 있다는 게 그대로 드러나는 말줄임표부터 좀 빼자. 그리고 쓰는 사람만 후련할 뿐인 문장들도 지워버리자. 저 편지에선 감정의 바다에 빠져 허우적거리고 있는 사람의 모습밖에 찾아볼 수 없다. 그 모습을 본 상대는 부담밖에 느끼지 않을 것이고 말이다.

🌺 너에게 무엇이 되고 싶다는 말

챙겨줄 수 있는 사이가 되고 싶다느니, 힘이 되는 사이가 되고 싶다느니, 서로의 고민을 나누는 사이가 되고 싶다느니 하는 말을 그대의 연애편지에 적어두었다면 어서 지우길 권한다. "너에게 도움이 되고 싶어."라는 말 역시 마찬가지다. 그런 건 상대의 허락 없이도 충분히 할 수 있는 일이다.

현재 그대와 가장 친하게 지내고 있는 친구를 떠올려 보자. 그 친구와 친해

홀로여도 좋지만 네가 있어 더 행복하다

지는 과정 중에 따로 "우리가 서로에게 가장 친한 친구가 되었으면 좋겠어." 따위의 얘기를 나눈 적은 없을 거라 생각한다. 같이 자주 어울리고, 오랜 시간 가까이 지내다 보니 자연히 그렇게 된 것 아닌가. 이성인 상대와도 그렇게 친해지면 된다. 군이 필요하지도 않은 허락받으려다가 상대에게서 부담스럽다는 말 듣는 실수는 피하도록 하자.

연애편지를 고백을 위한 '최후의 수단'이 아니라 가까워질 수 있는 '도구'로 생각하자. 많은 대원들이 비장한 각오로 '출사표'를 던지듯 연애편지를 쓰는데, 그러지 말자. 등산에 비유하자면 그건 몇 걸음 오르지도 않고서는 얼마나 올라왔나, 정상까지 얼마나 남았나만 알려고 하는 것과 같다. 그냥 묵묵히 그리고 꾸준히 올라보자. 오르다 보면 정상이다.

10
연애경험 없는 여자들을 위한
다가감의 방법

연애경험 없는 여성대원들은 이성을 대할 때 설렘과 불안, 긴장과 낯섦의 소용돌이에 빠져드는 듯한 기분을 느낀다. 벤자민 버튼의 시간은 거꾸로 가고, 그녀들의 시간은 천천히 간다. 집에 돌아와선 상대와 만났을 때 자신이 무슨 얘기를 했는지 잘 떠올리지 못하는 부분기억상실증상을 보이는 대원들도 있다. 물론 그들도 어느 부분들은 팬 포커스로 찍은 사진처럼 또렷하게 기억하고 있다. 대부분 이게 '좋지 않은 기억'이라 잠자려고 누웠을 때쯤 떠올라 이불에 하이킥을 날린다는 건 안타까운 일이지만. 그런 대원들을 위한 다가감의 방법, 함께 알아보자.

상대의 신체와 관련된 이야기로 풀어 나가자
남자는 누군가에게 들었던 칭찬의 말을 동력으로 평생을 살아간다. 단언컨대 대여섯 명의 사람에게서 그림 잘 그린다는 얘기를 들은 남자는 평생 자신의 옆에 '그림 그리기'를 둘 것이다. 현실의 벽에 부딪혀 화가 대신 직장인이 되었다 하더라도 그는 마음속에 늘 '여유로워지면 난 그림을 그릴 거야'라는 생각을 품고 있을 것이다.

이전 글에서 말한 '칭찬으로 안목 드러내기'와 더불어 상대의 신체와 관련된 칭찬을 해보자. 치열이 고르다는 얘기나 목소리가 좋다는 얘기, 뭐가 되었든 상대에게서 가장 '장점'이라고 할 수 있는 부분을 콕 집어 이야기하면 된다. 이게 별것 아닌 것 같지만 상대를 평가할 생각으로 머릿속이 가득 찬 여자들은 절대 할 수 없는 일이다. '남자 울렁증' 때문에 자의식의 세계에서 혼잣말만 하는 대원들 역시 마찬가지고 말이다.

저렇게 칭찬만 덩그러니 하는 걸음마 수준을 벗어났다면 '링크'도 걸어보자. 칭찬에다가 자신의 얘기를 섞는 거다. 대략 아래와 같은 방식으로 할 수 있다.

"우와, 손가락 정말 길다. 이렇게 손가락 긴 남자 처음 봐요. 피아노 '도'에서 어디까지 닿아요? 궁금하다. 전 예전에 피아노 배우다가 새끼손가락이 짧아서 좌절했었거든요. 체르니까지만 배우고 그만뒀는데 블라블라."

상대가 피아노를 배운 적 있으면 자연히 피아노 이야기로 이어질 수 있고, 피아노를 배운 적 없더라도 남자는 자신의 손을 볼 때마다 저 칭찬과 함께 그대의 피아노 얘기를 떠올리게 될 것이다. 거리를 지나다 피아노 독주회 포스터를 보며 그대를 떠올릴 수도 있고 말이다. 그렇게 하나 둘씩 링크를 이어 나가자. 지금은 겨우 하나의 링크를 걸 뿐이지만, 촘촘하게 링크를 걸다 보면 언젠가는 둘의 영혼까지 연결할 수 있을 것이다.

❀ '철든 모습'을 보여줘라

마음에 둔 남자와 같은 모임에 있다면, 모임 사람들과 놀러가서 다과를 먹을 때 먼 쪽에 있는 사람들을 위해 이쪽의 과일을 쟁반에 담아 나눠줘 보자. '누군가 하겠지 뭐' 하며 자기 앞에 놓인 과일만 먹는 여자와 다르다는 걸 보여줄 수 있을 것이다. 잠시 자리를 비운 사람을 위해 그 사람 몫의 간식을 따로 챙겨 둔다거나 상대가 수고하고 있다는 걸 얼른 알아채 도움을 주거나 격려하는 여자는 상대에게 '호감'을 넘어 '감동'을 줄 수 있는 여자다.

대화를 할 때도 '철든 모습'을 보여주자. 철없는 여자들은 자신의 이상형을 말하며 남자에 대한 선입견을 쏟아 내거나 무언가에 대한 분명한 호불호를 밝히며 자신의 편견을 드러낸다. 그 말들이 모두 자신의 과거나 인성을 추측할 수 있는 근거가 될 수 있다는 걸 모른 채 말이다. 무슨 얘긴지 잘 모르겠다면 "전 법보다 주먹에 가까운 사람이에요."라고 말하는 남자를 떠올려 보길 바란다. 저 말을 한 상대가 멋지고 강해 보인다고 말하는 대원은 없으리라 생각한다.

❀ '밥 한 번 같이 먹고 싶은 사람'의 느낌으로

그간 내가 '다가감의 정석'이라고 생각하고 있던 모습을 모 연애 프로그램에서 본 적 있다. 그 프로그램에 참가한 한 여성은 상대에게, "호감이 있어서 쭉 지켜

홀로여도 좋지만 네가 있어 더 행복하다

봐 왔다. 적극적으로 참여하며 열심히 하는 모습을 보고 괜찮은 분이라 생각했다. 밥 한 번 같이 먹으며 이야기를 나눠보고 싶었다."라는 뉘앙스의 말로 상대를 사로잡았다. 절제된 진심과 상대를 배려한 표현으로 말이다. 그녀가 떠넘기듯 부담을 주며 고백하거나 속상하다고 징징거리거나 얼른 대답을 듣고 싶다고 재촉하지 않았음에 주목하자. 저 고백을 들은 남자는 최종선택에서 그녀에게 구애했다.

실현 가능한 목표를 세워 다가가자. 밥 한 끼 같이 먹는 것, 딱 좋은 목표다. 전화 통화나 만남은 다 생략한 채 '그가 날 이성으로 생각하며 호감을 가지게 되는 것'을 목표로 세워두면 신에게 기도하는 것 말고는 할 수 있는 게 없다. "여자가 먼저 연락하면 남자는 어떻게 생각하나요?", "좋아하는 마음을 들키면 안 좋은 건가요?" 따위의 얘기만 하는 짝사랑 전문과정은 이제 졸업하자.

조금 둔해도 괜찮다. 다가감에 있어서는 오히려 예민한 것보다 둔한 것이 낫다. 단, 둔해도 센스는 있어야 한다. 평소 상대가 자주 갈증 내는 걸 봤다면, 그걸 파악해 두었다가 상대가 목마라 할 순간에 먼저 음료를 내밀 줄 아는 센스 정도는 갖추자.

11
찔러보는 남자와 호감 있는 남자,
어떻게 다를까?

우선, 이 글은 '착각 중인 여성대원'들에게는 해당되지 않는다는 걸 먼저 밝힌다. 외국에서 유학 중인 한 여성대원은 같은 학교에 다니는 외국인 제임스가 "넌 내가 본 아시아인들 중에 제일 예쁜 것 같아."라는 말을 하자 '제임스가 나 좋아하나?' 하는 착각을 하며 유학생활 내내 제임스 스토킹만 하다 돌아왔다.

그 여성대원과 비슷한 착각을 하고 있는 많은 여성대원들이 상대의 형식적인 칭찬이나 기분 좋으라고 한 립서비스를 두고 "날 찔러보는 것 같다."라거나 "어장관리를 하는 것 같다."라는 이야기를 하곤 한다. 혼자 착각하고 있는 상황에서 이 글을 읽으면 '그래, 걔가 날 찔러본 거야'라는 결론밖에 내릴 수 없을 테니 되도록 이 글은 패스하고 다음 글로 넘어가길 권한다.

🌸 착각 걸러내기

서두에 저렇게 적어놔도 착각 중인 여성대원들은 '저런 여자들도 있겠지만, 난 아냐' 하며 기어코 여기까지 읽고 있으리라 생각한다. 그런 대원들을 위해 정말 간단한 '착각 구별법'을 하나 소개할까 한다.

'주 1회 이상 상대가 선연락을 하는가?'

착각하던 대원들 실망하는 소리가 여기까지 들리는 듯하다. 이성의 친절과 호의에 익숙하지 않은 대원들은 이성의 그런 행위를 자신에게 관심이 있기 때문에 한 행동이라고 해석한다. 때문에 앞으로 고백받을 일밖에 남지 않았다고 생각하며 혼자 기대를 부풀리곤 한다. 이쪽에서 먼저 연락하지 않으면 자연히 각자의 삶을 살게 될 사이임에도, 그녀들은 열심히 인연의 끈을 잡아당겨 가며 "분명 저에게 관심이 있었는데, 왜 더 진전이 없죠?"라는 이야기를 하는 것이다.

이건 남성대원들이 주로 벌이는 '이성과 조금만 친해져도 무조건 연애상대로 생각하며 들이대다 아는 여자를 멸종시키는 행위'와 비슷한 일이니, 혹 이런 착각을 하고 있는 여성대원이 있다면 마음속 '썸남' 카테고리 아래에 '아는 남자' 카테고리도 하나 만들어 두길 권한다.

🌸 애매한 멘트와 행동 걸러내기

우선 멘트들을 보자.

"소개팅한다고? 그럼 나는?"

"소개팅할래? 정말 괜찮은 남잔데, 그게 바로 나야."

"뭐야, 나 말고 다른 남자가 또 있는 거야?"

듣는 사람이 충분히 오해할 수 있을만한 멘트들이다. 때문에 '내게 관심이 없다면 저런 얘긴 하지 않을 거야'라고 생각하는 여성대원들이 있을 텐데, 관심이 없이도 저런 말을 하는 남자들이 있다는 얘길 해주고 싶다. 그들은 장난삼아, 또는 그냥 찔러보는 재미를 느끼기 위해 저런 말들을 던진다. '아는 여자'와 '애인'의 경계가 불분명한 남자들 역시 저런 말을 아무렇지 않게 던지는 경우가 많다. 또, 그런 남자들은 이성에게 애칭을 정해서 부르거나 전화를 걸어 노래를 불러주거나 하는 '연인'의 행동을 할 때도 있기에 어쩌면 헷갈리는 게 당연할 수 있다.

이럴 땐 두 가지를 유심히 살펴보자. 먼저 저런 이야기를 할 만큼 상대와 그대가 객관적으로 가까운 사이인가를 살펴봐야 한다. 앞서 말했듯 그저 장난기가 많기만 해도 충분히 저런 말과 행동을 할 수 있다. 장난꾸러기의 경우 서로 알게 된 지 일주일도 지나지 않아 저런 이야기를 하는 경우가 많으니, 몇 번 만나지도 않았는데 저런 이야기를 한다면 그건 그저 '장난'으로 여기길 권한다.

그다음 상대가 나에게만 저런 이야기를 하는지를 살펴야 한다. '끼 있는 남자'는 자신에게 좀 관심이 있어 보이거나 드립을 잘 받아주는 여자만 있어도 아무 때나 저런 멘트를 던진다. 연락하는 여자가 생기면 일단 들이대고 보는 것이다. 그들은 '나 너 좋아해. 그런데 너만 좋아하는 건 아니야'라는 속마음을 가지고 있는 경우가 많으니 단편적인 증거 하나만 가지고 그에게 올인하지 말길 바란다.

🌸 보다 확실한 구별법

찔러 보느라 들이대는 남자와 호감이 있어서 다가오는 남자를 구별하는 가장 확실한 방법은 시간으로 걸러내는 것이다. 찔러 보는 남자, 즉 급한 남자나 나쁜 남자들의 치명적인 약점은 '약한 지구력'이다. 그들은 평소에도 마음이 동할 때 빼고는 무덤덤하거나 무관심한 본래의 모습을 드러내는 경우가 많으며, 몇 번 찔러보다가 쉽지 않을 것 같으면 돌아서서 다른 사람에게 가서 들이댄다.

그래놓고 훗날 "난 기다리다 지쳐서 돌아선 거다.", "신호를 보내도 알아주지 않아 마음을 접었다."라는 이야기를 하는 남자들도 있는데, 그들의 그런 말에 너무 신경 쓰지 말길 권한다. 그건 그대에게 그냥 딱 그만큼만 관심을 가지고 있었다는 얘기에 지나지 않으니 말이다.

조금만 상대가 들이대도 거기에 푹 빠져서 봉산탈춤을 추는 여성대원들의 사연을 볼 때마다 가슴이 아프다. 기대와 실망의 롤러코스터를 타고 있는 그녀들에게, 상대가 정말 괜찮은 남자라면 그대를 그렇게 고민하도록 내버려 두지 않을 것이라는 얘기를 꼭 해주고 싶다.

12
소개팅 애프터에서
확 깨는 여자들, 문제는?

애프터 신청은 무리 없이 받는데, 애프터 이후엔 늘 연락 두절로 이어지거나 관계가 흐지부지해지다가 끊어져 버린다는 사연이 많다. 영화 보고 밥 먹고 드라이브하는 과정에서는 분명 아무 문제도 없었던 것 같은데 그게 마지막 만남이 되었다는 대원들. 그녀들이 하는 얘기만 들어봐서는 문제점을 찾기 힘들다. 사연은 다음과 같다.

"그 사람이 작은 선물도 준비해 왔더라고요."

"어디 갈지 미리 예약까지 해 둔 괜찮은 남자였어요."

"카페에서도 세 시간 정도 이야기를 나눴거든요. 분위기 좋았어요."

대부분 긍정적인 이야기들만 가득하다. 그렇게 '그 사람이 어떻더라'만 살펴서는 문제를 볼 수 없다. 상대의 입장에 서서 '그 사람에게 난 어땠을까'를 돌아봐야 한다. 내가 즐거웠으니 상대도 당연히 즐거웠을 거라는 그 착각을 내려놓고 문제의 원인을 찾아야 한다는 얘기다. 상대는 그대를, 그리고 그 만남을 어떻게 생각했을지 함께 살펴보자.

🌺 아낌없이 받는 여자

소개팅 상대가 계획할 줄 알고, 배려할 줄 알며, 자상하기까지 한 남자였다고 말한 여성대원이 있었다. 그의 그런 모습 때문에 그녀 역시 곧 연애를 하게 될 줄 알았는데, 세 번째 만났을 때 상대는 "제가 그쪽 남자친구도 아닌데, 늦은 시간까지 붙잡고 있을 필요는 없지 않나요?"라는 당황스러운 말을 하며 인연을 끊었다. 저 말만 놓고 보면 상대가 이중인격자에 성격파탄자인 것처럼 보이지만, 막상 사연을 들여다보면 '남자 입장에서 빠질 만하다'는 판정을 내릴 수 있다. 사연을 보낸 대원은 상대의 친절과 호의에 대한 품평만 하며 "우리 이제 뭐해요? 어디 가요?" 따위의 이야기만 하고 있었기 때문이다. 그녀는 그가 자신을 집에 데려다 주려면 왕복 세 시간이 걸리는 걸 알면서도 상대가 데려다 준다고 했을 때 한 번도 거절한 적이 없었다.

늘 받기만 하는 친구가 있다고 해보자. 그 친구는 밥 먹으러 가도 계산할 생각 없이 앉아 있고, 집에 데려다 주는 걸 당연하게 생각하며, 자신을 위해 오늘은 또 뭘 준비했냐는 기대만 하고 있다. 어떤가? 그게 상대가 본 그녀의 모습이다.

🌸 자기 얘기만 하는 여자

'내 얘기를 잘 들어 주는 것'과 '말이 잘 통하는 것'을 혼동하는 여성대원들이 종종 눈에 띈다. 자신은 맥주보다 와인을 좋아한다는 얘기나, 이번 주 금요일에 월 차를 써서 연휴처럼 보낼 계획이라는 얘기를 하며 '내 기호, 내 사정'만 장황하게 늘 어놓는 대원들이다.

이 부분 역시 '친구'에 대입해서 살펴보면 왜 문제가 되는지를 쉽게 알 수 있다. 친구와 노래방에 갔는데 친구가 마이크를 놓지 않고 혼자 연달아 노래를 부르며, 그대가 예약해 놓은 걸 무시하고 우선예약을 한다면 기분이 어떨 것 같은가? 상대를 들러리나 방청객으로 만들지 말자. 앞서 말했듯 'And you?'를 적극 활용하며 주고받는 대화를 해야지, 혼자 들떠 수다만 떨어서는 안 된다. 그런 여자와의 데이트는 남자에게 '봉사활동'처럼 느껴질 뿐이다.

🌸 애프터가 연애, 결혼의 보증이라 생각하는 여자

소개팅이 아닌 선을 보는 경우, 상대와 상대 집안에서 모두 이쪽을 마음에 들어했다는 말을 듣고는 합격판정을 받았다고 생각하는 대원들이 있다. 그녀들은 자신감이 충만해져 애프터에 나가 '내 요구사항'을 말하기 바쁘다. 어느 대원은 애프터를 받은 이후 상대를 하청업체 취급하며 자신이 정한 약관을 읽어주듯 요구사항을 말하기도 했다. 상대가 준비한 것들은 그저 '접대' 정도로 당연하게 받아들이며 말이다.

아직 상대와 친한 친구의 이름도 모르면서 다짜고짜 결혼 얘기를 꺼낸 대원도 있었다. 부모님이 어쩌고, 아파트가 어쩌고, 아이가 어쩌고 하면서 말이다. 수년간 연애를 한 커플도 결혼식장에서 누구 손을 잡을지 모르는 법인데, 애프터를 받았다고 해서 그게 연애나 결혼의 보증이라고 착각하진 말자.

애프터는 '상대에게 날 더 만나볼 생각이 있다' 정도로만 받아들이는 게 가장 좋다. 그 이상의 의미를 부여하며 앞서나가 버리면, 상대가 급한 남자가 아닌 이상 그대의 '도장부터 찍으려는 태도'에 거부감을 느끼게 될 것이다. 그대를 떠맡게 되는 건 아닌가 하는 왠지 손해 보는 듯한 기분도 들 수 있고 말이다.

하나 더, 상대의 애프터가 아니면 할 일도 없고, 만날 사람도 없는 여자처럼 보이는 건 아닐지도 한번 생각해 보길 권한다. 그간의 외로움에 대한 보상을 상대에게 받으려 해서는 안 된다. 나에게 관심이 있는 것 같으니 내 일주일을 책임지라며 자신을 덤핑처리하지 말고, 최소한의 긴장감은 늘 유지한 채 서로 대등한 입장에서 만나보자.

13
무덤덤한 남자에게 다가가는
세 가지 방법

카톡이나 문자로 연락은 잘하는데 언제 보자거나 보고 싶지 않다는 딱 부러진 말을 하진 않고, 혹시 이 남자 어장관리하는 것이 아닌가 지켜보니 딱히 어장을 가지고 있는 것도 아닌 것처럼 보이는 남자. 이렇듯 연애에 무덤덤한 남자를 심남이로 둔 많은 대원들이 사연을 보내온다. 도대체 이 남자는 무슨 생각을 하고 있으며, 이 남자에게 다가가기 위해서는 어떤 방법을 써야 할까? 그에게 가랑비처럼 스며들 수 있는 세 가지 방법을 함께 살펴보자.

 **그의 동선에 끼어들어 '부탁'하자**

자신의 시간을 그간 연애 대신 취미나 일 등에 투자한 남자는 관심을 가지고 있는 분야에서 '준전문가' 수준에 이른 경우가 많다. 커피 한잔 하자는 여자의 권유

엔 "오늘은 날씨가 너무 춥네요. 다음에 봬요."라고 이야기하면서도 그 추운 날 설경을 찍는다며 태백산을 오르는 남자도 있었다.

상대 일상의 밖에 서서 연락만 할 것이 아니라 그의 동선에 끼어들어 일상의 일부가 되자. 밖에서 호랑이를 기다리기만 하는 것이 아니라 호랑이 굴에 들어가는 것이다. '준사진가' 급의 남자에겐 카메라 구입을 도와달라거나 사진 찍는 법을 알려달라며 다가가는 것 정도면 된다. 그러다 보면 자연히 상대가 왜 사진을 좋아하는지, 어떤 사진들을 찍고 있는지에 대해서도 더 잘 알 수 있게 될 것이다.

남자를 움직이게 만드는 가장 좋은 방법은 '부탁'을 하는 것이다. 못 믿겠다면 지금 그대의 메신저에 로그인되어 있는 아무 남자사람에게나 "혹시 포맷할 줄 알아?"라고 이야기를 해보길 바란다. 안부를 물을 때에는 그냥저냥 형식적인 이야기를 하던 사람도 그 질문에는 '해결방법'을 찾아주려 눈에 불을 켜는 모습을 볼 수 있을 것이다. 상대의 오지랖이 넓다면 그는 오늘 저녁 그대의 컴퓨터를 가져가 포맷해 주겠다고 할 수도 있고 말이다.

✿ 일단 저지르고 생각은 나중에 하자

상대와 함께 보고 싶은 영화가 있는가? 그럼 일단 저지르자. 예매한 후 상대에게 표가 생겼는데 같이 보자는 이야기를 건네자.

"그건 표가 생긴 게 아니라 제가 예매한 거잖아요?"

무덤덤한 남자는 그를 '시동' 거는 게 가장 어렵다. 그래서 약속조차 잡지 못

117

한 채 예매 어쩌고 하는 이야기만 하다 흐지부지되는 과정을 생략하고자, 착한 거 짓말 좀 했다고 치자. 예매한 거 숨긴 채 표가 생겼다는 이야기했다고 체포되는 거 아니고 국과수 조사 나오는 거 아니다.

영화든 연극이든 뭐든 좋으니 일단 상대와 만나자. 집 밖에 나오는 것을 극히 꺼리는 상대라면 그대가 찾아가도 좋다. 출출할 때 먹으라며 간식이라도 하나 사들고 가는 거다. 뜬금없거나 느닷없는 일일수록 기억에 뚜렷하게 남는 점을 활용하자. 생각이 너무 많으면 계속 생각만 하게 될 수 있다. 나중 걱정은 나중에 하고 지금은 일단 저질러 보자.

🌸 당장은 엎드려서라도 절을 받아보자

상대가 초식남의 성향이 강해 무덤덤한 경우, 그는 마음이 없어서라기보다는 뭘 어떻게 해야 하는지 모르고 있을 가능성이 높다. 그대가 던지는 공을 받을 줄은 아는데, 자기가 먼저 공을 던질 줄은 모른다고 생각하면 된다.

당장은 별 의미 없는 안부인사만 주고받는 것 같아서 기운도 빠지고 자신감도 떨어질 것이다. 하지만 버텨보자. 경험이 없거나 훈련이 되어 있지 않아 무덤덤한 대응밖에 할 줄 모르는 남자는 황무지와 같다. 하나하나 가르쳐 주듯 다가가야 하는 게 맨 땅에 쟁기질하는 것만큼 힘들겠지만, 개척이 끝날 즈음엔 기름진 땅이 되어 있을 것이다. 내가 어떤 말에 기뻐하고, 어떤 행동을 했을 때 그가 멋있어 보이는지를 차근차근 알려주다 보면 그는 어느새 그대에게 최적화된 남자가 되어 있을 것이다.

무관심한 것과 무덤덤한 것의 구별은 확실하게 하자. 상대가 그대의 카톡에 답장을 하지 않거나 성의 없는 단답형 답장만을 보내온다면, 그건 무덤덤한 게 아니라 그대에게 무관심한 것이다. 위의 이야기는 상대가 무덤덤한 남자일 경우, '내 템포'가 아닌 '상대의 템포'에 맞춰서 다가가는 방법에 대한 것이다. 앞선 선배대원들처럼 무덤덤한 남자에게 '나와 사귈 마음 있냐, 없냐?'만 묻다가 포기해버리지 말고, '일부'로 시작해 '전부'가 될 때까지 천천히 스며들어 보길 바란다.

14
여자라면 꼭 알아둬야 할
궤변남 구별법 1부

백과사전에 적힌 '궤변'의 정의는 이렇다.

궤변은 얼른 들으면 옳은 것 같지만 실은 이치에 닿지 않는 말을 억지로 둘러대어 합리화시키려는 허위적인 변론을 일컫는 말이다. 상대를 속여 참을 거짓으로, 거짓을 참으로 잘못 생각하게 하거나, 또는 거짓인 줄 알면서도 상대방이 쉽게 반론할 수 없도록 하기 위해 사상적 혼란과 감정이나 자부심 등을 교묘하게 이용하여 말하는 경우가 많다. 그러므로 궤변은 처음부터 어떤 진실을 밝히기 위해서가 아니라 다른 목적을 위해서 이루어지고 있다는 점이 특징이다.

— 두산백과, '궤변'에 관한 설명 중

사실 궤변은 똑똑한 사람이 아니면 사용하기 어렵다. 그럴듯하게 끼워 맞추

지 못하면 듣는 쪽에서 횡설수설이나 억지라는 걸 단박에 알 수 있으니 말이다.

때문에 아직 주관이 뚜렷하게 서지 않은 *꼬꼬마* 대원들, 상대에게 호감을 가진 까닭에 그의 말을 필터링하지 않는 대원들, 그리고 그 자리에서 마땅한 반론을 떠올리지 못해 상대에게 말려든 대원들이 주로 '궤변남'에게 휘둘린다. 최근엔 이런 궤변들이 연애의 창업만을 목적으로 둔 남자들 사이에서 '연애의 기술'이란 이름을 단 채 공유되고 있으며, 그 궤변에 속수무책으로 당하는 여성대원들의 사연도 나날이 늘어가고 있다. 당하지 않기 위해 알아두어야 할 궤변남 구별법, 출발해 보자.

❀ 미안하게 만드는 남자

한 궤변남이 *꼬꼬마* 여성대원을 휘두르는 레퍼토리를 잠시 보자.

ⓐ "보고 싶다.", "넌 나 안 보고 싶어?"라는 말로 만남 유도.

ⓑ 보고 싶다고 하니(?) 직접 집 앞까지 찾아가겠다는 말을 함.

→ 먼저 보고 싶다고 한 건 궤변남 쪽인데, 보고 싶다는 대답을 들은 뒤엔 상대가 만남을 요청한 것처럼 이야기하네?

ⓒ 컨디션이 좋지 않다는 말을 하면서 술을 마심. 이즈음 대중교통이 끊김.

ⓓ 차가 끊겨 돌아갈 수 없는 상황. 몸이 더 좋지 않다며 커피숍을 가자고 함.

→ 몸이 좋지 않으면 약속을 미뤘어도 되는 건데, 찾아와서는 대책 없이 계속 시간을 계속 보내네?

ⓔ 문 연 커피숍이 없자 커피를 사서 모텔에 들어가 얘기하자고 함.

→ 얼마나 중요한 얘기기에 커피를 사가지고 모텔까지 가서 해야 할까?

ⓕ 여자가 거부하자, 안 좋은 몸 이끌고 이렇게 왔는데 내치는 거냐며 따짐.

→ 안 좋은 몸이든 좋은 몸이든 얼굴 보고 얘기 다 했으면 혼자 쉬면 되는데.

ⓖ 남자에게 호감도 있는데다가 미안해지기까지 한 여자가 승낙.

→ 컨디션 안 좋다는 사람이 모텔에 들어가서는… 하아.

ⓗ 다음날 여자는 사귀는 사이가 되었다고 생각. 다정한 연락을 주고받음.

→ 다정하고 긴 연락이라도 했으니까, 뭐.

ⓘ 연락 두절. 여자의 폭풍 카톡이 이어짐. 남자는 집에 큰일이 났다며 연락을 자제하라고 함.

→ 그렇게 한참 잠수하다가 나중에 고개만 내밀곤 적반하장. 다시 잠수.

위의 레퍼토리에서 아주 약간씩의 변형만 있는 사연이 수두룩하다. 장소가 모텔에서 건물 옥상이나 자가용으로 바뀌거나, 핑계가 집의 큰일에서 친구의 사고나 누군가의 장례식 등으로 바뀐 사연들.

이렇게만 적어 놓으면 당하는 여성대원이 바보 같아 보이겠지만, 실제 사연에선 ⓐ와 ⓗ 사이의 이야기가 전체의 8할을 차지한다. 저 일이 있기 전 상대는 여자의 건강, 기분, 가족의 안부, 고민 상담까지 해가며 '더 없이 좋은 남자'의 역할을 충실히 실행한다. 그의 관심과 립서비스를 받은 여자는 아무 생각 없이 마냥 좋아하지만, 그걸 다 받은 까닭에 훗날 상대의 요구를 거절하는 것은 더욱 힘들어진다.

"난 한 시간 보려고 두 시간 거리를 가는 거잖아. 그런데 밖에서 커피나 한 잔 마시자고? 꼭 밖에서 만나야만 한다면 네가 이쪽으로 와. 정말 너무한다. 친구들도 너희 집 놀러 와서 놀고 그런다며. 그런데 너 보려고 두 시간이나 차 타고 간 나는 문전박대하고."

　대략 위와 같은 식의 이야기로 미리 '자취방 예약'을 하는 남자도 있다. 저 얘기를 지금처럼 멀리서 보면 "내가 거기까지 가는 대신 네 자취방에 들여보내 줘. 안 들여보내 줄 거면 네가 직접 여기로 와."라는 걸 알 수 있다. 하지만 설렘에 들뜬 상황에서 카톡으로 저런 대화를 주고받다 보면, 자신도 모르는 사이에 말려들어 결국 승낙하는 경우가 많다.

　위의 사연을 보낸 대원은 '어머니가 편찮으시다며 잠수탄 상대'를 6주째 기다리는 중이었다. 어머니가 편찮으신 까닭에 연락할 시간이 없다고 한 상대는 일주일에도 몇 번씩 자신의 카톡 프로필 사진을 바꾸고 있었고 말이다.

15
여자라면 꼭 알아둬야 할
궤변남 구별법 2부

별거 아닌 것처럼 만들기

궤변남들은 문간에 발을 들이미는 것에 달인이다. 1부에서 소개한 레퍼토리에서도 "친구들도 네 자취방에 놀러 가는데 난 왜 안돼?", "커피숍에서 커피 마시는 거랑 커피 사서 모텔에서 마시는 거나 뭐가 달라?"라며 일단 발을 들이미는 모습을 볼 수 있다. 커피숍에 가는 것과 모텔에 가는 것은 엄연히 다른 일인데, 별 생각 없이 저런 얘기를 듣고 있다 보면 그럴듯하게 들린다. 그래서 많은 여성대원들이 궤변남의 제안을 승낙하고 만다.

물론 그건 시작에 불과하다. 이어서 궤변남의 또 다른 궤변이 시작되기 때문이다.

"난 찜질방에 가서 잘 수도 있지만, 거기서 자나 여기서 자나 똑같은 거다."

"넌 사회적 고정관념에 갇혀 있다. 보수적이다. 틀을 깨고 나와라."

"감정에 솔직하지 못한 건 스스로를 속이는 거다. 지금 너의 감정에 솔직해져라."

먼저 반한 게 죄가 되어 받는 벌일까. 안타깝게도 많은 여성대원들이 저 말에 넘어가고 만다. 물론 시간이 흐른 뒤에는 그녀들도 다시 정신을 차린다. 상대가 한 말과 행동이 다르기에 저 말이 그저 순간의 목적을 위해 아무렇게나 한 '궤변'이었다는 걸 깨닫기 때문이다. 하지만 그녀들은 또 남은 미련과 약간의 기대를 붙잡은 채 방황하게 된다. 아래에서 설명할 (궤변남들의 특기인) '여지 남기기'가 이어지기 때문이다.

🌺 변명하기와 여지 남기기

궤변남들이 자주 사용하는 변명은 아래와 같다.

"그건 내 진심이다."

"너는 그럴 거라고 생각했다. 그게 오해였다면 내 잘못이다."

"내가 정말 그런 거라면 난 쓰레기다."

그들은 저 변명 3단 콤보를 사용해 순식간에 멀쩡한 사람을 바보로 만든다. 실제 사연에서는 저 변명 3단 콤보가 어떻게 쓰이는지 보자.

125

"내가 연락을 하지 않아서 날 오해한 것 같은데, 전에 말했던 것처럼 일이 있었다."

"난 네가 날 이해할 거라 생각했는데, 그게 오해였다면 내 잘못인 것 같다."

"내가 너와 함께 그날 밤을 보낸 뒤에 안 만나려고 한 거라면 난 쓰레기다."

"그날 말했던 내 감정은 진심이다. 지금은 일 때문에 정신이 없다."

사과는 찾아볼 수 없고, 어쨌든 '네가 이상한 여자'라는 결론을 내고 있는 모습을 볼 수 있다. 여지를 남길 때에도 마찬가지다. 양다리를 걸친 게 걸린 뒤에도 "네가 날 양다리나 걸치는 남자로 오해할 줄 몰랐다. 넌 전에 내가 말한 진심을 의심한 거다."라며 말도 안 되는 이야기를 늘어놓는다. 이쯤 되면 궤변남에게 휘둘리는 여자들이 바보 같다고 생각할 수 있는데, 바보라서 당하는 게 아니다. 그녀들은 한 번 더 믿어보려다가 당하는 거다. 남은 믿음까지 쥐고 흔드는 이 궤변남들에게 더는 휘둘리는 여성대원들이 없었으면 한다. 마지막으로,

"내가 단순히 여자가 필요했던 거였다면 너 말고도 얼마든지 있다. 내 주변에 계속 나한테 연락해 오는 여자들도 있고, 전에 사귀던 여자친구에게도 만나자고 연락 온다. 여자가 아쉬워서 너에게 이러는 게 아니다. 왜 내 진심을 의심하고 내 얘기를 거짓말이라고 생각하냐."

저런 이야기를 하는 남자에겐, "가서 걔네들이랑 놀아."라고 대답하길 권하고 싶다. 만날 여자가 많은 것과 존중하지 않는 태도 사이엔 아무 연관이 없으니 말

이다. 궤변남과 연애를 시작한 뒤 스킨십 진도가 너무 빠른 것 같다는 이야기를 했다가 "알았어. 손끝 하나 안 건드릴게. 대신 내가 무슨 짓을 하고 다니든지 참견하지 마."라는 협박을 들었다는 여성대원의 간증(응?)도 있었다. 상대의 궤변으로 그대 마음에 있는 의혹을 희석하지 말고, 아니다 싶을 땐 우선 '일시정지'를 누른 후 천천히 고민해 보자. 하루 정도 생각할 시간을 갖는다고 관계의 종말이 오는 거 아니다. 만약 하루 고민해서 종말이 찾아올 관계 같으면, 그 관계는 일찍 정리하는 게 그대 인생에 도움이 될 것이다.

　궤변남은 외롭고 심심하면 다시 돌아온다. 돌아와선 '네가 나를 좋아했던 그때의 감정'을 쿡쿡 찌르며 온갖 의미를 부여해 다시 흔들기 시작한다. 생각이 난다느니, 보고 싶다느니, 풀지 못한 오해를 풀고 싶다느니 하면서 말이다. 그럴 땐 다시 넘어가 휘둘리지 말고, 웃으면서 조용히 가운데 손가락이나 들어주자.

16
남자는 정말 자기 좋다는
여자를 싫어할까?

언젠가 웹서핑을 하다가 어느 커뮤니티에서 '나를 좋아하는 여자 vs 내가 좋아하는 여자'에 대해 토론하고 있는 걸 본 적이 있다. 그 글에 달린 댓글 중 가장 많은 추천을 받은 댓글을 여기에 소개할까 한다.

"나도 전에는 나 좋다는 여자가 나타나면 그 여자에게 몸과 마음을 바쳐 충성을 다 할 거라고 굳게 다짐하고 있었거든. 내가 혼자 짝사랑할 때도 쟨 왜 내 마음을 몰라주나, 왜 날 안 받아주나 하며 원망도 하고 저주도 하고 그랬었으니까. 그런데 막상 나 좋다는 여자가 나타나니까 좀 그렇더라. 마음이 전혀 안 생기는데 억지로 사귈 수도 없는 거고…."

이번 글은 낭만이나 환상에 빠져있는 여성대원들에겐 충격과 공포의 이야기가 될 수도 있기에 공개를 망설였다. 하지만 이걸 모르면 더 힘들어질 수 있기에 공개하기로 했다. 남자는 정말 자기 좋다는 여자를 싫어하는지, 함께 살펴보자.

🌺 '나 좋다니까' 싫은 걸까?

호감을 들키지 않았으면 잘 될 수 있었을 텐데, 호감을 들킨 까닭에 상대에게 '꽝, 다음 기회에'라는 통보를 받은 걸까? 얼마 전 내가 마트에서 사은품으로 유리컵을 받은 얘기를 통해 이 문제에 대한 답을 구해보자.

난 며칠 전 마트에 갔다가 5만 원 이상 구매고객에게 주는 물병과 유리컵 세트를 받아왔다. 준다고 하니 받아는 왔는데, 쓸 일이 없다. 정수기가 있는 까닭에 물병을 쓸 일이 없는데다가, 꼬꼬마 시절 동생이 깨진 유리컵 때문에 응급실을 찾은 경험이 있기에 우리 집에선 유리컵을 사용하지 않는다. 그래서 박스 그대로 장롱 위에 올려두었다.

물병과 유리컵이 필요했던 사람들이라면 애써 구매금액을 맞춰서라도 사은품으로 타왔을 것이다. 어쩌다 받게 된 사은품이라고 할지라도 요긴하게 사용할 것이고 말이다. 나 역시 아마 사은품이 텀블러였다면 오래 써서 커피물이 든 지금의 컵을 버리고 텀블러를 사용했을 것이다.

유리컵과 나의 문제는 '공짜라서 싫은 게 아니라, 공짜가 아니라도 싫다'는 것이다. 정말 미안하지만, 마찬가지로 그대와 상대의 문제도 '나 좋다니까 싫은 게 아니라, 나 싫다고 해도 싫다'일 수 있다. 이걸 먼저 인정하자. 그래야 '호감을 들키지 말아야지' 하며 머뭇거리다 허송세월하는 걸 막을 수 있고, '싫은 부분'을 정확히 캐치해 수정할 수 있다.

🌸 투명한 포장지의 선물상자

투명한 포장지로 포장된 선물은 받기도 전에 이미 그 안에 뭐가 들었는지 알 수 있는 까닭에 불투명한 포장지로 포장된 상자에 비해 흥미가 반감된다. 그 '투명한 포장지로 포장한 선물상자'가 바로 '나 좋다는 여자'다. 그녀들은 굳이 사귀지 않아도 이미 '내 여자'와 다를 바 없기에 남자는 그녀를 위한 노력을 하지 않게 된다. 손대지 않아도 가까이 다가가면 알아서 열리는 자동문이라고 할까. 자동문엔 손을 댈 일이 없다. 고장 나서 문이 열리지 않을 때를 제외하곤.

이렇게 얘기를 하면 "그럼 마음을 감추고 포장하란 얘긴가요? 내숭 같은 거 떨면서?"라고 묻는 대원들이 있는데, '반하지 않은 척'을 권하는 건 아니다. 반했다고 해서 목숨까지 걸진 말자는 거다. '나에게 목숨 거는 여자'는 궁금한 선물상자를 다 열어보고 난 뒤에 별로다 싶으면 언제든지 마음 바꿔 가져갈 수 있는, 그런 선물로 여겨질 가능성이 높다. 마치 상대에게 빚이라도 진 듯 일방적인 애정을 쏟으며 갚아나가고 있는 대원이 있다면, 즉시 그 이상한 채무자의 모습에서 벗어나길 권한다.

'나 좋다는 여자'이기 때문에 상대를 싫어할 남자는 없다. 앞서 말한 대로 상대에게 '나에게 목숨 거는 여자'가 된 게 아니라면 오히려 남자들은 '나에게 호감을 보이는 여자'에게 좋은 모습을 보이고 싶어 한다. 그 호감이 실망으로 변하는 일을 막기 위해 애를 쓰기도 하고 말이다.

못 믿겠다면 오늘 당장 주변의 남자사람에게 먼저 말을 걸고, 칭찬을 한마디 하고, 그 남자의 말에 엄마미소를 한 번 지어보길 권한다. 그는 칭찬을 한 번 더 듣기 위해 몸을 사리지 않고 재롱떠는 꼬꼬마 같은 모습을 보여줄 것이다. 그러니 호감을 들키지 않기 위해 마음을 감추려고만 애쓰지 말고, 호감은 그대로 상대에게 보여주자. 단, 상대가 그 호감을 존중하지 않을 땐 언제든 그 호감이 사라질 수 있다는 것도 같이 보여줘야 한다. 존중받지 못하면서까지 호감을 표현하면 상대에게 자동문이 될 수 있음을 잊지 말자.

17
친구 사이를 연인으로 바꾸는
달콤한 방법

친구 사이를 연인으로 바꾸기 위해 필요한 것에 대해서는 《솔로부대 탈출 매뉴얼》에서 이미 한 차례 이야기한 적 있다. 그 글에서는 이런 이야기를 했었다.

A. 가랑비처럼 그(그녀)에게 스며들어라.

B. 비오는 날 빨래하지 마라. 사랑은 타이밍.

C. 냇가에서 놓쳤다면 바다가 되어 만나라.

하지만 저건 대부분 '마음가짐'에 해당되는 이야기인 까닭에 구체적으로 어떤 태도로 상대를 대해야 하는지 모르겠다고 말하는 대원들이 있었다. 그런 대원들을 위해 여기서는 '태도'에 대한 이야기를 해볼까 한다. 수년째 ASKY(안 생겨요)

만 외치고 있는 대원이 있다면, 아래에서 소개할 방법들을 사용해 보길 바란다.

🌸 두드려 열리지 않으면 상대가 걸어 나오게 하자

상대가 아무리 두드려도 열리지 않는 견고한 성(城)처럼 느껴진다면 일단 두드리는 걸 멈춰보자. 무작정 두드려야만 그 성문을 열 수 있는 건 아니다. 그대는 열 번 찍어 안 넘어가는 나무 없다는 생각으로 도끼질을 하겠지만, 그 나무가 찍어야 하는 나무가 아닌 올라야 하는 나무라면 그 도끼질은 아무 의미가 없다.

그간 그대는 상대에게 충분히 관심을 표현했으리라 생각한다. 하지만 그럼에도 불구하고 아무 진전이 없다면 이번엔 그대의 관심을 상대의 관심보다 낮춰보자. 관심은 물과 비슷한 성질을 가지고 있어서 높은 곳에서 낮은 곳으로 흐른다. 아무리 기다려도 관심이 올 기미가 안 보인다면 상대보다 낮은 관심을 가진 채 기다려 보자. 관심이 물처럼 흘러 내려올 것이다.

그대의 관심이 낮아지면 상대는 그대를 궁금해하기 시작할 것이다. 이때쯤이면 이런 말을 할 게 분명한데 왜 안 하는지, 늘 하던 말을 왜 요즘은 안 하는지 하며 예상을 빗나간 그대의 행동에 의문을 가지게 될 것이다. 그럼 성공이다. 저돌적으로 문만 두드리면 상대가 더 겁을 먹을 수 있으니 상대가 자연히 걸어 나오도록 두드림을 멈춰보자.

🌸 스킨십, 하더라도 상황에 맞게 해야 한다

"친구의 손을 잡았을 때 가만히 있으면 나에게 관심이 있는 것이고, 손을 뿌리친다면 아직 마음을 열지 않았다는 증거"라는 말만 믿고 들이대다가 많은 대원들이 상대와의 관계에서 강퇴당하곤 한다. 만나서 손잡을 타이밍만 노리고, 대화를 나눌 땐 느닷없이 터치를 시도하다 상대로부터 레드카드를 받고 마는 것이다.

오래된 친구가 남자로 보이기 시작했다는 여성대원들의 사연을 보면 '스킨십'이 둘의 관계에 큰 영향을 끼치는 건 맞다. 상대가 머리를 쓰다듬어 주거나 어깨를 토닥토닥 해줬을 때 갑자기 두근거리기 시작했다는 여성대원들이 적지 않았다. 하지만 이걸 두고 무작정 '아, 머리를 쓰다듬어 주면 되는 거구나'라고 생각하면 그대는 옐로카드나 레드카드 둘 중 하나를 받을 것이다.

행동만 따라 하려 하지 말고 어떤 상황에서 저런 행동이 나왔나를 살펴보자. 저 행동은 상대의 입장이 되어 위로나 격려를 해주거나, 상대의 '잘한 일'을 칭찬하는 상황에서 이루어졌다. 만나서 상대를 만질 생각만 하고 있다가 벌인 일이 아님에 주목하자. 급정거를 하게 되었을 때 중심을 잃지 않게 잡는다거나 같이 걸을 때 그녀를 안전한 쪽으로 끌어당기는 것, 그녀의 좋은 소식에 하이파이브를 권하는 것 정도는 괜찮다. 하지만 영화 보러 가서 옆자리에 앉아 슬쩍 손잡을 타이밍만 보고 있다간 '찝쩍이'나 '껄떡이'로 분류될 수 있음을 잊지 말자.

🌺 반전 매력을 보여주자

많은 대원들이 꼽은 '친구가 이성으로 보이는 순간'은 대부분 '얘한테 이런 모습도 있었나?'를 느끼게 될 때다. 언제나 머리를 묶던 그녀가 머리를 풀었을 때라든지, 같이 밥을 먹는데 반찬을 수저 위에 올려주는 모습을 보였을 때라든지, 쿨하고 털털한 줄로만 알았던 상대가 같이 극장에서 영화를 보는데 눈물을 흘리는 모습을 봤을 때라든지 하는 '의외의 모습'을 보게 되었을 때, 친구인 줄만 알았던 상대를 다시 보게 되는 경우가 많다.

　잦은 카톡과 전화를 통한 들이댐이나 후회가 남지 않도록 고백하겠다는 무모함 대신 상대의 예상을 깨는 행동들을 보여줘 보자. 그간 상대를 웃기려고 드립만 쳐댔다면, 그런 모습 대신 상대와 눈을 맞추고 상대의 이야기를 경청하는 모습을 보여주자. 또 호감 있다는 걸 다 드러내 놓고 맹목적으로 헌신해 왔을 경우엔 그 태도를 바꿔 대등한 입장에서 대화를 해보자. 상대가 예상한 딱 그대로만 움직이던 그대의 모습에서 벗어나면 그대를 바라보는 상대의 시각도 달라질 것이다. 데뷔할 땐 별로 존재감이 없었던 가수나 배우들도 이미지 변신을 통해 많은 사랑을 받는 경우가 있지 않은가. 지금 그대가 해야 할 건 열정적인 들이댐이 아니라 굳어진 그대의 이미지를 바꾸는 작업이다.

　당장 원하는 만큼 가까워지지 않는다고 해서 너무 조급해 하지 말자. 상대가 배부른 상황이라면 그대가 정성껏 한 요리를 건네도 거절할 수 있다. 그럴 땐 "날 생각해서 한 입이라도 먹어줘. 맛이라도 봐줘."라며 떼쓰지 말고, 상대가 배고플 때까지 기다려보자. 그 어느 증인보다도 믿음직한 '시간'이 상대에게 그대의 변함 없는 애정을 증명해 줄 테니 말이다.

PART 3
사랑은 말이 아니라 행동으로 증명된다

막 연애를 시작한 커플부대원들은 더 없이

행복하겠지만 그때 바른 연애태도를 정하지

않으면 이후엔 연애의 내리막길을 걸을 수밖에 없다.

애정, 관심, 그리고 존중이 점점 줄어들다가

결국 그대를 막 대하는 상대의 모습까지도

볼 수 있다. 연인에게 대우받는 사람들의

공통점, 함께 알아보자.

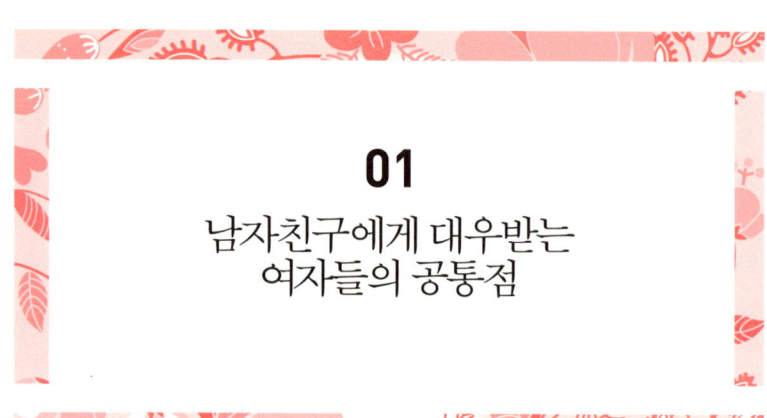

01
남자친구에게 대우받는
여자들의 공통점

　지금 막 연애를 시작한 커플부대원들은 더 바랄 게 없을 정도로 행복하겠지만, 그 시기에 연애에 대한 바른 태도를 형성해 두지 않는다면 이후엔 연애의 내리막길을 걸을 일밖에 남지 않을 것이다. 애정과 관심, 그리고 존중이 점점 줄어들다 결국엔 그대를 막 대하는 상대의 모습까지도 볼 위험이 있다. 그런 종말을 막고자 이 글을 준비했다. 남자친구에게 대우받는 여자들의 공통점, 함께 알아보자.

🌸 그녀에겐 '능동적인 생활'이 있다

　자신의 생활은 내팽개쳐두고 연애에만 집중하면 필연적으로 상대에게 기대하고 의지하게 된다. 상대 없인 세상에 재미있는 일이 하나도 없으니 계속해서 상대에게 관심을 요구하고, 지루함과 외로움을 떨쳐내 주길 기대하는 것이다.

그런 의존적인 모습은 상대를 오만하게 만든다. 상대는 이 관계의 모든 결정권이 자신에게 있다는 착각을 하게 된다. 아니, 착각이 아니라 실제로 늘 의존하고 확인받으려 하는 여자친구를 두었다면 관계의 생살여탈권을 쥐고 있는 경우가 대부분이다.

오만해진 상대가 그대에게 집중하지 않는다고 해서 집착이나 부탁, 애원을 하게 되면 문제는 더욱 심각해진다. 관계를 마음대로 좌지우지하는 것을 넘어 조금만 답답해도 짜증을 내거나 그대에게 상처가 될 수 있는 말을 아무렇게나 내뱉는 일을 벌일 수 있기 때문이다. 어느 여성대원의 경우, 자신의 생활 없이 상대 하나만 바라보고 사는 연애를 하다가 남자친구에게 "넌 모르면 좀 가만히 있어."라는 이야기를 듣는 지경까지 이르기도 했다.

능동적으로 생활한다는 건 삶의 운전석에 앉아 자신이 핸들을 잡는 것과 같다. 상의는 하더라도 결정은 자신이 내리고, 책임 역시 스스로 질 생각을 하기에 상대에게 확인만 마냥 기다리고 있진 않는 것이다. 그런 삶을 산다면 "오빠, 나 싫어진 거 아니지?", "우리 결혼까지 생각하면서 만나는 거 맞지?" 따위의 이야기를 꺼낼 일이 없어진다. 내 삶의 핸들을 상대에게 맡겨 버리면, 그가 난폭운전을 하든 음주운전을 하든 그대는 조수석에서 마음 졸이는 것 말고는 할 게 없음을 잊지 말자.

❀ 그녀는 칭찬과 감사의 사용법을 정확하게 안다

아주 간단하게 생각해 보자. 그대가 여행 다녀오며 사온 열쇠고리를 A라는 친구와 B라는 친구에게 하나씩 줬는데, A는 "고마워. 잘 쓸게."라고 대답했고, B는 "우와, 이거 진짜 예쁘다. 너무 고마워. 나도 나중에 여행 다녀오면 진짜 좋은 거 사다 줄게."라고 약간의 호들갑을 떨며 대답했다. 다음에 또 여행을 가 선물을 살 일이 생긴다면 그대는 어느 친구가 먼저 떠오를 것 같은가? 두 친구에 대한 그대의 관심이나 친밀도 등 모든 조건이 같다고 가정했을 때 고민할 것 없이 B가 떠오를 것이라 생각한다.

연애에서도 이 원리는 똑같이 작용된다. 그대가 그대의 눈에 대해 칭찬한 적 있는 이성을 만나러 갈 때면 눈 화장에 30분을 더 할애하게 되는 것처럼, 남자도 자신의 친절이나 선물에 '폭풍 리액션'을 보여준 사람에게 자연히 더 잘하려 노력하게 된다.

"남자친구에게 난 정말 헌신적으로 잘했다. 그런데 남자친구는 내게 로즈데이에 장미 한 송이 안 사주더니 친구 결혼한다니까 3D TV 사준다는 얘기를 하고 있다."라는 사연이 있었다. 그 사연을 보낸 대원에게 난, 상대에게 받고 싶은 만큼 주는 것보다 상대가 준 작은 것에라도 몸 둘 바를 몰라 하며 황송해하는 것이 '다음 선물'을 부른다는 것을 말해주고 싶다. 그 대원은 남자친구에게서 핸드크림 받았을 때 '겨우 핸드크림'이라는 생각이 들어 표정관리를 하기 어려웠던 적이 있었다고 한다. 그러지 말자. 파이가 작다는 얘기를 하며 상대까지 허탈하게 만들지 말고, 앞으로는 칭찬과 감사의 방법을 사용해 우선 파이를 더 키우길 권한다.

🌺 그녀는 스스로를 존중한다

스스로를 존중하지 않는 사람은 다른 사람들에게도 존중받지 못하는 경우가 많다. 직장이나 학교 등 사람들과 어울려 지내는 곳에서 "난 못해.", "난 잘 몰라."라는 이야기를 입에 달고 사는 사람들을 보자. 그 말들로 인해 그에게서 '자존감 부족'의 냄새를 맡은 사람들은 그 사람의 다른 부분까지도 무시하기 마련이다.

상대가 무례한 행동을 해도 혼자 상처받은 채 넘기거나 상대에게 감정적인 대응만 할 뿐인 대원들. 그들은 "제가 만만한가 봐요. 앞으론 회사 갈 때 화장을 좀 사납게 해볼까 싶어요."라는 이야기를 하는데, 눈썹 무섭게 그린다고 자존감이 채워지는 거 아니다. 그럴 땐 상대가 무례한 행동을 하는 즉시 그 무례함을 명확히 지적하자. 그리고 그 행위로 인해 불쾌한 당신의 기분을 자세히 말해주자. 상대와 똑같은 태도로 반격을 하는 것보다 상대방의 예의 없음과 비겁함에 대해 확실히 지적하는 게 훨씬 효과적이다.

남자친구가 긴장의 끈을 서서히 놓으며 무례한 태도를 보일 땐 위의 이야기를 참고해 대처하길 바라며, 보다 근본적인 문제인 '자존감'에 대해선 앞의 '연애에 꼭 필요한 자존감, 어떻게 높일까?'라는 글을 참고하길 바란다.

자기 삶의 핸들을 본인의 손으로 꽉 움켜쥐자. 그대가 생각하고 있는 목적지가 있고 핸들 역시 그대가 잡고 있다면 조수석에 앉아 마음만 졸일 일은 없을 것이다. 누군가에게 "싫으면 내리든가." 따위의 말을 들을 일도 없을 것이고 말이다.

02
연락에 목숨 거는 여자가
매력 없는 이유

연애를 갓 시작한 커플의 8할이 '연락' 때문에 헤어진다. 상대의 연락이 부족하다고 생각해 따지거나, 기대치에 못 미치는 연락에 복수하려 일부러 연락을 안하거나, 숨도 쉬기 힘들 정도로 **빡빡한 조건**(남자친구에게 두 시간에 한 번씩은 무조건 연락하라고 요구한 여성대원도 있었다)을 내밀다가 헤어진다.

"아무리 바빠도 화장실은 갈 거면서 왜 카톡 보낼 시간은 없는지…"라는 얘기를 하는 대원은 이미 이별행 열차에 올라탔다고 보면 된다. 특히 자신도 남자친구에게 연락하지 않으면서 남자친구가 연락을 안 하는 것에만 분노하고 있는 대원은 급행 열차에 올라탄 것과 같다. 그대가 이별행 열차에 올라타는 걸 막기 위해 이 글을 준비했다. 출발해 보자.

홀로여도 좋지만 네가 있어 더 행복하다

❀ 남녀의 차이를 간과한 문제

남자친구가 가장 친한 친구와 전화 통화하는 걸 본 적 있는 대원은 알 것이다. 아무리 길어야 3분이 넘는 경우가 거의 없다는 걸 말이다. 대부분의 남자는 전할 용건이 있거나, 만날 약속을 잡거나, 안부를 묻기 위함이 아닌 이상 연락을 잘 하지 않는다. 조금 전까지 만나고 있던 친구와 헤어지고 들어와서 다시 그 친구와 전화로 수다를 떠는 남자는 없다. 전화를 건다고 해도 '나 네 차에서 폰 충전기 안 빼왔다. 나중에 찾아 갈게." 정도의 대화를 나눌 뿐이다.

하지만 여자는 다르다. 남자들이 식당에 '식사'의 목적만을 가지고 들어가는 것과 달리, 여자들은 식당에 들어가서도 식사를 마친 후 국물이 냄비 바닥에 들러붙을 때까지 대화를 할 수 있다. 또 위에서 말한 남자들의 경우와 달리, 여자는 조금 전에 만나고 들어온 친구와도 다시 전화로 몇 시간이고 통화할 수 있다.

남자들에게 연락은 '잘할 줄 모르며 익숙하지 않은 부분'이라는 것을 먼저 받아들여야 한다. 요리를 많이 안 해본 사람이 칼질을 서투르게 하는 것과 같은 이치다. 이걸 인정하지 않은 채 계속 "더더더더더더~"만 외치면 그에겐 그대와 사귀고 있는 것 자체가 스트레스가 될 수 있다. 열심히 한다고 해도 "연락을 잘 안 하는 게 불만이다."라는 평가만 받는데, 그 연애에 어떻게 흥이 날 수 있겠는가. 그대에게는 연락이 어렵지 않은 일이라 쉽게 공감할 수 없을지도 모르겠는데, 애정결핍 중상을 보이며 그대에게 한 시간에 한 번씩 연락하길 요구하는 남자가 있다고 생각해 보면, 남자친구가 느낄 그대의 '연락 요구'가 어떤 느낌인지 잘 알 수 있을 것이다.

🌸 정색과 복수의 문제

사실 정말 심각한 문제는 이 '정색과 복수' 때문에 일어난다. 연락에 목숨 거는 여자들은 자신이 자존심까지 접어가며 "제발 연락 좀 자주 해."라고 말을 했음에도 불구하고 그가 여전히 기대치에 못 미치는 연락을 하면 복수를 시작한다. 퉁명스럽게 전화받기, 그의 늦은 연락에 응답 안 하기, 앞으로 나도 연락에 신경 쓰지 않겠다면서 상대를 궁지로 몰기 등이 바로 그 복수다.

그렇게 해서라도 상대가 연락을 잘할 수 있게 유도하려는 목적으로 벌이는 일이겠지만, 그게 상대에겐 '2차 형벌'로 느껴질 수 있다. 또 몇 시간 전까지 웃으며 대화하다가 '연락 없음' 때문에 갑자기 화를 내는 경우, 상대는 그 모습을 변덕이나 성격결함으로 생각할 수 있다. 여자의 입장에선 참고 참고 또 참다가 화를 낸 것이겠지만, 촉이 무딘 남자의 경우 '화 안 난 척'을 정말 화 안 난 것으로 받아들일 수 있기 때문이다. 회식 끝나고 집에 들어갈 때 전화하라고 해서 전화했더니, "날 어떻게 생각하고 있는지 궁금해. 난 자리가 늦어지면 중간에라도 늦어질 것 같다고 말을 했을 텐데."라는 이야기를 하는 여자친구. 남자는 그 모습을 이해하지 못한 채 그녀에게 '이상한 여자'라는 판정을 내릴 수 있다. 화를 내거나 정색하기 전, 30초만이라도 그 모습이 상대에게 어떻게 보일지 생각해 보길 권한다.

🌸 받는 것만 기대하고 있는 문제

남자친구가 3일간 연락을 하지 않는다는 여성대원의 사연이 있었다. 첨부된 카톡 대화를 읽어보니, 늘 남자친구가 먼저 아침인사를 했으며 마지막 대화 역시 남자친구가 잘 자라는 말을 하는 것으로 마무리되어 있었다. 그 대원은 '3일간 연락하지 않았다'는 것은 사랑하지 않는다는 증거가 아니냐고 물었는데, 난 그 대원에게 "너도 3일간 연락 안 했잖아요."라고 답해줬다.

연락만을 애정과 관심의 척도로 둔 채 남자친구를 심사하려 들지 말자. 심사를 당하는 남자는 그 연애에서 즐거움은 느끼지 못한 채 의무감과 불공평함만 느끼게 된다. 제대로 된 심사는 '연락을 하나, 안 하나'를 살피는 게 아니라 '내 몫'을 다하면서 상대 역시 노력하고 있는지를 보는 거다. 그대가 노력을 하고 있음에도 불구하고 상대는 약속을 일방적으로 취소한 채 연락도 안 한다거나, 일이나 가족 핑계를 대며 며칠씩 잠수를 탄다거나, 말은 청산유수로 하면서 행동은 그것에 못 따라 줄 경우엔 옐로카드나 레드카드를 드는 게 맞다. 그대 몫의 노력을 하며 조율을 시도했음에도 불구하고 상대에게 변화가 없다면, 그건 "우리 얘기 좀 해."라고 불러내 백 번을 얘기해도 고쳐지지 않을 것이다. 그런 남자에게선 미련 없이 로그아웃하길 권한다.

남자친구의 '연락 없음'에 대해 고민하다 혼자 낸 결론을 가지고 남자친구를 떠보거나 요구사항으로 만들어 들이밀지 말자. 그냥 그 고민 자체를 털어 놓으면 된다. 연락 없음이 애정의 부재로 생각된다면, 그렇게 고민하는데 어떻게 해야 할지 모르겠다고 털어 놓자. 세상에서 그대와 제일 친한 사람인 남자친구가 그 고민을 외면하진 않을 것이다. 또한 지시받는 것은 싫어하지만 '문제'를 받아들이면 답을 구하는 것에는 뛰어난 남자의 특성상 그 문제에 대한 훌륭한 답을 구해낼 것이다. 그게 '함께' 하는 연애의 모습이다.

03
앓게 되면 괴로운 연애의 병,
연애조급증

연애조급증. 금요일 아침 비행기로 해외에 가는 까닭에 여행에 필요한 물품들을 주문했는데, 목요일 저녁 8시가 넘어서도 택배가 오지 않고 있을 때의 마음이라고 생각하면 된다. 택배야 분명 주문한 물건이 있고, 저녁 8시 넘어서도 오지 않으면 배송과정 중 착오가 생긴 것일 수 있기에 불안해지는 게 이상한 일은 아니다. 하지만 연애조급증은 이유도 해결책도 없는 막연한 불안감 하나만 가지고 상대를 재촉하고 다그치기에 문제가 된다.

연애를 처음 하거나 금방 사랑에 빠지는 사람일수록 이 연애조급증에 걸릴 확률이 높다. 상대를 극한까지 몰아가다 결국 '다시는 그 이름도 듣고 싶지 사람'이 되어 연애의 종말을 맞게 만드는 연애조급증. 그 증상과 예방법에 대해 알아보도록 하자.

✿ '날 사랑하지 않는다는 증거' 찾기

상대가 친구를 만나느라 연락을 하지 못하면, 그걸 '날 사랑하지 않는 증거' 라고 생각하며 상대를 괴롭히는 사람들이 있다. 그들은,

'만약 나였다면 친구를 만나는 것보다 단둘이 만나고 싶은 마음이 클 것 같은데….'

'친구랑 만나는 게 즐거워서 내 생각은 하지도 않나 보네.'

따위의 생각을 하며 한 손엔 좌절을, 한 손엔 분노를 집어 든다.

연애를 하고 있음에도 그들이 외로움을 느끼는 이유는, 사실 상대의 관심이나 애정이 부족해서라기보다는 혼자서는 스스로의 삶을 살아내지 못하기 때문일 가능성이 높다. 스스로의 삶을 살 줄 아는 사람은 상대가 회식하고 있을 때 "응. 맛있게 먹고 끝나면 연락해."라고 말하지만, 그렇지 못한 사람은 "회식 빠지면 안 돼?", "아직도 안 끝났어?", "연락도 안 하는 걸 보니 재미있나 보네."라며 계속해서 상대를 괴롭히게 된다.

그대가 원하는 '날 사랑하는 모습'에 맞추려면, 365일 24시간 한순간도 떨어지지 않고 붙어 있어야 할 것이다. 또 그렇게 붙어 있는 와중에 인터넷을 하거나 SNS로 타인과 대화를 하는 것은 금물일 것이다. 그대를 바라보고 있지 않는 모든 순간을 그대는 '날 사랑하지 않는 증거'로 해석할 테니 말이다.

상대에게서 '날 사랑하지 않는 증거'를 찾아 따지려다 있던 애정마저 떨어지게 만드는 대원이 하나 둘이 아니다. 상대가 하루에 세 번을 연락해도 "왜 네 번 연

락하지 않냐."고 말하는 대원들, 저게 지금 그대의 모습은 아닌지 곰곰이 생각해 보
길 권한다.

🌸 나쁜 사람 만들기

"내가 요구하는 대로 따라주지 않으면 넌 나쁜 사람."이라고 말하는 사람과
함께 지낼 수 있는 사람이 몇이나 될까? 연애조급증을 앓고 있는 대원들은 자신이
연애에 대해 가지고 있는 기대나 환상을 내밀며, 상대에게 그것에 맞추길 요구한
다. "사랑한다면 할 수 있는 일이잖아."라는 이야기를 하며 말이다.

가장 흔한 사례로는 빠른 스킨십 진도 요구하기, 비밀번호 묻기, 변하지 않
겠다는 다짐 받아내기 등이 있다. 서로 생각하는 바가 다르다면 조율을 해서 적정
선을 찾아야 하는 법인데, 그들은 막무가내로 자신의 생각만을 강하게 주장한다.
그 말에 상대가 동의를 하지 않으면 어떻게 해서든 상대를 '나쁜 사람'으로 만들 뿐
이다.

피해의식으로 똘똘 뭉친 채 여기서 한 발짝 더 나가는 대원들도 있다. 그들
은 이제 집에 들어가 봐야 한다고 말하는 상대에게 "왜? 나랑 있는 게 재미없어? 내
가 빨리 갔으면 좋겠어?"라고 묻기도 한다. 자신의 기준을 근거로 상대의 부족함
만을 탓하던 대원들이 상대에게 마지막으로 듣는 건, "미안해. 내가 부족한 사람인
것 같아. 헤어지자."라는 말 뿐이다. 이쯤에서라도 얼른 잘못을 뉘우친 채 사과를
하면 참 좋을 텐데, 안타깝게도 많은 대원들이 "너도 다른 여자들과 똑같아.", "네가
진짜 날 좋아해서 사귀었던 건지도 의심이 된다."라는 말을 하다 상대에게 '다시는
상종하지 말아야 한 인간'으로 분류되고 만다.

❀ 빨리빨리

연애조급증을 앓고 있는 사람의 행동은 달리기로 치자면 전력질주를 하는 것과 같다. 둘이 함께 트랙을 돌아야 하는데, 상대의 상황은 생각하지도 않고 혼자 저만치 앞서 달린다. 걸음이 느린 상대에게 왜 빨리 안 오냐고 다그칠 뿐이다. 무리를 해가면서도 열심히 달리고 있는 자신을 예로 들어 설명하며, 사랑하면 이렇게 달릴 수 있는 거 아니냐고 묻는다. 쫓아오는 사람도 없고, 누구와 경쟁을 하는 것도 아닌데 서두른다. 빨리 와. 빨리빨리.

그 재촉에 서두르던 상대는 넘어졌다. 무릎이 까졌다. 그럼에도 불구하고 연애조급증을 앓고 있는 대원의 마음은 답답하기에 소리친다. 빨리 와. 빨리빨리. 상대는 이제 울음을 터트리기 일보 직전이다. 그런 상대에게 이번에는 또 회유책을 쓴다.

"마음이 변한 거야? 같이 뛰기로 했잖아. 네가 그렇게 앉아 있기만 하면 내가 얼마나 답답한 지 알아? 나도 지금 힘들어. 하지만 사랑하니까 최선을 다하고 있는 거야."

넘어져 있는 상대의 손을 잡아 일으켜줄 생각은 하지 않고, 윽박만 지르는 사람. 그런 사람과는 하루도 더 같이 있고 싶지 않은 게 당연한 일이기에 많은 사람들이 이별을 통보하고 떠난다. 이름만 들어도 그 끔찍한 기억이 떠오르는 관계로 평생 서로의 이름조차 볼 일이 없기를 바라면서.

연애조급증을 앓고 있는 대원들은 자신의 행동을 두고 '상대를 정말 사랑하기에 그랬다'는 변명을 하는데, 그건 비겁한 합리화일 뿐이다. 그대가 한 건 망치와 정을 들고 상대를 '내가 원하는 모습'으로 만들려고 한 일에 지나지 않는다. 연애조급증을 앓고 있는 대원들에겐 '내가 원하는 것'은 그만 내려놓고 '상대가 원하는 것'이 무엇인지부터 좀 알아가 보길 권하고 싶다.

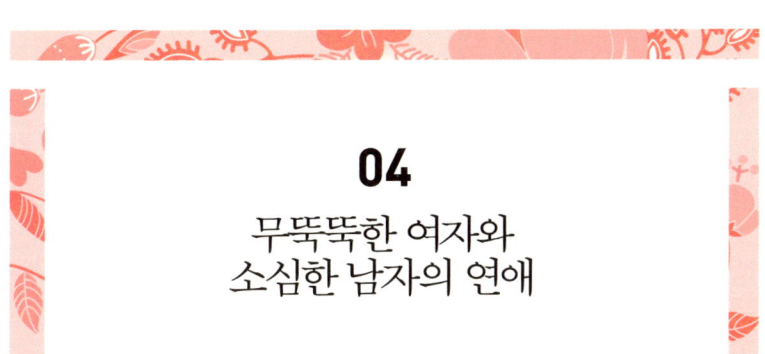

04
무뚝뚝한 여자와
소심한 남자의 연애

　최근 들어 무뚝뚝한 여자와 소심한 남자의 연애사연이 늘고 있다. "저희 커플은 남녀가 바뀐 것 같아요."라고 이야기하는 대원들의 사연인데, 이러한 성향을 가진 두 사람이 만나면 손가락을 다쳤는데 치과에 간 듯한 이상한 모양의 연애를 하게 된다. 분명 서로를 위해 노력하고 있음에도 불구하고 '상대가 원하는 것'과는 별 관련이 없는 것들만 내밀다가 지치게 되는 연애. 그런 연애의 문제점과 해결책을 함께 알아보자.

🌸 연애 가장(家長)이 되려는 여자

　무뚝뚝한 여자들은 자신에 대해 "저는 철이 빨리 들어서 속으로 삼키는 스타일이에요."라는 이야기를 하는데, 그건 철이 빨리 든 게 아니다. 그저 혼자 다 감당해 버리기로 한 것일 뿐이다. 그런 성격은 유년기 이후에 주변에 어리광을 받아줄 사람만 없어도 쉽게 형성된다.

혼자 다 감당해 버리기로 했다는 것은 달리 말하면 빠른 체념과 희생이 습관화되었다는 얘기다. 그런 여자는 스스로에게 인색한 경우가 많다. 남의 생일엔 커피메이커를 선물하면서 자신은 커피 한잔 못 사 마시는 경우가 이에 해당된다고 할 수 있다. 물론 가끔 사고를 치기도 한다. 어느 날 '날 위한 선물'을 하겠다며 별 필요도 없는 사치품 같은 걸 하나 질러버리면서 말이다. 그렇게 한 번 저지르곤 또다시 '나에게 인색한 삶'으로 돌아온다.

그녀들은 남자친구가 "뭐 먹고 싶은 거 있어?"라고 물으면 대답을 못한다. 자신이 먹고 싶은 걸 남자친구가 사주겠다고 하는 걸 '부담'으로 받아들이기 때문이다. 그 물음에 대답하면 신세 지는 느낌이 드는 까닭에 그녀들은 "특별히 먹고 싶은 거 없어. 넌 뭐 먹고 싶은데?"라며 말을 돌린다. 사랑을 줄 줄은 아는데 받을 줄은 모르는 바보라고 할까.

연애에서마저 가장이 되려 하니 그녀들에겐 받는 게 전부 부담스럽다. 때문에 남자친구가 힘든 일 있냐고 물어도 없다고 하고, 뭘 같이 하자고 물어도 그냥 좀 혼자 있겠다고 대답하고, 도와주겠다고 해도 알아서 혼자 해보겠다고 대답한다. '남자친구'와의 '연애'까지 혼자 다 감당하려 드는 것이다. 그러다 보니 자연히 연애가 일처럼 느껴지고, 사랑받고 있다는 느낌은 갖기 힘들어진다. 그러다 결국 "남자친구를 사랑하긴 하지만, 사랑에만 집중하기엔 제 상황에 어려움이 많네요."라며 이별을 통보한다.

🌸 끙끙 앓는 남자

소심한 남자는 연애를 하며 자신의 모든 행동을 상대에게 평가받으려 군다. 사람이 항상 즐거워하거나 다정하게만 굴 수는 없는 법인데, 그들은 여자친구가 조금이라도 시무룩해 보이면 그게 다 자신의 잘못 때문에 그렇게 된 듯 어쩔 줄을 몰라 한다.

"화났어?"

"마음에 안 드는 거 있어?"

"왜 그래? 기분 풀어~"

그런 남자가 무뚝뚝한 여자와 만났을 땐 둘의 상극인 태도가 갈등을 가속화한다. 여자는 그냥 좀 피곤해서 얼른 자고 싶다는 얘기를 한 건데, 남자는 계속해서 "피곤해서 그런 게 아닌 것 같은데? 그냥 말해 봐. 무슨 일인데?"라며 여자를 흔든다. 여자가 정말 무슨 일이 있어서 그런 게 아니라고 해명해도 남자는 믿지 않는다. 말하기 싫으면 말하지 않아도 된다는 소리를 하며, 서운한 티나 기분 상한 티를 목소리에 실어 여자를 더 버겁게 만든다.

예민하고 소심한 까닭에 조금 가라앉은 상대의 목소리 하나를 두고서도 '이별징후'라 생각해 버리는 남자. 그들은 자신의 그 예감이 틀렸다는 걸 상대에게 확인받으려 하다가 상황을 더 좋지 않게 만들고 만다. 싫지 않은데 "싫어서 그런 거 아니지?"라고 계속해서 확인받으려는 사람이 나중엔 그 질문을 하는 것 때문에 싫어지는 것과 비슷하다고 할까.

❀ 두 사람 모두 내려놔야 할 '내 탓'

혼자 모든 걸 다 감당하며 살고 있는 여자에겐 가시가 늘고, 타인에게 확인받아야만 마음을 놓을 수 있는 남자에겐 미움이 는다. 아래의 대화를 보자.

여자 : 내가 너무 무심했다는 얘기네.
남자 : 네가 무심한 것 같다는 얘기를 하는 건 아니야. 널 탓하려는 게 아니고, 위로해 달라는 것도 아니야.
여자 : 그럼 난 그냥 가만히 있으면 되겠네.

저 두 사람이 앞으로 같이 할 수 있는 일이라고는 '이별'뿐이라는 생각이 들지 않는가?

난 두 사람 모두에게 '내 탓'을 내려놓길 권해주고 싶다. 먼저 여자는, 남자가 조율을 요구하고 있는 것일 뿐 '네 탓'이라고 몰아세우고 있는 게 아니라는 걸 알았으면 한다. 배고픈 아이가 우는 건 배가 고파서지, 밥을 주지 않는 행위에 대해 탓하는 게 아니잖은가.

남자에게는 여자의 희로애락이 모두 '내 탓'이라고 생각하지 말라는 얘기를 하고 싶다. 같이 자전거를 타다가 상대가 넘어졌으면 일단 상대에게 달려가 괜찮은지를 확인하는 게 먼저다. '나 때문에 넘어진 건 아닐까?' 하는 생각에 그 불편한 감정을 지우려고 빨리 일어나라고만 외치는 바보 같은 행동은 하지 말도록 하자.

연애하다가 넘어졌는가? 아픔을 혼자 다 감당하려 하지 말고 아프다고 상대

홀로여도 좋지만 네가 있어 더 행복하다

에게 말하자. 말하지 않으면 50년쯤 함께 산 부부도 모를 수 있다. 그대가 아프다는 걸 모르기 때문에 의도치 않게 더 아프게 살 수 있고 말이다.

연애하다가 상대가 넘어졌는가? 무작정 일으켜 세우려 하지 말고 일단 옆으로 다가가서 살피자. 아픈 곳이 다 나을 때까지 얼마간의 시간이 필요할 수도 있으니 다급하게 일으켜 세우지 말고 일단 옆에 함께 앉아 보자. 둘은 서로에게 반평생을 함께 걷고 싶은 사람 아닌가. 급한 마음에 빨리 가려 손만 내밀지 말고, 문제가 생겼을 땐 옆에 앉아 함께 풀어보자.

155

05
조금만 하면 질려버리는 연애,
바람기 때문?

연애를 시작하는 것에는 별 문제가 없는데, 연애를 시작하고 나면 쉽게 질려버린다는 대원들이 있다. 그 형태는 크게 "내가 좋아할 때는 괜찮았는데, 상대가 날 더 좋아하게 되자 마음이 식어버렸다."라고 말하는 '청개구리형'과 "상대보다 더 최선인 사람이 있을 것 같다."라는 '시크릿가든형(응?)', 그리고 "하나 둘 알게 되는 상대의 본모습에선 미래가 보이질 않는다."는 '예언자형'으로 나눌 수 있다.

어느 커플이든 만나면 만날수록 처음의 호감이 점점 소멸되어 간다. 카메라를 처음 샀을 때와 한 이 년쯤 지났을 때 마음이 다르듯, 연애 초기의 설렘과 떨림은 풍화작용을 겪어 점점 무감각하게 변해가기 마련이다. 사귄지 오래되었으나 여전히 호감을 가지고 있다고 말하는 대원도 있겠지만, 그건 설렘과 떨림이 풍화작용을 겪어 떨어져 나간 부분을 우정과 애정 등의 요소가 채웠기에 새로운 호감이

홀로여도 좋지만 네가 있어 더 행복하다

더해진 것이지, 처음의 호감이 계속 유지되는 건 아니다. 이 글에선 이렇게 점점 닳아가는 호감과 비례해 늘어가는 실망과 회의로 고민하고 있는 대원들을 위한 얘기를 좀 해보자.

🌺 긋기 쉬운 상대의 한계

상대의 한계를 긋는 일은 얼마나 쉬운가. 자도 필요 없다. "쟨 딱 그것밖에 안 되는 사람이네."라고 생각하는 순간 상대의 한계가 정해진다. 한계를 긋기 위해 필요한 도구는 '오해'다. 오해는 상대에 대한 몰이해나 무지를 통해 공짜로 얻을 수 있다.

그간 상대와 해온 것이 고기를 썰거나 영화를 보거나 서로를 더듬거린 일 밖에 없다면 둘은 서로에 대해 아는 것이 별로 없을 것이다. 가끔 자신은 상대와 '진지한 얘기'를 많이 나눴다고 하는 대원들이 있는데, 그들의 진지한 얘기라는 것에 나는 깜짝 놀란다.

"난 오빠가 그날 와줄 거라고 생각했어. 아무리 피곤해도 내가 아프다는데, 그냥 집으로 가 버릴지 몰랐어. 오빠 정말 날 사랑하긴 하는 거야?"

따위의 얘기는 '진지한 얘기'가 아니라 그냥 '기분 나빠서 따진 얘기'라고 해야 맞다. 어떻게 살아왔는지, 무슨 생각을 하고 사는지, 나중엔 어떤 모습으로 살고 싶은지에 대한 얘기 정도를 '진지한 얘기'라고 한다. 그런 이야기를 나누지 않은 채 같이 만나서 데이트하는 건, 냉정하게 말하면 '연인 코스프레'일 뿐이다.

상대에 대해 흥미가 떨어졌다고 말하는 대원들의 대부분은 상대에 대해 제대로 아는 게 없다. 상대가 한 말이나 눈에 띈 몇 가지 행동들을 근거로 상대의 한계를 정해 놓고, '쟨 이 정도밖에 안 되는 사람'이라는 평가를 내리니 당연히 지겹고 지루할 수밖에 없다. 그들에게, 상대라는 금광의 입구 앞에서 서성이다 등 돌리지 말고, 상대의 마음 깊숙한 곳까지 내려가 금맥을 발견해 보길 권하고 싶다.

🌸 커 보이는 남의 떡

내 인생 외에 다른 사람의 인생은 살아본 적이 없기에 우리는 결국 남을 어느 정도 부러워할 수밖에 없다고 생각한다. 뭐, 그 부러움이 삶을 살아가게 하는 동력 중 하나일 수도 있겠지만 말이다. 어쨌든 '선택'이라는 케이크를 사기 위해서는 '후회'라는 값을 지불해야 한다. 연애에서도 마찬가지다. 연애를 하며 예상치 않게 벌어지는 일들에 대해 우리는 늘 '후회'를 할부로 갚고 있지 않은가.

그런데 '후회'라는 할부를 갚아 나가다 보면 문득 '이게 최선일까?' 하는 생각이 든다. 또 남들의 얘기를 들어보면, 그들은 이렇게 허리 휘게 갚아 나가는 '후회' 없이 편안히 케이크를 먹고 있는 것 같다.

그러나 남들의 얘기란 '원주율' 같은 거다. 누군가의 "내 인생은 요즘 3.14 정도 돼."라고 하는 이야기 속에는 "3.14159265358979…"라는 속사정이 있단 얘기다. 자신만의 원주율을 구하는 것이 인생인데, 원주율은 끝이 없기에 그걸 남에게 얘기할 때는 반올림을 하거나 버림을 해서 얘기하는 것 아닌가.

그대가 풍문으로 들었을 말들과 달리 어느 선택을 하든 '후회'라는 할부는 계속 치러야 한다. 그 '후회'에 못 이겨 다른 선택을 한다고 해도 여전히 '후회'는 잊지 않고 날아오는 고지서처럼 그대 앞에 나타날 것이다. 존중과 책임감 없는 상대에게서 탈출하는 거라면 난 그대를 적극 응원하겠지만, 그대가 남들의 에누리 붙은 말에 휘둘려 '다른 선택'을 하려는 것이라면 힘차게 고개를 가로젓겠다.

🌸 낭만을 좇는 연애 유목민

낭만을 좇아 방랑생활을 하는 연애 유목민들에게는 생텍쥐페리의 《어린왕자》에 나온 문장 두 개를 소개하는 것으로 이야기를 대신할까 한다.

"너의 장미꽃이 그토록 소중한 것은 그 꽃을 위해 네가 공들인 시간 때문이야."
"너는 네가 길들인 것에 대해 언제까지나 책임이 있는 거야."

책임을 지는 건 버겁고 두려운 일이다. 하지만 그렇다고 해서 늘 책임을 피해 도망 다닌다면 연애 유목민 생활을 청산할 기회는 영영 잡지 못할 수 있다.

연애, 그렇게 힘들고 어려운 거 아니다. 서로의 편이 되어 줄 사람을 만나 서로를 더 잘 알고 이해하기 위해 노력하고, 늙고 지쳐서도 서로의 곁에 있기를 약속하며 걷는 길. 그게 연애다. 상대와 밥 몇 번 먹고 영화 몇 번 본 뒤 상대에 대해 다 아는 것처럼 굴지 말고, 상대라는 사람에 대해 세상에서 제일 잘 아는 사람이 될 때까지 알아가 보도록 하자.

06
헤어지지 않으려면
연애 초기에 약속해야 할 것들

지난 번 내가 머리를 막 잘랐을 때 사귄다는 소식을 들을 것 같은데, 다시 미용실에 가야 할 만큼 내 머리카락이 자라기도 전에 이별소식을 전하는 대원들이 있다. 대체 왜 그들의 애정이 내 스마트폰 배터리보다 빨리 닳았는지에 대해 난 14박 15일 동안 관련된 사연을 모두 재검토하여 그 원인을 찾아냈다. 그들이 빼먹고 있었던 건 바로, 연애의 안전벨트.

이 글에선 연애를 시작했을 때 꼭 착용해야 할 안전벨트 같은 약속들에 대해 이야기를 해볼까 한다. 출발해 보자.

❀ 하루의 시작과 끝을 서로에게 알리기

아침에 눈 뜨면 가장 먼저 물을 마시거나 화장실을 찾는 것처럼 하루를 시작

홀로여도 좋지만 네가 있어 더 행복하다

했다는 것을 서로에게 알리기로 약속하자. 그리고 저녁에 잠자리에 들 때 역시 하루를 마무리한다는 것을 서로에게 알리기로 하자. 연애 초기엔 이런 약속을 하지 않아도 하루에 수십 번 통화하고, 핸드폰이 닳도록 문자를 주고받겠지만 그거야 노력하지 않아도 호르몬과 감정의 도움으로 쉽게 할 수 있는 일이고, 몇 년이 지나건 몇십 년이 지나건 변함없이 서로에게 그러자고 '약속'하자.

연애 초기엔 마음이 행동을 좌우한다. 마음이 동하는 대로 무리를 해가면서도 여러 가지 이벤트를 준비하거나 상대를 위한 일을 한다. 하지만 서로에게 익숙해지기 시작하면 긴장의 끈이 풀어지고, 마음 역시 해이해진다. 그럼 자연히 마음이 좌우하는 행동도 느슨해진다. 마음이 떴다는 건 성실하지 않은 연락으로 드러난다.

그런 상황이 찾아왔을 때, 아무리 상대에게 "변했어.", "예전 같지 않아.", "연락 좀 자주 해." 따위의 이야기를 해봐야 별 소용이 없다. 한 번 풀어진 마음은 다시 조이려 해도 이미 늘어나 버린 까닭에 계속 풀리기 때문이다. 이 마음이 풀어지지 않도록 고정하는 방법은 딱 하나밖에 없다. 처음부터 행동을 굳혀 마음에 안전벨트를 채우는 것이다.

좀 더 나아가 동선에 변화가 생길 때면 서로에게 알려주기로 약속하는 것도 훗날 큰 도움이 될 것이다. 처음엔 그게 '보고'처럼 여겨질지라도, 또는 남들이 그 모습을 보고 비웃더라도, 두 사람은 묵묵히 그 약속을 실천하길 바란다. 그 행동들은 훗날 감동으로, 그리고 확신으로 환원될 것이고, 그러한 노력을 하는 동안 둘은 서로에게 생활이 되어 있을 것이다.

🌸 손잡고 말하기

손잡는 것 역시 처음엔 말하지 않아도 다들 잘한다. 이제 막 연애를 시작하는 여성대원들은 '내 남자친구는 못 만져서 난린데(응?) 대화할 때 손잡을 필요가 있나?'라고 생각하겠지만, 이 '손잡기'의 약속은 '지금'이 아니라 '훗날' 빛을 발한다는 것을 잊지 말자. 이미 결혼까지 한 커플부대 여성대원들의 한 서린 외침을 들어본 적 없는가?

"결혼하니까 남편이 손도 안 잡아줘. 변했어. 내가 더러워? 왜 안 만져?"

대화할 땐 손을 잡기로 '약속'하자. 지금은 다툴 일도 없고, 서로의 의견이 맞지 않아도 얼굴 붉힐 일 없이 양보와 배려로 해결하겠지만, 시간이 지나면 분명 상황은 변한다. 서로에게 편해지면 상처가 될 말을 툭툭 던지는 일이 벌어질 수 있고, '나'와 '너'를 분리해가며 공격적이고 방어적인 대화를 나누게 될 수 있다.

바로 이때 '손잡기'가 서로에게 아군임을 나타내는 '피아식별'의 기능을 할 것이다. 이 효과가 의심스럽다면 당장 부모님이든 친구든 직장동료든 누군가와 이야기하며 손을 잡고 대화를 해보길 권한다. 손을 잡고 얘기하는 동안은 절대 험한 말이 나오지 않고 격했던 마음도 사르르 녹는 것을 경험할 수 있을 것이다.

🌸 뽀뽀하라고 말하기 좀 쑥스럽지만

뽀뽀하자. 아빠가 출근할 때, 엄마가 안아줄 때, 뽀뽀했던 것처럼 서로 만나면 반갑다고 뽀뽀하고, 헤어질 땐 또 만나자고 뽀뽀하자. 뽀뽀가 어렵다면 포옹을 하는 것도 좋다.

　그냥 아무 생각 없이 무작정 뽀뽀만 하란 얘기는 아니다. 둘에게 어떤 일이 벌어지든 뽀뽀를 빼놓지 말라는 얘기다. 기분이 좋고, 서로에게 애틋한 관계일 때만 이 약속을 지키는 게 아니다. 상대가 꼴뚜기처럼 보이는 날이든, 대화를 나누다 짜증이 나서 얼른 집에 들어가 버리고 싶은 날이든, 그냥 만사가 다 귀찮은 날이든 간에 이 약속을 지켜야 한다. 바로 그때를 위해 약속하는 거지, 아무 데서나 무분별한 스킨십을 하자고 약속하는 게 아니다.

　어두컴컴한 곳에서 스킨십에만 열중할 게 아니라, 밝은 곳에서 이런 '비언어적 의사소통'을 나눌 수 있도록 하자. 처음엔 버스 정류장에서 상대를 배웅하며 포옹을 하거나 뽀뽀를 하는 게 어색하고 쑥스럽겠지만, 하다 보면 그냥 손을 흔드는 것만큼이나 자연스럽게 할 수 있는 일이 된다. 아주 잠깐이지만 이 '비언어적 의사소통'의 여운은 집에 돌아와 잠을 청하는 순간까지 남아있을 것이다.

　뭐든 한 가지를 꾸준히 하다 보면 지칠 때가 있기 마련이다. 무슨 얘긴지 잘 모르겠다면, 오늘 저녁 동네 학교 운동장을 찾아가 10바퀴쯤 뛰어보길 바란다. 뛰는 게 어렵다면 경보하듯 빠른 걸음으로 걸어도 좋다. 대부분 '운동한다'는 가벼운 마음으로 첫 바퀴를 돈 것과 달리 다섯 바퀴쯤에선 옆구리가 아파오고 그냥 앉아서 쉬고 싶은 생각이 들 것이다.

　연애에서도 그런 순간이 분명 찾아온다. 서서히 연애의 한계가 보이는 것 같다는 생각이 든다거나, 상대의 장점보다는 단점들만 눈에 보인다거나, 연애 초기의 '특별함'이 이제 '익숙함'으로 변해 감각이 둔해진다거나 하는 일 말이다. 이걸 완전히 막을 수는 없겠지만, 지금 권하고 있는 이 약속들이 그 순간 너무나도 가볍게 연애에서 튕겨져 나가는 것을 막아줄 것이다. 내 경우, '화가 났다고 전화를 안 받거나 꺼두지 않기'라는 약속을 정해서 실천하고 있는데 이 약속이 우리를 몇 번이나 위기의 순간에서 구해줬다. 이 약속들이 그대 역시 위기의 순간에서 구해줄 것을 난 믿어 의심치 않는다.

07
결혼하기 전 꼭 살펴봐야 할
세 가지 기준

'연애'는 친한 친구가 집에 놀러와 며칠 밤 자고 가는 것과 같다. 즐거운 이야기들을 나누며 밤을 지새울 수 있다. 하지만 '결혼'은 친한 친구가 내 방에 와서 50년쯤 같이 살게 되는 것과 같다. 몇 주일 정도는 그 친구에 대한 양보도 즐겁고, 배려도 즐겁고, 둘이 소꿉놀이하듯 생활하는 것도 즐겁겠지만, 그 시간이 지난 후로는 불편하고 답답하고 짜증이 나기 마련이다.

결혼해서 한 2, 3년 정도 살다가 헤어질 생각이라면 이 글을 읽을 필요가 없다. 하지만 '오래오래 행복하게' 살고 싶다는 소망을 가지고 있다면, 지금부터 하는 이야기를 꼭 귀 기울여 들어주길 바란다.

🌸 상대는 독립할 수 있는가?

나이는 공짜로 먹을 수 있기에 배불리 먹었지만, 정신적으로나 경제적으로는 독립하지 못한 사람들이 있다. 그런 건 결혼한 뒤 함께 살아가면서 극복할 수 있는 거 아니냐고 반문하는 대원들이 종종 있는데, 그 '극복'이라는 게 로또 번호 여섯 개를 다 맞추는 것보다 어렵다.

정신적으로 독립하지 못한 상대와 결혼하면 상대가 실시간으로 중계하는 불만들을 온몸으로 받아내야 하는 일이 생기며, 뭘 하든 의지만 하는 상대 때문에 숨이 막히게 될 것이다. "나 아파.", "나 힘들어.", "나 외로워.", "나 괴로워…" 물론 연인이, 그리고 부부가 서로의 '보호자'가 되어 줄 수 있어야 하는 건 맞지만, 하나부터 열까지 모두 보호해 줘야 하는 상황은 그대에게 신경쇠약을 선물할 수 있다. 불평과 징징거림 같은 부정적 에너지를 받아주는 것에 그대는 지치고, 지친 그대를 보며 상대는 또 우울해할 수 있고 말이다.

경제적으로 독립하지 못한 상대와 결혼하면 비싼 구두 속에 구멍 난 양말을 신은 마음이나, 밑 빠진 독에 물 붓는 마음으로 살게 될 수 있다. 오해는 하지 말자. 경제적 '성공'이 아니라 경제적 '독립'이다. 경제적 독립을 못한 사람들은 대부분 부모님에게 의존해서 살기 마련인데, 인생을 뒤집을 만한 위기가 닥치지 않는 이상 상대의 그 의존은 계속 이어질 수 있다.

아직 상대가 정신적, 경제적으로 독립하지 못한 상황이라면, 시간이 아무리 오래 걸리더라도 그 두 가지 독립을 할 수 있을 때까지 기다리길 권한다. 지금 덜컥 결혼부터 해버리면 결혼생활마저 자신의 스트레스로 여기는 상대와 함께 살게 될 것이다.

홀로여도 좋지만 네가 있어 더 행복하다

❀ 상대에게 책임감이 있는가?

책임감이 없는 남자들은 달콤하고 멋있어 보일 때가 많다. 그래서 더 치명적이다. 정치인에 비유하자면, 그들은 당선을 위해 '허위공약'을 남발하는 사람과 같다고 보면 된다. 공약이 허위인지 아닌지는 일단 뽑아봐야 아는 일 아닌가. 때문에 연애 시절 책임감 없는 상대가 한 약속을 믿고 서둘러 결혼했다가 뒤늦게야 그게 '허위공약'인 걸 눈치 챈 대원들이 하나 둘이 아니다.

그들은 또 궤변과 합리화에 능하다. 늘 자신이 일을 벌이고는 나중에 슬쩍 빠져나가는 삶을 산 까닭에 그 부분에 철저히 훈련되어 있다. 그들의 트릭에 빠지는 대원이 없도록 나는 책과 블로그를 통해 "말이 아니라 행동을 보세요. 행동이 그 사람을 증명합니다."라는 이야기를 수없이 해왔으나, 내 말을 듣고 굳게 마음을 먹었다가도 그들이 다가와 툭 건드리면 휘두르는 대로 휘둘리는 대원들이 대부분이었다. 그들이 한 달콤한 약속과 금방이라도 환상을 이루어 줄 것 같은 분위기에 마음을 빼앗긴 것이다.

좋을 땐 모른다. 책임감 없는 사람의 무서움은 위기가 찾아왔을 때에 느낄 수 있으니 말이다. 상대의 말과 행동이 일치하는지를 보고, 능동적으로 위기에 대처해 나가는지를 보자. 그렇지 않으면 그대는 결국 가장 위급한 순간에 혼자가 될 것이다.

❀ 상대는 그대를 존중하는가?

그대를 존중하지 않는 상대와 결혼하는 건 상대의 차를 얻어 타는 것과 같은 일이다. 그냥 바라만 봐도 좋을 때엔 함께 있다는 것만으로도 즐겁겠지만, 상대가 그대를 존중하고 있지 않다면 위기의 순간에 그 문제점이 드러난다. 앞서 이야기한 것처럼 "야, 너 내 차에서 내려!"라는 소리를 들을 수 있기 때문이다. 위기의 순간, 그대를 존중하지 않는 상대에게 그대는 그냥 짐일 뿐이다.

상대가 그대를 존중하고 있는지는 '내 얘기를 끊지 않고 끝까지 듣는지'를 살펴보는 것만으로도 알 수 있다. 그대를 존중하고 있지 않다면 그대의 얘기 같은 건 더 들을 필요가 없다고 생각해 아무 때나 끊을 것이며, 툭하면 훈계조로 그대에게 설교하려 할 것이다. 상대에게 짐짝 취급을 받더라도 상대만큼 자신을 사랑해주는 사람이 없으니 다 이해할 수 있다고 했던 대원이 있었다. 그 대원은 어느 날, 이유도 제대로 듣지 못한 채 상대에게서 유기당하고 말았다는 걸 꼭 기억해 두자.

마지막으로, 상대만 살필 것이 아니라 '나' 자신도 살피길 권한다. 내가 큰 그릇이 되어야 그만큼 큰 무언가를 담을 수 있는 것 아니겠는가. 지혜로운 사람은 상대에게 위와 같은 문제들이 있어도 함께 노력하며 수정할 줄 안다. 면접관의 태도로 상대를 살피는 일은 그만하고, 고쳐야 할 부분들을 함께 고쳐나가는 지혜로운 연애를 하길 바란다.

08
남자친구에게 상처를 입히는
고슴도치녀, 문제는?

고슴도치녀들은 화가 났을 때 상대가 그저 "우쭈쭈쭈." 하며 안아주기만 해도 풀어질 거라 말하는데, 상대의 입장에선 안을 수가 없다. 온몸에 가시를 세우고 있는 고슴도치를 어떻게 안아줄 수 있겠는가.

고슴도치 같은 친구를 뒀다고 생각해 보자. 그 친구는 그대와 함께 여행가는 문제로 대화하다가 뭐에 화가 났는지, "야 그냥, 우리 같이 여행가기로 했던 거 취소하고 알아서 각자 다녀오자."라며 가시를 세운다. 저 말에 그대는 "우쭈쭈쭈." 하며 친구를 안아줄 수 있겠는가? 한두 번이야 양보하는 셈 치고 져줄 수 있겠지만, 매번 갈등이 생길 때마다 친구가 저렇게 나온다면 그대도 화가 나 관계를 정리하고 싶어질 것이라 생각한다. 바로 고슴도치녀들이 그렇다. 그녀들은 딱 위의 '친구'와 같은 태도로 가시만 세우다가 연애를 망치고 만다. 여기선 그녀들의 가시 같은 모습에 대해 살펴보자.

🌸 화 안 난 척

화났으면서 화 안 난 척하는 사람은 정말 피곤하다. 왜 화가 났는지에 대해 이야기하면 해결책이나 대안을 금방 찾아낼 수 있을 텐데, 그 부분에 대한 얘기는 하지 않고 화 안 난 척만 하고 있는 사람들. 한 고슴도치녀의 멘트를 보자.

"그럼 우리, 크리스마스는 그냥 알아서 각자 보내자."

세상의 모든 남자는 여자친구에게서 저 말을 듣는 순간 본능적으로 일이 잘 못되었다는 걸 직감한다. 저건 여자친구가 현재 판을 엎었다는 경계경보와 같기 때문이다. 남자는 상황을 수습하고자 사과를 앞세워 여자친구를 회유해 보는데, 안타깝게도 고슴도치녀들은 이미 빈정이 상한 까닭에 상황을 더 극단까지 몰고 가 버린다.

"나 화 안 났는데? 각자 알아서 보내는 게 나을 것 같아서 한 말인데?"

여기서부터 남자는 피곤해지기 시작한다. 연애 초기엔 저렇게 '화 안 난 척'을 해도 남자친구가 기분을 풀어주기 위해 열심히 매달리겠지만, 피곤함이 계속 축적된 이후에는 아예 연애를 포기할 수 있다는 걸 기억해 두길 바란다.

🌺 진심으로 미워지게 만드는 행동, 비꼬기

고슴도치녀들은 위에서 말한 '화 안 난 척'을 하다가 '비꼬기'까지 사용하는 경우가 많다. 계속 아니라고 잡아떼다가 상대가 회유를 포기하려 하면, 몇 발짝 떨어져서 돌을 던지기 시작하는 것이다. 대표적인 비꼬기 문장으로는 "앞으론 나도 내 할 일에 열중하면서 살아야겠다. 그게 맞는 거겠지." 정도를 들 수 있다. 이후 남자가 다시 상황을 수습하려 다가오면, "각자 할 거 하면서 지내도 난 괜찮은데? 진짜야." 따위의 말로 또 돌을 던진다.

이게 고슴도치녀 입장에선 화가 덜 풀린 까닭에 심통도 더 부리고 싶고, 이렇게라도 화났다는 걸 확실하게 보여줘야 상대가 반성할 거라고 생각해 벌이는 일인데, 그 행동들이 상대에겐 그녀를 진심으로 미워하게 만드는 계기가 되고 만다.

🌺 '피해자 모드'가 불러오는 최악의 상황

고슴도치녀들이 말을 길게 하기 시작했다는 건 '피해자 모드'에 돌입했다는 신호다. 그녀들은 미리 한두 마디라도 했으면 좋았을 이야기들을 아껴두고 안 하다가 '피해자'로 포지션을 바꾸며 쏟아 놓는다. 대개 장문의 문자나 카톡, 메일 등을 활용해서 상대에게 '피해자 선언서'를 전하는 것이다. 예를 들자면 아래와 같다.

"난 오빠에게 기대했는데, 오빠는 날 실망시켰어. 기대한 내가 바보지. 앞으로는 기대 같은 거 안 하고 살기로 했어."

내용은 각 커플의 상황마다 다르지만, 요약하자면 '난 이러이러한 이유로 그런 거니 정당한 거고, 결론은 '네가 나쁜 놈'이라고 할 수 있다.

저 얘기를 들은 상대는 억울한 마음에 자기 사정을 얘기하고, 자기도 충분히 노력하고 있다는 얘기를 하며 꼭 자신만 가해자는 아니라고 말한다. 하지만 고슴도치녀들은 "어쨌든 내가 피해자."라는 주장만을 반복할 뿐이다. 상대는 "그래 항상 네 잘못은 없고 다 내 잘못이지."라는 이야기를 하며 서서히 마음의 문을 닫는다. 그러다 반복되는 갈등에 지치게 되면 '내가 과연 얘랑 함께 잘 살 수 있을까' 하는 생각까지 하다가 이별을 말하게 된다.

서운할 때 서운하다고 말하고 화가 났을 때 화가 났다고 말했다면 위에서 말한 문제들은 중간에 몇 번이고 막을 수 있었을 것이다. 하지만 마음에도 없는 말을 툭툭 던지면서 상대의 반응을 떠보고, 지지 않기 위해 '나만 피해자'라는 주장을 반복하다 틀어지고 말았다.

그대가 그렇게 가시를 세우고 있는 한 상대는 그대를 안아주고 싶어도 안아줄 수가 없다는 걸 잊지 말자. 그간 혹시 자신이 상처받지 않기 위해 버릇처럼 가시를 세워온 것은 아닌지 살펴보고, 그럴 때마다 상대의 기분은 어땠을지도 돌아보자. 사랑만 하기에도 모자란 시간, 가시를 세우느라 등 돌리지 말고 상대의 실수나 단점까지도 품어주며 사랑해 보자.

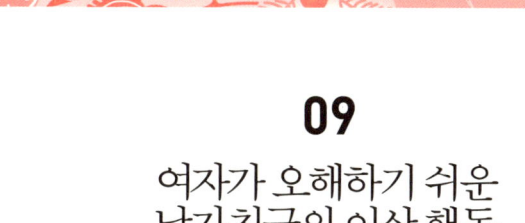

09
여자가 오해하기 쉬운
남자친구의 이상 행동

상대에 대해 잘 알아야 더 잘 사랑할 수 있다. 강아지를 키워본 적 있다면, 그 강아지를 키우며 겪었던 일들을 떠올려 보길 바란다. 양말을 물어다 자기 아지트에 갖다 두는 일이라든지 어딘가에 자리를 잡기 전 발로 땅을 파는 시늉을 하는 일, 다가와서는 손이나 발을 핥는 일, 집을 만들어 줘도 꼭 쌓아 놓은 이불 위에 올라가 있는 일 등 특성에 따른 녀석의 '이상 행동'을 발견한 적이 있을 것이다.

그런 이상 행동은 사람에게서도 찾아볼 수 있다. 물론 연애 중인 남자가 양말을 물어가거나(응?) 하진 않지만, 싫다는데 자꾸 권해서 짜증나게 하거나 "화났어?"라고 계속 물어 정말 화게 나게 하는 경우들이 있다. 이 글에서는 사연에 가장 많이 등장한 대표적인 '남자친구의 이상 행동'에 대한 이야기를 해볼까 한다. 모든 남자에게 동일하게 적용되는 이야기는 아니지만, 혹 비슷한 이상 행동을 하는 남자친구가 있다면 '아, 이것 때문에 그럴 수도 있겠구나' 하는 정도의 추측은 해볼 수 있을 것이다. 출발해 보자.

🌺 싫다는데 자꾸 같이 하자는 남친

여자들이 주로 '대화'를 통해 감정을 공유하는 것과 달리 남자는 '함께 시간을 보내는 것'을 통해 감정을 공유한다. 당구장이나 PC방에서 친구와 놀고 있는 남자들을 살펴보자. 그들은 거기서 몇 시간 동안 겨우 몇 마디의 이야기밖에 나누지 않지만 그 시간을 함께 보내며 우정을 쌓아간다.

남녀의 서로 다른 저 본능 때문에 다양한 갈등이 일어난다. 남자는 여자가 옆에 있기만 해도 함께 애정을 쌓고 있다고 생각하는데, 사실 여자는 자신이 들러리가 된 듯한 기분을 느끼기 때문이다. 저런 차이에다가 자신이 좋아하는 것을 상대도 좋아하게 만들려는 '균형 이론'의 영향까지 더해져 문제가 더욱 심각해진다. 여자친구는 싫다는데 자꾸 같이 하자고 조르는 모양이 되고 만다. 당구장에 가자고 졸라 여자친구를 데리고 가선, 그냥 앉혀만 두고 자기 혼자 당구 치다가 이별통보를 받은 남자도 있다.

그대가 남자친구에게서 저런 모습을 발견하게 된다면 그때는 단순히 '거절'만 하지 말고 '새로운 문제'를 꺼내놓길 권한다. 남자친구가 제시하는 A에 대해 불만을 토로하는 것 대신 그대가 하고 싶은 B를 제안하자. 그럼 '새로운 문제'를 받은 남자친구가 그 문제에 대한 답을 구하려 애쓰는 것을 목격할 수 있을 것이다. 단, 자신은 한 치도 양보하지 않으면서 '내가 원하는 것'만 들이대다간 또 다른 형태의 위기가 찾아올 수 있으니 그 부분은 주의하기 바란다.

❀ "화났어?"라고 물어 더 화나게 하는 남친

연애하면서 여자친구에게 "화났어?"라고 물어 본 경험이 없는 남자도 있을까? 지금 이 시간에도 누군가는 여자친구에게 "화났어?"라고 묻고 있을 것이다. 이건 여자의 언어와 남자의 언어가 다른 까닭에 발생하는 경우가 많다.

여자의 "뭐해?"라는 말에는 '나 이렇게 그냥 내버려 둘 거야?'라는 속뜻이 담겨있는 경우가 많다. 하지만 대부분의 남자는 그 속뜻까지를 캐치해 내지 못한다. 그들은 여자친구의 "뭐해?"를 말 그대로 '뭐하고 있어?'로 받아들일 뿐이다. 때문에 여자의 표정은 굳고, 목소리는 차가워진다. 그 모습을 본 남자는 여전히 이유를 모르는 까닭에 당황하게 된다. 그래서 '갑자기 왜 이러지? 뭐하냐고 물어봐서 대답했는데, 뭐가 잘못된 거지? 무슨 화나는 일 같은 게 있었나?'라는 생각으로 "화났어?"라고 묻고 만다. 분명 뭔가 잘못된 것 같은데 그게 뭔지 알 수 없을 때 남자는 "화났어?"라고 묻는 것이다.

저 말에 "어, 네가 이러이러한 행동을 해서 화났어."라고 대답하는 여자는 많지 않다. 그저 '화 안 난 척'을 할 뿐이고, 거기에 남자는 다시 위기에서 벗어나기 위해 맹목적인 사과를 하고, 여자는 그 사과에 더 화가 나고, 남자는 여자가 계속 화만 내니 "나보고 어쩌라고?"라는 말을 하게 되고….

그렇게 빙빙 돌아가다 튕겨져 나가지 말고, 서운하거나 섭섭한 점이 있으면 그걸 직접 남자친구에게 '부탁'해 보자. 남자는 부탁에 약한 동물이다. 말 안 해도 알 수 있길 바라며 궁지로 몰지 말고, 말해서 원하는 대로 바꾸길 권한다.

❀ 부담스러울 정도로 연애에 집착하는 남친

사냥감이 뛰면 본능적으로 쫓아가는 맹수처럼 대부분의 남자들은 연애를 시작하면 여자친구에게 몰두한다. 동시에 두 가지 일을 하기 어려워하는 남자의 특성상 '생활'과 '연애'의 멀티태스킹을 어려워하는 것이다. 때문에 많은 남자들이 생활을 돌보지 않은 채 연애만 하얗게 불태우려 하다 연애를 망치고 만다.

달아오른 남자친구가 생활의 끈을 놓은 채 연애애만 매달리려 한다면, 그땐 그대가 도와주길 바란다. 서로 지켜야 할 약속들을 정하고, 어려운 부분들에 대해 이야기하며 우리도 남들처럼 싸우게 될 수 있다는 걸 알려주자. 특히 연애를 처음 하는 남자들의 경우, 자신이 꿈꾸던 '이상적인 연애'를 실현하려 애를 쓸 것이다. 그들은 갈등이나 불화가 전혀 없는 사랑과 행복만 가득한 연애를 하려 하는데, 필요하다면 볼을 꼬집어서라도 그 꿈에서 빨리 깨어나게 만들어야 한다. 그냥 두었다간 남자친구는 집착과 실망으로 지치고 만다.

또 둘이 함께 추구하는 목표를 만들자. 그렇게 쫓을 대상이 생기면 남자친구는 자연히 고개를 돌릴 것이다. 여자친구가 '사냥감'이 아닌 '파트너'라는 것도 인식하게 될 거고 말이다. 남자친구를 똑똑하게 만들고 싶다면 이 과정에서 '남자친구가 잘 모르고 있는 것'에 대해 자꾸 물어보는 것도 훌륭한 방법이다. 그 질문으로 인해 자신의 모자람을 깨달은 남자친구는 답을 내 놓기 위해 공부를 시작할 것이다. 남자친구의 집착을 집중력으로 바꿀 줄 아는 현명한 여자가 되길 바란다.

그대가 어른이 되었다 해도 마음속에는 꼬꼬마 하나가 들어 있지 않은가. 투정부리고 잘 삐치는 미운 네 살의 그런 꼬꼬마 말이다. 남자친구의 마음에도 그런 꼬꼬마가 하나 들어있다. 우악스럽거나 극성맞거나 작은 일에도 어쩔 줄 몰라 하는 꼬꼬마의 모습이다. 이상 행동을 한다고 이상한 사람으로 판정내리지 말고, 마음속 그 꼬꼬마를 잘 훈육해 훌륭한 어른으로 만들길 바란다.

10
이별을 부르는
성격결함 세 가지

커플부대원들이 보내는 사연을 읽다 보면, 그 사연 속에서 상대와의 관계를 한 방에 엉망으로 만들어 버리는 독특한 성격들을 발견할 때가 있다. 이번 글에선 단 한 번으로도 충분한 이별사유가 될 수 있는 그 결함들에 대해 살펴보자.

 **분노발작 그녀**

재미있게 데이트를 잘하고 집에 돌아가는 길, 말 한마디에 감정이 폭발해 차 문을 열고 내려 버리는 행위 같은 건 그나마 강도가 좀 낮은 편이다. 어느 남성대원 은 분노발작 증상을 보이는 여자친구에게 사소한 일로 따귀를 맞았고, 또 다른 대 원은 강남역 10번 출구 앞에서 여자친구가 집어던진 케이크 잔해를 치웠다.

시간이 지나 분노가 가라앉으면 그녀는 다시 정상으로 돌아온다. 그래서

"생각해 보니 어젠 내가 너무 심했던 것 같아. 미안해." 등의 이야기로 사과하는 경우도 있는데, 남자에겐 그 끔찍했던 기억이 지워지지 않기에 대개 여자에게 이별을 통보한다.

화를 내더라도 그 정도가 남자에게 '위기감'을 느끼게 할 수준이었다면 문제가 되진 않는다. 위기감을 느낀 남자는 어떻게든 해결책을 찾아내려 노력하는 법이니 말이다. 하지만 '좌절감'을 느낀 남자는 떠날 준비를 한다.

여린 마음을 가진 까닭에 과민반응을 하거나, 다혈질의 성격을 가진 까닭에 쉽게 극단까지 치닫는 여성대원들이 이 '분노발작'을 일으키는 경우가 많다. 그녀들은 위와 같은 행동을 한 후 "그때는 너무 화가 나서…."라는 이야기로 후회하는데, 한 번 분노발작으로 불태워버린 자리는 몇 년을 울며 후회해도 다시 복구되지 않는다는 것을 기억해 두길 바란다. 잠깐의 충동을 이기지 못해 질러버린 그 행동이 상대로 하여금 '한 인간에 대한 완전한 실망'을 불러 올 수 있기 때문이다.

❀ 그의 피해망상

'그녀가 날 완전히 좋아하진 않는 것 같다'고 생각하는 남자는 어떻게 손 쓸 방법이 없다. 그들이 원하는 '완전히'라는 건 상대가 자신의 모든 외로움과 심심함, 그리움, 무료함, 우울 등까지 해결해주고 채워주는 상태다.

이런 증세를 보이는 사람들은 자신의 마음이 밑 빠진 독과 같다는 걸 깨닫지 못하고, 그 결핍이 모두 상대의 '애정 부족'이라고 생각한다. 그러고는 자신이 하고 있는 의심의 증거를 찾기 위해 여러 가지 일을 벌인다. 말 돌려 하기, 떠보기, 몰래 사생활 조회하기 등 상대가 학을 뗄 정도의 진상 짓을 시작하는 것이다.

그 진상 짓으로 인해 이별을 맞이하게 되어도 그들은 정신을 차리지 못한다. 사과는 하지만 그건 재회를 위한 잠깐의 연기일 뿐 속으로는 여전히 자신이 피해자라고 생각하는 경우가 많다. 아래는 피해망상 증상을 앓고 있는 어느 남성대원이 내게 보낸 글이다.

"전 여전히 사과하고 있고, 그녀를 기다리는 중입니다. 저를 좋아한다며 만나자고 하는 여자도 있지만 그러지 않습니다. 제가 이렇게까지 하는데도 그녀는 제 말에 대답도 하지 않습니다. 이제 정말 화가 나려고 합니다. 최소한 제 말에 대답은 해줘야 하는 것 아닙니까? 마음 없이 그냥 심심해서 저랑 사귀었던 걸까요? 덕분에 제 멘탈은 아주 부서져 버렸습니다. 이 보상을 누구에게 받죠?"

글로만 접할 뿐인 나도 무서운데, 온몸으로 피해망상을 받아내고 있는 상대는 얼마나 무섭겠는가. 상대를 '나쁜 사람'이라고 정해둔 채 그 증거를 찾기 시작하면 이별은 필연적이라는 걸 기억해 두길 권한다.

❀ 심술쟁이 그녀

남으로 지내거나 썸을 타는 수준의 '썸녀'로 지낼 땐 문제가 없는데, 연인이 되고 나면 심술쟁이로 돌변하는 사람들이 있다. 체험판 서비스는 100점짜리인데, 막상 본품이 나와 구매를 하면 20점짜리인 제품과 비슷하다고 할까? 각 부분에서 나타나는 증상은 다음과 같다.

홀로여도 좋지만 네가 있어 더 행복하다

■ 만남

사귀기 전과 달리 사귄 후 급속도로 무기력해지는 모습을 보인다. 데이트할 때 만나러 나온 게 아니라, 감사(監査)하러 나온 사람처럼 군다. '마음에 안 드는 모습 잡아내기 레이더'를 가동한 듯, 상대가 사소한 실수만 해도 벌점을 부여한다.

■ 연락

연락이 없을 땐 서운하다는 식의 표현을 해 놓고, 막상 연락을 하면 왜 연락했냐는 식의 태도를 보인다. 맞추라고 해서 맞추면, 의무적으로 맞출 필요 없다고 말하는 여자. 남자는 어느 장단에 맞춰야 할 지 혼란스러워하다 이별을 생각한다.

■ 대화

반대를 위한 반대와 잘못을 인정하지 않기 위한 변명이 습관화된 경우다. '그것 때문에 그러는 거 맞으면서 아니라고 우기는 여자가 대표적인 사례다. 그녀들은 답이 안 나오는 소모적인 대화만 하다가 결국 '소통 불가' 판정을 받는다.

위와 같은 이유들로 이별한 후 지인들에게 고민을 털어 놓으면, 저 사정을 모르는 지인들은 겉으로 드러나는 상황들만 가지고 얘기해 줄 뿐이다. 실제로 '분노발작' 사연을 보낸 독자에게 그녀의 지인들은 "남자의 마음이 거기까지인 것 같다."라는 얘기를 했다. '피해망상' 사연을 보낸 독자에겐 "넌 할 만큼 했다. 인연이 아닌 것 같다."라는 말을, '심술' 사연을 보낸 독자에겐 "이제 질려서 그러는 것 같다."라는 말을 했다.

각색한 이야기로 지인들에게 달콤한 위로만 받다 보면, 불혹의 나이가 지나서도 자신의 문제가 무엇인지 모른 채 상대 탓만 하게 될 수 있다. 그런 불상사가 생기지 않도록 혹 자신에게 위와 같은 모습이 있는 건 아닌지 꼼꼼히 체크해 보길 권한다.

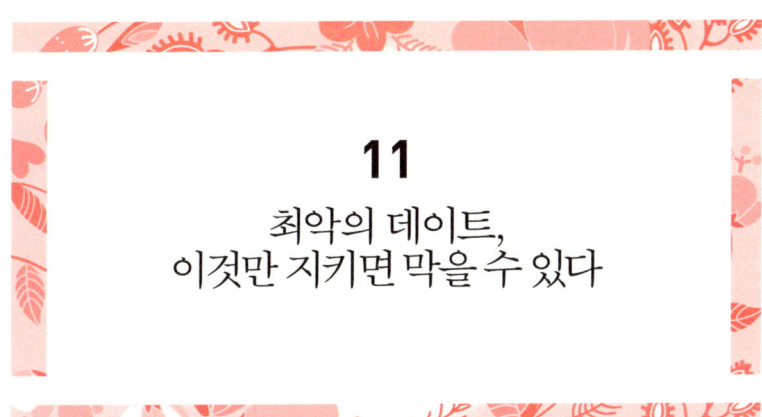

11
최악의 데이트,
이것만 지키면 막을 수 있다

이번 글에선 데이트를 하다가 이별하게 된 커플들의 이야기를 살펴보며, '최악의 데이트' 예방법을 알아보자.

🌺 약속시간, 안 지킨 사람이 무조건 잘못이다

약속시간을 지키지 않았다면 이유 여하를 막론하고 무조건 안 지킨 사람의 잘못이다. 가장 빈번하게 일어나는 갈등부터 살펴보자.

"세 정거장 남았다고. 늦고 싶어서 늦는 거 아니잖아. 늦어서 미안한 마음에 나도 초조한데, 이렇게 가고 있는 중에 나한테 뭐라고 하면 난 진짜 어떻게 해야 할지 모르겠다."

약속시간에 30분 늦은 어느 남성대원의 멘트다. 둘은 오전 11시에 만나 점심을 먹기로 했는데, 남자는 그날 새벽 3시까지 친구들과 놀다 들어갔다. 그가 아침에 못 일어날 수 있으니 깨워달라고 해서 여자친구는 모닝콜까지 해줬다.

한 번 늦었다면 사정이 생겨서 그런 거라고 이해할 수 있지만, 위의 남성대원은 늘 늦었다. 습관이다. 일찍 자라고 하면 알았다고 대답은 잘하지만, 결국엔 지키지 않아 형편없는 결과물을 내 놓는 사람. 그래 놓고는 "내가 일부러 너 골탕 먹이려고 늦는 거 아니잖아?" 따위의 말만 하고 있는 것이다.

그나마 위의 경우는 좀 나은 편이다. 시간약속이라도 하니 말이다. 추진력 없고 활동성이 떨어지는 사람은 약속시간을 계속 미룬다. 처음엔 점심을 먹자고 했다가, 점심을 먹고 만나는 게 좋겠다고 했다가, 또 갑자기 저녁을 먹자며 시간을 미루는 것이다. 무슨 지박령(특정한 지역에 머물고 있으면서 떠나지 못하는 귀신) 같은 게 붙었는지 도통 집에서 나오질 않는 사람들이 생각보다 많다. 시간약속을 대충 해 놓고 그 시간이 넘으면 또 다른 시간을 내세우며 약속을 미루는 사람, 그가 영영 집에 있게 될 것 같은 슬픈 예감이 든다. 약속시간은 명확히 정하고, 칼 같이 지키자. 회사 면접 시간 맞춰 갈 때의 마음가짐으로 임하면 만 년을 사귀어도 약속시간 때문에 다툴 일이 없다.

🌸 침묵의 형벌은 절대 사용하지 말자

여자는 확실히 복잡하다. 그 날의 풍향, 온도, 습도, 화장 상태, 바이오리듬 등 여러 가지에 영향을 받는다. 한 여성대원은 남자친구와 벚꽃놀이를 가기로 한 날 눈썹이 이상하게 그려진 것 때문에 아침부터 기분이 좋지 않았다. 그녀가 눈썹 이상하지 않냐고 남자친구에게 물었을 때, 남자친구가 성의 없이 대답을 했기 때문에 그녀는 기분이 더 나빠졌다.

남자친구는 혼란스러워졌다. 노래를 부르던 벚꽃놀이에 데려왔는데, 그녀가 짜증이 난 얼굴을 하고 있었기 때문이다. 혹시 목이 마르거나 배가 고파서 그런 건 아닌지 남자친구는 고민했다. 그러다 캔맥주를 권했는데 그녀는 거절했다. 또 번데기를 먹을 거냐고 물어봤는데, 그녀는 "나 번데기 원래 안 먹어."라며 넌 이제까지 그것도 몰랐냐는 투로 남자친구를 몰아 붙였다.

이건 절대 답을 찾을 수가 없다. 왜냐면 그녀는 지금 벚꽃놀이고 뭐고 편한 곳에 앉아 상큼하게 딸기나 좀 먹었으면 하는 마음을 가지고 있기 때문이다. 거기다 대고 남자가 "번데기 싫으면, 그럼 오징어? 고등?" 따위의 이야기를 해서 그녀는 더욱 짜증이 났다. 좀 전까지는 "아니, 됐어." 등의 의사표현이라도 했지만, 이제는 아예 질문을 듣지도 못했다는 듯이 남자의 말을 무시했다. '침묵의 형벌'이 시작된 것이다.

이 침묵의 형벌을 당한 남자에겐 피로감이 축적된다. 돌아오는 길에 화해해서 좋게 마무리했다 하더라도 전쟁터 한복판에 혼자 서 있었던 것 같은 기억은 지워지지 않는 것이다. 침묵의 형벌을 사용하다가 차인 여성대원들은, "어떻게 그렇게 칼같이 관계를 자를 수 있는 거죠?"라며 억울하다는 듯 얘기하는데, 그게 다 차곡차곡 쌓인 피로 때문인 경우가 많다. 특히 진지하게 만나는 관계인 경우, 저 '침묵의 형벌'은 '이런 여자와의 결혼생활은 지옥이 될 게 분명해'라는 확신을 하는 데 큰 영향을 끼친다. 기분이 좋지 않다는 이유로 상대를 쳐다보지 않고, 상대의 질문에 대답도 하지 않는다면 그 연애가 끝나는 건 시간문제다.

침묵의 형별을 경험할 때 당황하게 될 남성대원들을 위해 짧은 팁을 적자면, 상대가 입을 열지 않으면 '삐친 꼬꼬마' 정도로 생각하며 아빠 마음으로 대해보길 권한다. 여자가 침묵의 형별을 사용한다는 건 현재 이성이 잠시 마비되었다는 증거다. 거기에 대고 똑같이 반격하려 들지 말고 너그러운 마음으로 그 모습까지도 포용해 보자. 그녀가 이성을 되찾고 나면 그 너그러움에 분명 감동할 테니 말이다.

🌸 그 밖의 사소한 부분들에 대한 이야기

만날 약속을 잡을 때 꼭 확인해야 하는 몇 가지가 있다. 우선, 일기예보는 꼭 확인하자. 포털 사이트에 들어가 '날씨'라고만 쳐도 주간 예보를 볼 수 있다. 비가 올 수도 있다는 걸 전혀 고려하지 않은 채 벚꽃놀이 약속만 잡으면 낭패를 겪을 수 있다. 더불어 걸어서 이동할 일이 많을 때에는 편한 신발을 신으라고 말해주자.

밤과 낮의 온도 차이가 크다는 것도 늘 염두에 두자. 만약 야외 스포츠 경기를 보러 간다면 상대에게 외투를 하나 더 챙기라고 말하든가, 이쪽에서 무릎담요나 핫팩 등의 발열용품을 챙기는 것도 좋다. 또 도로 사정 및 상가의 사정은 늘 변할 수 있음을 기억해 두자. 평소에 한산하던 도로도 출퇴근시간이나 공휴일에는 막힐 수 있다. 영화를 예매했다거나 식당을 예약했을 땐 좀 더 서두르길 권한다. 식당이나 커피숍 또한 주말이나 공휴일엔 사람이 꽉꽉 들어차 자리가 없을 수 있다. 별 생각 없이 나갔다간 길거리에서 헤매게 될 가능성이 있으니 그것 역시 염두에 두길 권한다.(계획이 틀어지면 남자가 멘붕에 빠지고, 여자는 그런 남자를 보며 답답해하다가 갈등이 생기는 경우가 많다.)

홀로여도 좋지만 네가 있어 더 행복하다

마지막으로 하나 더. 확인받으려 하지 말자. 이번 데이트가 재미없었으면, 다음에 더 재미있는 데이트를 하면 되는 거다. "재미없어? 맛없어? 뭐하고 싶어? 어디 갈까?" 따위의 질문을 해봐야 솔직한 대답을 듣기도 힘들뿐더러 데이트가 아닌 접대를 받는 듯한 기분이 들 수 있다. 마음과 마음이 바로 만나고 있다면 버스 정류장에서 집까지 함께 걸어가는 것만으로도 즐거운 법이니, 무거운 걱정은 내려두고 그 순간에 온전히 집중하길 권한다.

12
연애할 때 꺼내면
이별의 원인이 될 수 있는 말들

저질러 버리고 나서 깨달으면 너무 늦을, '연애할 때 꺼내면 이별의 원인이 될 수 있는 말들'에 대해 함께 살펴보자.

생각할 시간 가지려다 평생 생각만 하게 될 수 있다

생각할 시간을 가지려다 연애는 역사 속으로 사라지고, 뒤늦게 기억의 파편을 더듬으며 생각만 하게 되는 경우가 많다. "헤어지자."라는 극단적인 말보다는 수위가 낮은 편이지만 연애 시작 후 처음 보는 표정과 처음 듣는 냉담한 목소리, 또는 딱딱한 활자로 생각할 시간을 갖자고 말하는 것은 '마음의 단절'을 상상하게 만든다. 쉽게 말해, 덜컥 겁을 먹게 만들 수 있단 얘기다.

서로에게 실망하는 일이 잦은 권태기를 겪는 중에 이러한 이야기를 꺼냈다

홀로여도 좋지만 네가 있어 더 행복하다

면, '계속 사귈 수 있을까? 그냥 지금이라도 헤어질까?'라는 고민에 영향을 끼친다. '역시, 우린 잘 안 맞는 거였어'라는 생각을 불러오고, 이별이 사랑에 판정승을 거둔다. 이렇게 찾아온 이별을 되돌리기엔 월드컵에서 '심판의 오심'으로 인해 재경기를 하는 것만큼이나 어렵다.

생각할 시간을 갖기로 한 게 자연히 '밀고 당기기'로 변해 한쪽이 질질 끌려가는 경우도 있다. 생각할 시간을 충분히 가졌음에도 불구하고 '자존심' 때문에 계속 생각할 시간에 머물러 있는 경우도 있고 말이다.

연인 사이에도 휴일이 필요하다는 이야기에는 적극 동의하지만, 그건 굳이 계약하듯 입 밖으로 꺼내 정할 필요는 없다고 생각한다. 사귀면서 생각해 보면 되는 거고, 만나면서 상황에 맞게 서로 강약 조절을 하면 되는 거다. 상대를 정말 사랑한다면, 생각할 시간이 필요하다며 동굴로 들어가느라 상대를 동굴 입구에 혼자 내버려 두진 말길 바란다.

🌸 계속 모르면, 모르는 사람이 될 수 있다

"네가 그럴 줄 몰랐어."

"나 원래 이런 거 몰랐어?"

가장 빈번하게 사용되는 '몰랐어'의 대표적인 멘트들이다. 연애를 하다 보면 누구나 상대에 대해 실망하는 부분이 있을 수 있다. 그렇다고 해서 실망스러운 부분들을 필터링 없이 꺼내기 시작하면, 서로 누가 더 실망을 많이 하는가에 대해 겨루는 '실망 배틀'이 되어 버릴 수 있다. 무책임하게 던지는 날카로운 말들이 상대의 영혼에 지워지지 않는 상처를 남기는 경우도 있고 말이다.

아무리 오랜 시간을 함께 한 연인이라 해도 상대에 대해 다 알 수는 없는 법이다. 사귀다 보면 상대의 이미지가 만들어지고 자신이 아는 모습을 상대의 본모습이라고 여기겠지만 손가락도 열 개인데 어찌 마음이라고 꼭 하나겠는가. 그 상황, 그 시기에 보인 상대의 모습이 상대의 전부라고 생각하지 말자. 또 스스로를 정당화하느라 "나 원래 이래." 따위의 무책임한 말도 꺼내지 말자. "그럴 줄 몰랐어."와 "그런 줄 몰랐어?"를 자주 사용하다간 둘은 '모르는 사이'로 지낼 수 있다.

🌺 익숙해지면 튀어 나오는 본모습

연애 초기엔 의식적인 노력을 많이 하는 까닭에 본모습이 잘 드러나지 않는다. 하지만 중반을 넘어서면 가족이나 가까운 친구들에게만 보였던 모습들이 그대로 튀어 나온다.

가장 대표적인 게 "알았어, 알았다고."라며 상대의 말을 끊는 버릇이다. 주로 엄마에게 사용되는 것으로(응?) 널리 알려진 이 멘트는 불편한 순간에서 얼른 벗어나게 해주기도 하지만 안타깝게도 둘 사이에 '단절의 벽'을 만든다는 치명적인 약점을 가지고 있다. 상대에게 지적당하는 걸 못 견디는 사람들이 주로 저 멘트를 사용하는데, 그 모습으로 인해 결국 상대는 대화를 포기하게 된다.

습관적으로 짜증을 내거나 툭하면 극단적인 얘기를 하는 것 역시 문제가 된다. 그대라면 늘 "짜증나."라는 말을 입에 달고 사는 사람이나 "몰라. 안 해. 때려치워."라는 말을 쉽게 내뱉는 사람과 함께 하고 싶을지 곰곰이 생각해 보길 권한다. 특별히 상처가 되는 한마디를 해서 헤어지는 경우보다 이런 사소한 모습들이 축척

되어 '너라는 사람에 대한 포기'를 이끌어 내는 경우가 더 많다.

습관화된 자신의 말투 중 어떤 부분이 문제일지 궁금하다면, '상대가 이 말을 듣고도 내가 자신을 존중하고 있다고 생각할까?'라는 고민을 해보길 권한다. 문제가 되는 모습들은 대개 '존중'을 느낄 수 없는 말인 경우가 많으니 말이다. 전화 통화를 하다가 "아 몰라, 끊어." 하며 끊는 것처럼.

이쪽에서 실수를 하지 않더라도 상대가 실수하는 경우가 있을 것이다. 그럴 땐 상대가 자전거로 들이받았다고 해서 자동차를 끌고 가 상대를 치듯 복수를 하려 들진 말자. 그랬다간 감정싸움으로 번져 누가 더 상대에게 큰 상처를 입히는지 경쟁하게 된다. 그 싸움에선 이기든 지든 서로의 마음만 다칠 뿐이고 말이다.

그 말이 왜 나에게 상처가 되는지, 그 말을 들었을 때 난 어떤 기분인지 상대에게 말해주자. 내가 그대의 연인이라고 가정했을 때, "아 몰라, 끊어."라고 한 그대의 말에 감정적으로 대응해 잠수타는 대신, 그 말을 들었을 때 관계가 단절되어 홀로 남겨진 기분이 들었다고 말하면 그대 역시 자신의 행동을 돌아볼 것 아닌가.

서로를 세상에서 가장 사랑한다고 말하던 두 사람이, 이젠 세상에서 제일 마주치기 싫은 사람으로 바뀌는 것은 안타까운 일이다. 연애의 시작이 '나'를 어필하는 것이라면 연애의 진행은 '나'를 되돌아보고 다듬어가는 과정이다. 화나서 한 말들인데 그것도 이해 못 해주냐며 억울하단 얘기만 하지 말고, 상대에게 상처를 주는 내 가시들부터 하나씩 떼어내 보자.

PART 4
이별은 자기 이름이
불리면 찾아온다

좋을 때 좋아하는 건 누구나 다 할 수 있다.

그러나 연인 코스프레를 하던 커플들에게는

둘 사이에 작은 덜컹거림만 찾아와도 쉽게 갈등이 되고

늘 똑같은 싸움만 반복하게 될 수 있다.

말을 안 해서 없던 문제도 만들어내는 남자,

말을 해서 문제를 만드는 여자가 되지 않고

현명하게 상황을 해결하자.

01
동굴로 들어가는 남자,
기다려야 할까?

남자가 동굴로 들어가거나 잠수를 타는 행동도 상황에 따라 분류할 수 있다. 각 상황에 따른 대처방법이 다르니, 아래에선 상황별 대처방법을 알아보자.

 **사과가 필요한 경우**

대화문을 하나 가져다 살펴보자.

여자 : 10분 후에 전화한다며, 한 시간 지났어.

남자 : 미안해. 사장실 들어갔다 나왔어. 토요일 출근 때문에.

여자 : 토요일? 토요일에 우리 남이섬 가기로 했잖아.

남자 : 나도 지금 짜증나. 토요일에 출근해서 수원 거래처 다녀오라는 거야.

여자 : 그래서? 못 간다고 말했어?

남자 : 약속 있다고 얘긴 했는데, 이거 정말 중요한 거라고 해서….

여자 : 그럼? 우리 남이섬 못 가는 거야?

남자 : 대신 다음 주 평일에 하루 쉬게 해준대.

여자 : 평일에 쉬면 뭐해? 나 출근하는데!

남자 : 아휴. 나도 짜증나.

여자 : 그럼 미리 말해주지 왜 이제 말해? 한 시간이나 얘기한 건 아니잖아.

남자 : 바로 전화하려다가 혹시 근무 바꿀 수 있나 해서 물어보느라고.

여자 : 됐어. 매번 그러잖아. 왜 나랑은 상의 안 하고 혼자만 결정해?

남자 : 그게 아니라…. 암튼 미안해. 저녁에 내가 코끼리 코 하고 사과할게.

여자 : 지금 장난이 치고 싶어? 그게 더 화나는 거 몰라?

남자 : 난 화 풀어주려고 그런 거잖아.

여자 : 장난쳐서 화가 풀리냐고. 난 더 화나. 왜 말 돌려?

남자 : 그래 다 내 잘못이다. 다 내가 잘못했고, 미안하다.

여자 : 또 그러지?

여자는 '우리'가 아닌 '나'의 감정만을 가지고 쏘아 붙이는 중이다. 약속한 여행을 못 가게 된 까닭에 실망한 것은 이해할 수 있지만, 그렇다고 그게 전부 남자의 잘못인 것처럼 몰아가면 남자는 숨이 막힌다. 때문에 거침없는 여자의 융단폭격을 피할 수 있는 방공호(동굴)를 찾아 들어간다.

이런 경우 '같은 일로 똑같은 갈등을 반복하지 않을 거라는 암시'가 담긴 사과를 하면 남자를 동굴 밖으로 나오게 만들 수 있다. 위의 상황이라면 '네 잘못이

195

아닌데, 속상한 마음에 네 잘못인 것처럼 말했던 것 같다. 미안하다'는 의미의 사과를 하길 권한다. 보통의 경우 사과하기가 쑥스러워 아무 일도 없었던 것처럼 그냥 다시 다가가는데, 그럴 경우 남자는 여자의 이전 행동을 '히스테리'로 여긴다는 걸 기억해 두자.

🌸 거절이 필요한 경우

남자가 동굴로 들어가선 아래와 같은 요구를 했다면, 거절하길 권한다.

A. 일정 기간 동안 전화도, 문자도, 메일도 하지 말라는 경우.
B. 언제라고 말할 순 없지만 해결되면 돌아오겠다고 말하는 경우.
C. 잘못에 대한 죗값을 치르라며 뭔가를 지시하는 경우.

위와 같은 요구를 한 남자가 다시 돌아오는 사례는 극히 적다. 여자가 요구를 받아들여 연인관계가 유지된다 하더라도, 남자는 그 후 관계의 우위를 점했다는 생각에 계속해서 요구하는 경우가 대부분이었다. 존중과 배려가 사라지고 대화의 창구가 막힌 상황에서는 둘의 관계가 손톱만큼도 좋아질 수 없다. 그러니 상대가 위와 같은 요구를 한다면 그땐 헤어짐을 각오하고서라도 거절하길 권한다.

🌸 다가감이 필요한 경우

둘의 문제가 아닌 외부의 문제로 인해 남자가 동굴로 들어가는 경우도 있다. 준비하던 시험에서 떨어졌다거나, 집안에 큰일이 있었다거나, 회사에 일이 생

홀로여도 좋지만 네가 있어 더 행복하다

겨 정신없는 나날을 보내게 되었다거나, 인생과 연애에 회의를 느꼈을 때에도 남자는 동굴로 들어간다.

이건 사실 '연인 코스프레'를 하던 커플에게 주로 발생하는 문제다. 앞서 이야기했듯 서로의 고민이 무엇인지 무슨 미래를 꿈꾸고 있는지 등에 대해 이야기를 나눈 적 없이 그저 같이 밥 먹고, 데이트하고, 놀러 다니다 보니 이런 문제가 발생한다. 가장 가까워야 할 연인이 서로의 현재 사정이 어떤지조차 모르는 것이다.

남자는 자신의 고민을 여자친구에게 털어 놓는 것을 '무능력함'이라고 생각하기 때문에, 또 조언이나 충고를 여자친구에게 얻는 것을 '부끄러운 일'이라고 생각하기 때문에도 위와 같은 일이 일어난다. 위와 같은 일로 남자친구가 동굴에 들어갔다면, 연인 사이에 고민을 털어 놓고 함께 생각해 보는 것은 부끄러운 일이 아니라는 것을 말해주길 권한다. 서로의 허물이나 가장 약한 모습까지도 품어줄 수 있는 사이가 되고 싶다고 말하며 다가가면, 바보처럼 혼자 고민하다 압사 직전까지 갔던 남자친구가 겁에 질린 얼굴에서 벗어나는 걸 목격할 수 있을 것이다.

동굴에 들어가 얼마쯤 연락을 하지 않고 있다가 나와서는 자신이 작성한 판결문을 낭독해주는 남자들도 있다. 만약 남자친구가 그런 행동을 한다면, 그때는 그 판결문 내용에 열심히 반박하지 말고 "넌 지금 혼자 생각하고 혼자 결론 내린 뒤 그걸 나에게 통보하고 있잖아."라고 정확히 지적해 주자.

02
남자가 이별을 생각하게
만드는 여자의 말

꽤 많은 엄마들이 아이에게 "내가 너 그럴 줄 알았어."라는 말을 한다. 엄마가 아이를 사랑하지 않는 것은 아니다. 그저 그 상황이 속상한 까닭에 한 말이겠지만, 저 말을 듣고 자란 아이는 누군가 자신을 조롱할지도 모른다는 생각에 쉽게 겁을 먹는 아이가 될 수 있다.

연인관계에서도 이런 일이 벌어진다. 분명 상대를 사랑하지만 그 마음과 달리 순간의 충동 때문에, 혹은 얼마나 상대에게 상처가 될지 모르기 때문에 아래와 같은 말들을 하고 만다. 어떤 말들이 있는지 함께 살펴보자.

 **비교하기**

널리 알려진 대로 남자는 자신이 들은 말을 문제로 여기며 해결하려는 경향

홀로여도 좋지만 네가 있어 더 행복하다

이 있다. 때문에 여자 입장에선 별 의미 없이 "지희 남자친구 있잖아. 걔는…."이라며 얘기를 꺼낸 것뿐인데, 남자는 '지희 남자친구'와 자신을 비교하며 문제를 해결하려 한다.

일부 남자들은 여자친구의 말을 자신이 당장 해결할 수 없거나 우위를 점할 수 없을 때, "그래서 무슨 말이 하고 싶은 건데?"라며 반발하기도 한다. 그는 엄친아나 엄친딸의 이야기를 엄마에게 들었을 때 느끼는 그 불쾌한 감정을 그대로 느끼는 중이라고 생각하면 된다. 여자에겐 그저 '정보 전달'일 뿐인 얘기가 남자에겐 '문제'로 느껴질 수 있다는 걸 염두에 두도록 하자.

❀ 과거의 일 들추기

상대가 비록 전에 같은 잘못을 했다 하더라도 상대가 저지른 과거의 잘못을 계속해서 꺼내진 말자. 그런다고 상대가 더 반성하는 것도 아닌데다가 상대는 그 말로 인해 빠져나갈 곳 없는 궁지에 몰린 기분만 느낄 것이다.

"전에도 그랬잖아."라는 이야기를 꺼내면 대개 "그러니까 널 믿을 수가 없는 거지."라는 말까지 도달하게 된다. 그럼 자연히 상대는 "그럼 나더러 어쩌라고?"라는 이야기를 하게 되고, 둘은 합의점을 찾지 못한 채 감정싸움만 하게 된다.

이와 같은 '가중처벌' 때문에 헤어지는 연인은 생각보다 꽤 많다. 물론 같은 잘못을 반복하는 사람이 원인을 제공한 건 맞지만, 합의를 본 것이라 생각한 과거의 일들까지 반복되어 꺼내지면 상대는 답을 구하려는 의지를 내려놓게 된다. 그러니 다툼이 생겼을 때에는 한 번에 하나의 문제만을 두고 풀어가도록 하자.

✿ 단정 짓기

누군가 그대에게 "넌 봐도 잘 모르잖아."라는 이야기를 한다면 기분이 어떨 것 같은가? 당연히 기분 나쁠 이 말을, 무의식중에 또는 갈등이 찾아왔을 때 연인 사이에서도 할 수 있다. '상대에 대해 전부(잘) 알고 있다'고 착각하기 때문이다.

"내가 너 그럴 줄 알았어."라는 말 역시 마찬가지다. 상대의 한계를 단정 짓는 순간, 그 연애의 한계도 단정 지어진다. 만약 그대가 남자친구와 말꼬리 잡지 않기로 약속을 했는데, 순간의 감정을 못 이겨 또 말꼬리를 잡았다고 해보자. 그때 남자친구가 "것 봐. 너 또 말꼬리 잡잖아. 말해도 고쳐지질 않아."라는 이야기를 한다면, 그대는 자신의 잘못을 되돌아보긴커녕 남자친구의 그런 태도에 더 화가 날 것 아닌가. 상대를 부정적으로 단정 짓는 것은 둘의 관계에 아무 도움도 되지 않는다는 걸 잊지 말자.

✿ 문제 내기

"내가 왜 그러는지 몰라?"라거나 "뭘 잘못했는데?" 같은 얘기는 앞으로 하지 말도록 하자. 저 말들은 그저 결투신청일 뿐이다. 내가 왜 그러는지에 대해 이야기하고, 상대가 잘못한 점이 뭔지에 대해 말해주자. 만약 그대가 약속시간에 늦었는데, 남자친구가 그걸 가지고 데이트 내내 못마땅해하며 얼굴을 찌푸리고 있다고 해보자. 그런 남자친구의 기분을 풀어주려 그대가 노력해 봐도, 남자친구는 그대의 미안하다는 말에 "뭐가 미안한데?"라는 말만 할 뿐이다. 그런 상황이라면 그대역시 참는 데도 한계가 있기에 데이트고 뭐고 다 때려치우고 그냥 집에 들어가고 싶을 것 아닌가. 그 반대의 경우라면? 남자친구 역시 같은 기분을 느낀다.

🌸 이별로 협박하기

이별을 인질로 삼아 원하는 대답을 들으려는 여성대원들이 종종 있다. 상대에게 경각심을 주고 싶어 헤어지자는 얘기를 한 것이겠지만, 그 말은 점점 상대를 이별에 무감각해지게 만들고 만다.

이별은 귀가 밝아 자기 얘기를 하면 귀신같이 듣고 찾아온다. 작은 갈등만 생겨도 헤어지자고 말하며 상대를 차단하고, SNS에 올린 연애의 흔적 지우고, 주고받은 선물들 정리해 택배로 보내고, 커플요금제를 해지하는 행동. 그런 행동들로 인해 상대의 마음엔 그대와 이별하는 것에 대한 면역력이 생긴다는 걸 잊지 말자.

위에서 말한 부분들을 모르더라도 연애할 수 있고 결혼할 수 있다. 하지만 그 관계에선 분명 상대를 사랑하고 있음에도 불구하고 상대에게 상처가 되는 말들을 할 수 있고, 조금만 노력하면 되는 문제에 '포기'라는 답을 적어 놓곤 영영 참기만 하면서 살 위험이 있다. 그대와 평생을 함께 할 사람과 더 행복해지기 위한 방법이라고 생각하며 위의 이야기들을 꼭 기억해 두길 권한다.

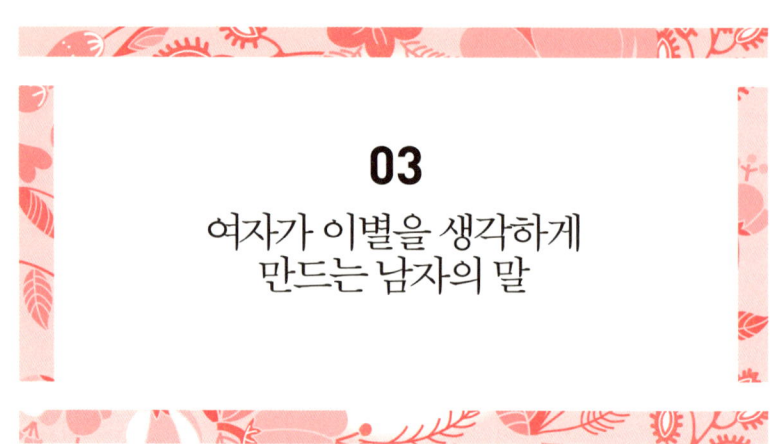

03
여자가 이별을 생각하게
만드는 남자의 말

남자는 사실 말을 해서 문제가 되는 경우보다 말을 안 해서 문제가 되는 경우가 더 많다. 때문에 앞선 '여자의 말' 편에서는 다섯 가지의 이야기를 했지만, 이번 '남자의 말'은 세 가지의 이야기만 해도 충분할 것 같다. 출발해 보자.

🌸 지키지 않을 말

"내가 알아서 할게."라는 말의 경우, 진짜 알아서 하면 문제가 되지 않지만 안타깝게도 그 끝이 흐지부지되거나 마무리를 짓지 못해 문제가 된다. 특히 대화를 더 나누고 싶지 않아 그 상황에서 벗어나고자 무심코 던진 말이 문제를 일으키는 경우가 많다. 예문을 보자.

여자 : 내일 출근하려면 이제 그만 마시고 들어가야지?

남자 : 여섯 시간만 자고 일어날 수 있어. 금방 들어갈 거야.

여자 : 너 전에도 그렇게 말하고 결국 지각했잖아. 그리고….

남자 : 알았어. 내가 알아서 할게.

여자 : 웅. 얼른 마시고 들어가.

(다음 날)

여자 : 출근 잘한 거야? 아침에 문자하니까 답이 없길래.

남자 : 지금 가고 있어. 내가 이따 전화할게.

여자 : 아직 출근 전이야? 것 봐. 내가 어제 일찍….

남자 : 알았어. 암튼. 이따 전화할게. 끊어.

연애는 서로가 서로에게 자신을 증명해 가는 기간이다. 다 알아서 한다고 해
놓고 매번 제대로 하는 일이 없다면 자연히 상대의 잔소리가 늘어날 것이고, 그 잔
소리를 이쪽에선 간섭이라고 생각하게 될 것이다. 이런 악순환을 막기 위해서라도
지키지 않을 약속은 하지 말고, 약속을 했으면 지키도록 하자.

더불어 "이따가 전화할게."라고 해놓고 전화하지 않는 문제도 있다. 전화한
다고 했으면 하자. 남자친구의 전화한다는 말에 기다리다 망부석 된 여자사람들이
우리나라 편의점 숫자보다 많다. 남자들끼리는 "어, 그래 연락할게."라는 말이 "어,
그래 수고해라." 정도로 쓰이지만, 여자는 전혀 다르게 받아들인다는 걸 잊지 말도
록 하자.

🌸 피곤하다는 말

피곤하다는 얘기를 하지 말라는 게 같은 남자로서 좀 미안하기도 하다. 대한 민국에서 성인남자로 산다는 게 어떤 것인지를 알기에 "피곤하다는 말을 하지 마세요."라고 말하기가 좀 그렇다. 하지만 정작 일 때문이 아닌, 취미생활이나 모임 등에 열정을 쏟아 붓곤 그 피곤함을 여자친구에게 호소하는 남자들이 많기에 어쩔 수 없이 이 얘기는 꼭 해야겠다.

어느 대학생이 있다고 해보자. 그는 1교시 수업에서 꾸벅꾸벅 존다. 교수가 깨워 왜 자는지를 물었더니 어제 늦게 잠을 자서라고 대답한다. 만약 그가 수업과 관련된 공부를 하다가 늦게 잤다거나 등록금을 벌기 위해 알바를 하는데 일이 늦어져서 늦게 잤다거나 하면 이해받을 수 있다. 그러나 어제 해외축구 중계방송을 보느라 늦게 잠을 잤다고 하면 당연히 이해받기가 어려울 것이다.

만나면 늘 피곤하다거나 졸리다는 얘기를 하는 남자친구 때문에 속을 앓는 여성대원이 하나둘이 아니다. 그녀들이 입을 모아 말하는 건, 분명 남자친구가 연애 초기엔 그러지 않았었는데 전혀 긴장하지 않는 지금은 피곤하다는 말을 입에 달고 산다는 것이었다. 정말 피곤해서 피곤하다는 말을 한 것일 수도 있지만, 만날 때마다 세상의 피곤 다 짊어진 듯 피곤하다거나 졸리다는 말만 입에 달고 있으면 여자친구는 이별을 생각하게 될 수 있음을 기억해 두자.

🌸 내팽개치는 말

"그럼 너도 그런 남자 만나."라든가 '나더러 뭘 더 어쩌라고?'같은 말은 대화를 종료하고 대화를 내팽개치는 말이다. 남자들은 대화가 잘 통하지 않는 것 같거

홀로여도 좋지만 네가 있어 더 행복하다

나, 자신이 사과해야 할 순간에도 약한 모습을 보이고 싶지 않아 저런 말들을 하는데, 그러지 말자. 여자친구가 자신을 몰아갈 때 어떤 마음이 드는지를 설명해주는 것만으로도 그녀를 충분히 진정시킬 수 있다.

속마음을 말하고 싶은데 그건 생각대로 잘 안 되고, 대화는 계속 이상한 방향으로 엇나가고, 감정은 격해지고, 그러다 보면 "나 원래 이래. 몰랐어" 따위의 말을 할 때도 있다. 헤어질 생각으로 그러는 게 아니라면 앞으로 그런 말도 하지 말도록 하자. 저건 상대의 믿음을 정면에서 깨버리는 말이다. 사과해야 할 땐 사과하는 게 멋있는 거다. 인정하면 지는 것 같아서 심술을 부리다 보면, 전투에선 이길지 모르겠지만 전쟁에선 지는 안타까운 결과를 맞이할 수 있다. 여자친구와 맞서서 이기는 남자보다 화난 여자친구까지 품을 수 있는 남자가 더 멋있는 남자라는 걸 기억해 두길 권한다.

위와 같은 일들로 인해 갈등이 생겼을 때, 선물을 하거나 평소 잘 하지 않았던 애정표현을 해 둘의 갈등을 잠시 진정시킬 순 있다. 하지만 그건 진통제가 될 순 있어도 치료제가 되진 못한다. 둘 사이에 작은 덜컹거림만 찾아와도 다시 갈등이 생길 것이고, 둘은 똑같은 싸움을 또 하게 될 것이다. 그런 일이 생기지 않도록 위에서 말한 이야기들을 참고해 미리미리 예방하길 권한다.

04
이 커플, 정말 데이트 비용 때문에 헤어진 걸까?

'된장녀'라는 말이 유행하자, 일부 남성대원들이 자신의 여자친구를 시험해 보려고 하는 일이 종종 벌어진다. 선입견을 가지고 바라보면 아무래도 자신이 생각하는 대로 보이는 까닭에 몇 년씩 연애한 커플도 헤어지곤 한다. 이 안타까운 일을 되풀이하는 남자가 더는 생기지 않길 바라는 의미에서, '데이트 비용' 때문에 헤어졌다고 말하는 한 30대 남성대원의 사연을 예로 들어 살펴볼까 한다.

 **그의 반칙**

사연을 보낸 남자는 '믿는 구석'이 있었다. 일을 안 해도 부모님 재산으로 먹고 살 수 있었기에 태평한 편이었다. 하지만 그는 여자친구가 자신의 집 재정상황에 대해 모르고서도 자신을 좋아해 주길 원했기 때문에 여자친구에게 아무런 얘기

도 하지 않았다.

때문에 겉으로만 보면 그는 갑갑한 삶을 살고 있는 사람처럼 보였다. 서른이 넘었는데 직장은 그만뒀고, 부모님께 손 안 벌릴 거라면서 늘 돈이 없다고 말했다. 그러면서도 자가용을 타고 다닌 까닭에 기름 값으로 인한 스트레스를 늘 받았다. 이렇게 드러난 것만 놓고 보면 그는 무슨 대책을 세워 놓고 사는지 감이 안 잡힐 정도로 상대에게 답답해 보였을 것이다.

그런 와중에 자신이 데이트 비용을 일방적으로 부담하는 것 같다고 생각한 그는, 여자친구와 밥을 먹으러 갔을 때 "이거 자기가 사는 거야?"라고 묻곤 했다. 그러던 어느 날 여자친구는 화를 내며 자리를 박차고 나가 버렸다. 이걸 두고 그는 여자친구에게 '된장녀' 판정을 내렸는데, 그건 반칙이다. 드러난 것만 볼 수 있었던 여자친구는 자연히 '얜 진짜 대책 없는 애구나. 내가 왜 여기서 이런 소리 들어가며 사귀고 있는 걸까?' 하는 생각을 하게 되지 않았을까? 된장녀라서가 아니라 그런 연애를 하고 있는 자신이 한심하고, 그냥 다 싫었을 것이다.

❀ 삼 년의 연애, 서른 중반을 향해 가는 여자

둘이 사귀기 시작했을 때 이십 대 후반이었던 여자친구는 헤어질 당시 삼십 대 초반이었다. 사귀는 동안 여자친구는 결혼과 가정을 꾸리는 것에 대해서 구체적인 이야기들을 꺼냈다. 하지만 그는 그걸 남의 얘기처럼 받아들이거나 아주 먼 훗날의 이야기인 듯 수동적인 태도로 대화에 임할 뿐이었다.

그런 상황에선 여자친구와 대화를 해가며 계획을 짜야 한다. "내가 지금 이러이러한 상황이고, 이러이러한 것들을 한 뒤에 식을 올렸으면 좋겠다." 정도의 이야기로, 미래에 대한 최소한의 뼈대를 세워 두어야 '무계획의 불안'이 찾아오지 않으니 말이다. 하지만 그는 '내가 하고 싶은 것들'에 대해 이야기를 하며 혼자 안심할 뿐이었다. 그의 여자친구는 아마 '그럼 나는? 나는 어쩌라고? 결혼은?'이라는 생각을 하지 않았을까? 그녀가 이별을 말하면서 한 "너랑 오래 같이 지내면서 정이 많이 들어 헤어지는 게 쉽진 않을 것 같은데…. 나도 이제 곧 서른 중반이야. 계속 붙잡고 있어서 내 인생에 뭐가 좋을까 싶다. 이젠."이라는 말에서 그간 느꼈을 그녀의 불안이 잘 드러난다. 반면 그는 "도착한 건 제 예상을 벗어나지 않는 답장이었습니다. 다시 만날 생각은 없다는 얘기였지요."라고 말할 뿐이었다.

🌸 노이로제 걸리게 만드는 남자

식사를 같이 하면 눈치껏 알아서 계산을 했고 계산을 못하면 커피라도 샀음에도 불구하고, 남자친구에게 '쌀벌레 취급'을 당해 분노하는 여성대원들의 사연도 많이 도착하고 있다. 실제로 남친의 '된장녀 테스트'를 경험하다 노이로제에 걸린 그녀들의 고백을 몇 개 소개할까 한다.

"밥 먹으며 남자친구가 요즘 식비로 지출이 어쩌네 저쩌네…. 듣기 싫어서 제가 계산해요."

"남친이 기름값 가지고 벌벌 떨어서 이젠 데려다 준다고 해도 제가 질색하며 거절하거든요. 그랬더니 또 자기 호의를 그렇게 거절하지 말라네요. 전 어느 장단에 맞춰야 하죠?"

"툭 하면 무슨 상술이라면서 다 욕해요. 맘 편히 여행 가본 적이 없어요. 찌질하게만 다니죠. 지가 주식으로 날린 300은 안 아깝고, 입장료 만 오천 원은 아까운가 봐요."

경영의 실패다. 저런 모습은 한 회사를 이끌어가고 있는 사장에게서도 종종 찾아볼 수 있다. 직원들 컵라면 사주는 것도 아까워서 간식 금지시키는 사람, 오티 수당 안 주려고 40분 이후부터 오버타임으로 잡는 사람 등 정 떨어질 정도로 인색하게 구는 사람들 말이다.

사연의 주인공이 사귀면서 돈을 쓰지 않은 것도 아니다. 저런 사소한 부분에서만 날카롭게 굴었을 뿐, 정작 함께 해외여행을 갈 땐 자신이 모든 경비를 부담하기도 했다. 인색하게 굴다가 여자친구가 실망한 듯한 눈치를 보이면 그걸 풀기 위해 비싼 선물을 하기도 했고 말이다. 호미로 막을 거 가래로 막고, 주고도 욕먹는 연애를 한 것이다. 혹 자신이 데이트 비용을 많이 부담하고 있는 것 같다는 생각을 하는 대원이 있다면, 그게 경영의 실패 때문은 아닌지 곰곰이 생각해 보길 권한다.

상대는 해달라고 말한 적도 없는데 혼자 해주고, 그러면서 혼자 부담 갖고, 그러다 혼자 서운해하는 연애는 하지 말자. 혼자 물질적 전력질주를 해놓고 상대가 따라와 주지 않는다고 '된장녀' 판정을 내리면 거기서 자유로울 수 있는 여자는 '기분파'를 제외하곤 거의 찾아보기 힘들 것이다. 둘 다 기분 내느라 뒷일 생각 안 하고 지르다가 신용불량자 커플이 된 사례도 적지 않으니, 연애라는 회사의 사장이 되었다는 생각으로 지혜롭게 경영해 나가길 바란다.

05
엄마의 반대와 집착 때문에
이별위기에 놓인 여자

연애를 반대하는 어머니 때문에 "엄마가 하는 얘기들을 듣고 있으면 죽고 싶은 생각밖에 안 듭니다. 정말 자살까지 생각할 정도입니다."라는 이야기를 한 여성대원이 있었다. 대학 졸업 후 취업까지 어머니께서 권해주시는 곳으로 했을 정도로 순종적인 대원이었는데, 그녀는 연애를 시작하며 전과 달리 어머니의 뜻에서 엇나가는 일이 잦아졌다. 사연을 보낸 J양에게 말해주고 싶은 것들과 그녀가 한 실수들에 대해 함께 살펴보자.

 **어머니는 초보다**

부모님에 대해서는 누구나 같은 과정을 밟는다. 꼬꼬마일 땐 맹목적으로 부모님을 신뢰하고, 나이가 들면서 부모님을 평가하며, 그러다 나중엔 부모님을 이

해하게 된다. J양은 현재 부모님을 '평가'하는 단계에 머물고 있다.

어머님이 J양을 낳았을 때 어머님은 현재 J양 나이쯤이었을 것이다. 그땐 지금처럼 '육아'의 중요성이 강조되지 않았고, '부모의 역할'에 대해 이야기하고 있는 책도 많지 않았으며, 그런 것들과 관련된 담론도 많지 않았음을 먼저 깨닫자. 그땐 "아들, 딸 구별 말고 하나 낳아 잘 기르자.", "하나씩만 낳아도 삼천리는 초만원." 등의 표어가 유행할 때다. 확대가족에서 핵가족으로의 변화도 이즈음 일어났는데, 이런 얘기는 너무 교과서스러우니 간략하게만 적자. 본인의 유년기는 형제들과 내것 네 것 구별하기 어렵도록 부대끼며 지내고, 본인이 아이를 낳았을 땐 '아이 방'을 따로 꾸미기 시작한 최초의 시대라고 생각하면 된다. '전통적인 어머니상'과 '새로운 어머니상'이 정면 충돌하는 곳에 J양의 어머님이 계시단 얘기다.

또 현재 J양의 어머님도 '딸의 연애'는 처음 경험해 보는 것이고, '딸의 남자친구'라는 존재도 처음 접하시는 '초보'다. 때문에 손 안에 쥐고 키우던 딸이 바깥으로 벗어나는 것 같아 바짝 긴장했으며, (성향 탓일 수도 있지만) '철저한 것'을 좋아하시는 까닭에 남자친구의 뒷조사까지 하게 되었다.

이제 J양도 꼬꼬마가 아니니, 이런 부분에 대해서는 부모님과 터놓고 대화를 할 수 있어야 한다. 부모님을 '절대자'로 둔 채 맞서고 극복해야 할 문제로 보지 말고, '현명한 선택'을 도와주실 조력자나 파트너라고 생각하자. 그러기 위해선 먼저 '내 일을 스스로 처리하는 모습'을 보여 부모님의 신뢰를 얻어야 하고, 그다음으로는 '부모님의 의견을 수용해 더 큰 해결책을 만드는 모습'을 보여 어른이 되었음을 증명해야 한다.

여전히 애처럼 굴면서 "엄만 오빠에 대해 잘 알지도 못하면서 왜 그래, 내 인

211

PART 4

생 내가 살아." 등의 말로 자극만 하는 짓은 그만두자. 그런 행동이 어머니께는 '딸의 의사표현'이 아닌 그저 배신, 배반, 쿠데타로 보일 테니 말이다.

🌸 어설픈 소개가 화를 불렀다

한 인물에 대한 두 가지 소개를 잠시 보자.

ⓐ 폐결핵으로 돌아가신 어머니. 정신질환, 알콜 중독을 앓던 아버지. 15세 학업중단. 20세 우편배달부, 점원, 직공 등의 직업을 전전. 29세 은행 출납계원, 그러나 은행공금횡령 혐의로 기소. 법정으로 가던 중 탈옥, 34세의 도망자. 다시 체포, 출소 7년 후인 48세 폐결핵, 간경화, 당뇨병으로 사망.

— 지식채널e, 〈통속소설〉 중에서

ⓑ 《마지막 잎새》를 쓴 미국 소설가. 10년 남짓한 작가활동 기간 동안 300편 가까운 단편소설을 썼다. 그는 순수한 단편작가로, 따뜻한 유머와 깊은 페이소스를 작품에 풍겼다. 특히 독자의 의표를 찌르는 줄거리의 결말은 기교적으로 뛰어나다.

— 네이버 백과사전, '오 헨리' 요약 설명

《마지막 잎새》와 《크리스마스 선물》 등으로 널리 알려진 작가 '오 헨리'에 대한 소개글이다. 위의 두 글은 분명 같은 인물에 대해 말하고 있지만, 인물의 어느 부분을 어떻게 설명하느냐에 따라 저렇게 차이가 나는 것이다.

난 '부모님의 반대'로 인해 헤어질 위기에 놓였다는 대원들의 사연을 읽다가

홀로여도 좋지만 네가 있어 더 행복하다

놀라는 경우가 많다. 그들은 마치 자신의 연인을 '장발장'이나 '성냥팔이 소녀'처럼 소개하기 때문이다. J양이 부모님께 상대를 소개한 것 역시 마찬가지다. 그녀는 부모님께 "나보다 오빠가 형편도 안 좋고 학력도 낮지만, 정말 사랑하기 때문에 사귀고 있다."는 뉘앙스의 말을 했다. 때문에 J양의 어머님께선 자연히 그 연애를 'J양의 자원봉사' 정도로 보시게 되었다.

입사 준비를 위해 자기소개를 쓸 때 "그냥 학교 잘 다녔고, 취업할 나이 되어서 원서 집어넣는 것임."이라고 쓰는 사람은 없잖은가. 자기소개서를 쓸 때의 반만큼이라도 상대를 부모님께 소개할 때 공을 들이자. 자신이 본 상대의 비전을 부모님께서도 이해하실 정도로 설명한다면 덮어놓고 반대하는 일은 거의 일어나지 않을 것이다. 지금 필요한 건 투쟁이 아니라 설득이라는 것을 잊지 말길 바란다.

어머니의 저주를 잠긴 방문 너머로 묵묵히 들으며 분노를 증폭시키지 말고, 툭 터놓고 어머니와 몇 시간이고 대화를 나누길 권한다. "엄마가 나 잘 되라고 하는 얘기라는 건 아는데, 그 말들이 내게는 너무 상처가 돼. 엄마가 내 인생이 실패한 인생이라고 말했을 땐, 정말 내가 실패한 인생을 사는 것 같아서 죽을까도 생각했었어."라는 딸의 말을 듣고도 악담을 할 부모는 이 세상에 없을 테니 말이다. 차분히 속마음을 꺼내 부모님께 보여드리면 축복 속에 사랑의 서약을 할 수 있는 일을, 질풍노도의 시기에 가출하듯 도망치는 것으로 해결하진 말자.

06
이별하기 전
꼭 생각해 봐야 하는 세 가지

메일로 '현명한 이별방법'을 알려달라거나, '아프지 않게 이별하는 방법'을 말해달라는 커플부대원들이 있는데, 그 분들에게는 온화한 표정으로 이렇게 답해주고 싶다.

"그런 거 없다."

자전거만 해도 처음 타면 엉덩이와 손바닥이 아프다. 동네에서 샤방샤방 타고 다니는 정도 말고, 일산에서 출발해 여의도를 찍고 오는 정도로 타다 보면 엉덩이에서 뿔이 자라는 것 같은 고통을 겪기 마련이다. 꼭 안장의 높이나 자전거 타는 자세가 잘못되어 발생하는 통증이 아니라도, 사용하지 않던 근육들을 쓰다 보면

홀로여도 좋지만 네가 있어 더 행복하다

근육통이 찾아오기 마련이며 몸이 적응하느라 여기저기가 쑤시게 된다.

이와 관련해 많은 사람들이 "엉덩이는 언제 괜찮아지나요?"라거나 "엉덩이가 안 아프게 자전거를 탈 수 있는 방법이 없나요?"라는 질문을 하지만, 무슨 방법을 쓰든 그 효과는 미미할 뿐 결국 '참고 타다 적응되는 것이 진리'라는 결론만 남게 된다. 자전거만 해도 이런데 어떻게 이별에 왕도가 있겠는가. 마음에 굳은살 박일 때 까지는 오만 번의 후회를 하고, 소주로 위세척을 할 수도 있다. 그런 과정에 접어들기 전에, 정말 그 이별을 꼭 해야 하는지 다시 한번 확인해 보자.

❀ 정말 전부 상대가 잘못한 걸까?

내가 힘든 만큼 상대도 힘들었을 거라는 걸, 헤어진 후에야 깨닫게 된다. 좀 더 연애에 충실하라고 윽박지르기만 했을 뿐, 상대의 등 한 번 두드려 준 적 없다는 걸 너무 늦게 깨닫는 것이다.

연애하면서 서로의 다른 점에 대해 조금씩 양보하며 맞춰가야 한다는 걸 누구나 알고 있지만, 실제로 그렇게 맞춰가는 커플은 많지 않다. 몇 번 참다가 우린 안 맞는 것 같다며 이별을 통보하거나 상대의 단점과 허물만 지적하다가 헤어지는 경우가 대부분이다.

이별의 원인을 상대의 탓으로 돌리려고 마음먹는다면 상대를 이상한 사람으로 만드는 데까지는 3분도 채 걸리지 않는다. 그대의 입장에서 그대에게 유리한 대로 에누리가 붙은 이야기를 하면 주변 사람들도 상대의 성격에 결함이 있다는 그대의 말에 쉽게 동의할 것이다.

그런데 정말 전부 상대가 잘못한 걸까? 그대가 잘못한 것은 없을까? 침묵으로 실망했다는 걸 표현하거나, 행간에 화났다는 의미를 숨겨 톡을 보내거나, 짜증 났음에도 불구하고 아닌 척 괜찮다는 말로 표현한 적은 없을까? 상대에게 불에 댄 듯한 고통을 안겨줘 놓고 상대가 운다며 불평만 하진 않았을까? 그대 때문에 상대는 마음이 부서져 우는데 그걸 두고 상대의 성격이 이상하다며 손가락질한 적은 정말 단 한 번도 없었을까? 상대가 그대에게 했으면 참기 어려울 만한 행동을, 그대는 상대에게 너무 쉽게 한 건 아니었을까?

❀ 상대가 물에 빠진다면?

여자친구와 향수 100리 길로 라이딩을 갔을 때였다. 금강을 가로지르는 다리를 건너다가, '여자친구가 지금 저 아래 금강으로 빠진다면 난 어떻게 할까?' 하는 생각이 들었다. 난 수영을 못 하지만 일단 뛰어들 것이라고 생각했다. 현재 연애를 하고 있는 대부분의 커플들이 나와 같은 생각을 하리라 생각한다.

"그래. 네가 하고 싶은 게 이별이라면, 헤어지자."
"할 말 더 없으면 갈게."
"우린 여기까진가 보다."

사랑하는 사람이 물에 빠졌을 땐 물로 뛰어들어 상대를 구할 거라 말하는 사람들도 상대가 걱정과 갈등과 속상함 속에서 허우적거릴 땐 손 흔들며 이별을 고한다.

지금 그대와 상대가 겪고 있는 갈등은 물에 빠진 상대를 구하겠다는 그대의 의지 정도면 충분히 해결하고도 남는 일일 수 있다. 마지막으로 딱 한 번만이라도 그 마음으로 걱정과 갈등과 속상함에 빠져 있는 상대를 구하러 가보자.

❀ 그 이별이 상대를 유기하려는 건 아닐까?

어려운 건 관계의 시작이 아니라 관계를 유지해 나가는 거다. 살아오며 친하게 지냈던 모든 친구들과 지금도 연락을 하면서 처음의 그 마음 그대로 여전히 만나고 있는가? 연락은 꾸준히 하더라도 세월의 풍화작용과 크고 작은 갈등들로 인해 그 우정엔 부서진 부분도 있을 것이고, 믿었던 녀석이 뒤통수를 친 경우나 어떠한 계기로 인해 두 사람 마음의 싱크로율이 생각보다 현저히 떨어진다는 것을 알게 되어 남남처럼 지내는 친구도 있을 것이다.

사랑이라고 이런 문제들이 발생하지 않을까? 우정보다 기대가 큰 사랑의 경우 실망의 위험이 더 높고, 이성 간의 차이를 두 사람의 차이로 받아들이는 오류를 범할 수도 있다. 널리 알려진 여자의 변덕 하나만 가지고도 이별해야 할 이유를 여러 개 만들어 낼 수 있단 얘기다. 두 가지 일을 한 번에 하기 힘들어하는 남자의 특성상 인터넷 서핑하며 전화받다가 건성건성 대답하는 걸, 상대는 마음이 변했다는 증거로 여길 수도 있고 말이다.

좋을 때 좋아하는 건 누구나 다 할 수 있다. 강아지를 처음 입양할 때 못마땅한 얼굴로 강아지를 데려가는 사람은 아무도 없다. 하지만 강아지가 커가며 책임져야 할 것들이 귀찮아지고, 점점 익숙해져 설렘이 사라지면 강아지를 유기하는 사람들이 생긴다. 그냥 집에 데려오기만 하면 알아서 크는 줄 알았는데, 뒤늦게야 강아지에겐 관심과 보살핌이 필요하다는 걸 알고는 유기하는 것이다. 연애도 마찬가지다. 처음엔 불타올랐다가 익숙해지자 연애를 방치하거나 상대를 방목하는 사람들이 있다. 그러다 그들은 상대를 유기하기까지 한다. 지금 그대가 하려는 그 이별이 혹시 상대를 유기하는 것은 아닌지 곰곰이 생각해 보길 권한다.

　　혼자 판단하고 혼자 결정하지 말고 함께 해보자. 연애를 혼자 시작하지 않았듯 갈등의 순간들도 함께 해결해 보자. 마음에 태풍이 불어 불안정해진 상대를 두고 다른 사람들에게 '괴물'이라고 설명하지 말고, 마음이 잔잔했던 시기의 상대도 떠올려 보자. 사랑 고백에 마음이 부풀고 함께라는 것에 하늘을 걷는 기분을 느꼈던 순간도 분명 있지 않은가. 그 관계의 마침표를 찍기 전, 위에서 말한 것들을 참고해 꼭 한 번 다시 돌아보길 바란다.

07
결혼 전제로 사귀다
감당할 수 없다며 떠난 남자, 왜?

결혼을 전제로 사귀다가 "넌 너무 어리고, 현재 상황에서 난 널 감당할 수 없다."라는 말만 남기고 떠난 남자가 있다. 대체 이들에겐 어떤 일이 있었기에 결혼 계획까지 열심히 세워 놓고도 헤어진 건지 함께 살펴보자.

 **땅에 발 딛지 않고 세운 계획**

늘 얘기하지만 결혼은 정신적 · 경제적으로 독립할 수 있을 때 해야 알맞다. 그렇지 않으면 결혼 후 발생하는 모든 문제의 원인을 상대 탓으로 돌리거나, 결혼이 '함정'이었다고 생각할 수 있다. 그런 상황에서 아이라도 낳게 되면 준비되지 않은 결혼의 그 시행착오들을 아이도 함께 감당해야 하는 일이 벌어질 수 있고 말이다.

모든 조건이 다 갖춰진 다음에야 결혼해야 된다는 얘기는 아니다. 적어도 스스로 먹고 살 수 있을 정도의 벌이를 할 수 있고, 부모에게든 친구에게든 정신적으로 기대지 않고 스스로 뭔가를 결정할 수 있을 때(이건 자신이 책임을 진다는 의미에서도 중요하다.) 결혼을 계획하라는 얘기다.

사연의 주인공인 두 사람에겐 미안하지만, 그들이 세웠다는 계획을 보고 있노라면 너무 열심히 방학계획을 짠 까닭에 '잠잘 시간'을 미처 집어넣지 못한 초등학생의 계획표가 떠오른다. 아침에 일어나서 다시 아침이 될 때까지 공부, 운동, TV 시청, 학원, 놀기 등의 빼곡한 일정만 적어둔 계획표 말이다.

결혼해서 아이를 자유롭게 키우고 싶다, 결혼식은 어디 어디에서 어떻게 하고 싶다 등의 얘기는 집에서 놀다가 치킨 먹으러 나가서도 할 수 있다. 둘의 문제는 '꿈을 꿨다는 것'이 아니라 '꿈만 꿨다는 것'이다. 여자는 경제적으로는 집에, 정신적으로는 남자에게 기대고 있는 상황이었고, 남자는 진로 변경을 생각 중인 서른한 살의 재취업 준비생이었다. 남자는 오랜 기간 자취를 한 까닭에 당장 두 사람이 결혼하기 어렵다는 걸 안다. 하지만 그는 여자친구를 실망시킬 수 없다는 생각에 뭐든 다 가능한 것처럼 말해왔고, 그에게 기대고 있던 여자친구는 그 말을 순진하게도 다 믿어버리고 말았다. 그가 여자친구를 안심시키기 위해 금방 다 이루어질 것처럼 말하지 않았으면 어땠을까 하는 아쉬움이 남는다.

✿ 정신적으로 의존하는 여자의 불만 생중계

남자친구에게 정신적으로 의존하는 여자들은 대개 '불만의 생중계'라는 기술을 애용한다. 자신에게 벌어지는 모든 일들과 마음 상태에 대해 시시각각 남자

홀로여도 좋지만 네가 있어 더 행복하다

친구에게 보고하는 것이다. 사연 속 여자가 남자에게 쏟아낸 불만을 정리하면 아래와 같다.

잠이 안 온다 / 힘들다 / 직장 가기 싫다 / 때려치우고 싶다 / 일어나기 싫다 / 버스 놓쳤다 / 택시 기사가 길을 모른다 / 얼른 집에서 나가 살고 싶다 / 가족 때문에 자다가 깼다 / 피곤하다 / 짜증난다 / 우울하다 / 지각할 것 같다 / 체한 것 같다 / 새벽에 일어나서 업무 끝내야 한다 / 회사에서 실수했다 / 배고픈데 나가서 먹을 거 사오기 싫다 / 엄마가 전화를 안 받는다

그녀가 헤어지기 전 2주간 상대에게 중계한 불만들이다. 저걸 딱 한 번씩만 한 건 아니고, 중복으로 여러 번 이야기한 적도 있다. 저 중에서 남자친구가 해결해 줄 수 있는 걸 찾아보자. 내가 봤을 땐 '배고픈데 나가서 먹을 거 사오기 싫다'를 제외하곤 전부 남자친구가 아무 도움도 줄 수 없는 문제들이다.

그녀는 "전 어떻게 해 달라고 한 게 아닌데요? 그냥 제 기분이나 상황이 그렇다는 걸 말한 건데…"라고 말할지도 모르겠다. 그렇다면 저걸 '동성친구'가 자신에게 토로한다고 생각해 보자. 시도 때도 없이 계속 징징거리는 그 소리에 분명 짜증이 날 것이다.

안타깝게도 남자친구는 또, 남자 특유의 '문제해결 프로세서'를 작동시켜 그녀의 불만들을 해결하려 했다. 힘내라는 얘기, 결혼하면 나가서 살 테니 조금만 참으라는 얘기, 미안하다는 얘기 등으로 위로만 하려 든 것이다. 때문에 그녀는 헤어지는 날 아침까지도 저렇게 불만을 생중계했고, 그걸 다 감당하려고 한 남자친구

는 고문당하는 기분을 느끼다 결국 이별을 통보하고 말았다.

둘은 분명 서로 사랑했지만, 행복만을 추구하다가 뒤늦게 현실을 깨닫고 헤어진 안타까운 커플이라 할 수 있다. 우선 여자는 남자친구의 호응과 헌신에 들떠 현실에서 발이 떨어져 있었다. 때문에 연애의 후반엔 남자친구가 자신을 기쁘게 할 의무를 가진 사람인 듯 행동하기도 했다. 귀엽게 본다면 삐친 모습으로 볼 수도 있지만, 상황이 이렇다 보니 갈등이 생겼을 때 그녀가 "내일은 그냥 쉬자."라고 한 것이 판을 엎어 버리는 말이 되었다.

남자의 문제는 이타적이고 헌신적인 태도였다. 그건 적당히 사용하면 분명 장점이 되지만, 맹목적으로 사용하면 두 사람의 관계를 산으로 가게 만들 수 있다. 아이를 사랑한다고 해서 아이가 망치를 가지고 놀고 싶다고 했을 때 망치를 주는 건, 아이를 다치게 만들 수 있는 것과 같은 이치다. 둘의 연애 초반 대화에선 분명 여자친구가 저렇게까지 남자친구에게 기대지 않았는데, 그가 뭐든 다 해결해 줄 수 있는 것처럼 말한 까닭에 그녀의 어리광이 더욱 악화된 것은 아닌가 하는 생각이 든다.

또 그의 가장 치명적인 문제는, 이타적이고 헌신적인 태도로 연애기간 내내 여자친구를 위해 살 것처럼 행동하다 정작 가장 중요한 마지막 순간에 혼자 이별을 결정해 상대에게 통보했다는 것이다. 아무리 열정적인 호의와 헌신이라고 해도 유효기간이 있다면 그건 별 의미가 없다. 이 둘은 안타깝게도 여기서 넘어졌지만, 이 지점에 가까이 온 커플들이 있다면 위의 이야기를 '사고다발지역' 표지판으로 삼아 속도를 줄이고 잘 살피며 안전하게 지나가길 바란다.

08
늘 짧은 연애만 반복하게 되는 여자, 왜 그럴까?

내게 도착한 사연들을 가지고 통계를 내 보면, 대개 자의식이 강한 여자들이 늘 짧은 연애를 반복하곤 한다. 그중 가장 대표적인 세 가지 사연을 예로 들어 살펴 보자.

🌺 반품 준비

늘 짧은 연애를 반복했다는 여성대원이 있었다. 그녀는 크리스마스를 며칠 앞두고 새로운 연애를 시작했는데, 이번에도 일주일을 못 넘기고 헤어졌다. 헤어 진 이유에 대해 그녀는 "그는 진지한 사람이고 제가 존중해도 좋은 사람이라 생각 해 사귄 건데, 만나보니 스킨십이나 하려고 하는 남자더군요. 이번엔 다를 거라고 생각했는데 이렇게 끝났네요."라고 말했다. 저 말만 놓고 보면 그녀가 음흉한 목적으로 다가온 남자를 뿌리친 것처럼 보인다. 사실 이게 '음흉한 목적'이라는 개념을 어떻게 정할 것인가에 대한 문제이긴 한데, 크리스마스에 뽀뽀하려고 한 남자친구는 음흉한 것일까? 뭐, 상황에 따라 답이 바뀌는 문제니 여기선 우선 그렇다고 해보자.

그녀는 상대가 어떻게 하나 보려고 일부러 손잡을 때도 아무 저항을 안 하고, 몇 번의 포옹을 해도 가만히 있었다고 한다. 일종의 함정수사다. 아무튼 그녀는 그 일 이후 상대와의 모든 연결고리를 끊었다. 상대를 '스팸처리'하는 일이 처음이라면 그러려니 하며 넘길 일이지만, 그녀는 그간 모든 연애를 그렇게 마무리 지었다.

"저녁에 동네로 찾아온다고 하던 어이없는 남자였어요."
"전 영화를 집중해서 보는 스타일인데 손을 잡으려 하더군요."

대략 위와 같은 이유들로 그녀는 연애상대들을 모두 '반품 처리'했다. 걱정이 된다. 그녀의 그 엄격한 채점표를 통과할 남자사람이 과연 있을지가 말이다. 그것도 '나의 노력'은 완전히 배제한 상태에서 '함정수사'로 점수를 매기는 채점표를.

연애는 상대를 심사하는 과정이 아님을 잊지 말자. 혼자 심사위원석에 앉아 있으면 다가오는 사람들이 모두 오디션 보러 온 사람 정도로만 보이게 된다. 남자친구를 '모집'하는 건 이제 그만 하고, '초대'해 함께 어울리길 권한다.

🌺 철벽녀의 바리케이드

대체 왜 사귀신 겁니까? 라고 묻고 싶어지는 사연들이 있다. '철벽녀'라고 불리는 여성대원들의 사연인데, 그녀들은 연애를 시작하고 나서도 바리케이드를 거두지 않는다.

남자친구 : 뭐해?
철벽녀 : 그냥 있어.
남자친구 : 우리 눈꽃 보러 갈까?
철벽녀 : 아니.

보는 내가 다 민망해지는 대화다. 그녀는 왜 대화를 하지 않고 문제를 풀고 있는 것일까. 상대의 물음에 '예 / 아니요'로 답하려고 연락하는 거 아닌데 말이다. 단답형으로 답하고 싶다면 최소한 '오빠는?' 정도의 부가의문문 정도는 달아주는 게 예의인데, 오랜 기간 철벽을 두르고 있던 그녀들은 습관적으로 짧은 대답만을 전송한다.

옆에 있는 남자들을 죄다 저런 식으로 밀어내 놓곤, "제가 참을성이 없는 건가요? 까다로운 편인가요? 아니면 남자를 안 좋아하는 성향인 걸까요?"라는 이야기만 하는 대원들 때문에 내가 담배를 못 끊고 있다. 아는 남자와는 잘 지내면서 꼭 사귀는 남자에게만 매몰차게 구는 경우도 꽤 많으니, 혹시 자신이 그런 모습을 가지고 있는 건 아닌지 확인해 보길 권한다.

좀 다른 방향으로 너무 멀리 가 버린 대원들도 있다. 꼬꼬마 시절 문학소녀였던 대원들이 주로 그러는데, 그녀들은 연애를 시작하며 현실과는 좀 거리가 있는 소설을 쓰기 시작한다.

"그 사람과 만난 건 운명이었어요. 우린 아주 오래도록 서로를 그리워하던 사람들처럼 사랑하기 시작했죠. 그 수많은 인파 속에서 단 둘만 있는 듯했던 느낌. (중략) 목숨도 아깝지 않은 사랑이었는데. 그는 자신이 제게 어울리는 사람이 아니라는 말만 남기고. 전 그가 어떤 사람이라고 해도 다 이해할 수 있는데. 그는 미안하다고만 말하네요."

둘이 비슷한 성향을 지닌 까닭에 서로 로미오 줄리엣 하며 사귀면 문제가 없는데, 그게 아니라면 상대는 '난 김춘식인데 쟨 왜 자꾸 로미오라고 부르는 거야?'라며 당황스러워 할 수 있다. 뿐만 아니라 둘이 함께 해야 할 의미부여를 혼자 해버리는 모습과, 자신이 마음대로 상대의 캐릭터를 정하고 그 캐릭터에 사랑을 올인하는 모습은 상대를 부담스럽게 만든다. 그녀는 김춘식 씨에게 "얼른 로미오답게 행동해."라고 요구하다 결국 헤어지게 되고, 이별 후에도 계속 김춘식 씨가 아닌 로미오를 그리워한다. 스물네 살 이전까진 괜찮지만 그 이후에도 계속 혼자 줄리엣 역할극 하면, 상황이 정말 심각해질 수 있음을 기억해 두길 바란다.

편지를 쓸 때 오탈자를 내지 않으려 펜 잡은 손에 잔뜩 힘을 주는 건 바보 같은 짓이다. 편지를 쓰는 건 마음속에 있는 얘기를 상대에게 전하기 위함인데, 글자에만 신경을 쓰면 마음속 얘기는 뒷전이 되어 버린다. 그렇게 쓴 편지는 '보기에 예쁜 편지'가 될 수 있을지 모르지만, '감동이 있는 편지'는 되기 어렵다.

연애에서도 마찬가지다. 일점일획도 실수하지 않으려 잔뜩 긴장한 채로는 연애하기 어렵다. 연애하다가 실수를 하면 슥슥 긋고 다시 쓰면 되고, 부족하다 싶으면 끼움표를 넣어 추가하면 된다. 그대는 혼자 써내려가는 '보기 좋은 연애'를 하고 싶은가, 아니면 함께 써내려가는 '행복한 연애'를 하고 싶은가? 후자를 원한다면, 혼자만 앉아 있지 말고 상대를 위한 의자 하나 얼른 내어주자.

09
소개팅으로 만나 사귀다가
헤어진 골드미스, 문제는?

소개팅에서 정말 마음에 드는 남자를 만났는데, 안타깝게도 그를 '내가 생각하는 연인상'에 끼워 맞추려다가 헤어진 골드미스의 사연이 있었다. 그녀는 그간의 경험으로 인해 어떤 남자를 만나야 하는지, 또 남자에게 무엇을 말해야 하는지를 잘 알고 있었다. 하지만 안타깝게도 상대에게만 집중하느라 그녀는 자신이 노력해야 하는 부분에 소홀해지고 말았다. 그녀가 저지른 실수들에 대해 함께 알아보자.

 **"더더더더더더더더더더~"**

그녀의 집에서 그녀 남자친구의 집까지는 차로 한 시간 반 걸리는 거리였다. 처음 만났을 때 남자친구는 그녀를 집까지 차로 데려다 주었는데, 이후 그게 당

홀로여도 좋지만 네가 있어 더 행복하다

연한 일인 것처럼 되어 버렸다. 그는 세 달간 주 3회 이상 그녀를 만났는데, 한 번도 빼놓지 않고 그녀를 집까지 데려다 주었다.

호의를 받는 입장에선 저걸 두고 '그럴 수도 있는 거지'라고 생각할 수 있다. 하지만 그런 얘기를 하는 사람이라도, 자신이 왕복 세 시간 걸려 누군가를 배웅해야 한다면 분명 몇 주 안에 자신이 잘못 생각했었던 것 같다는 얘기를 할 것이다.

거기다 더해 그녀는 음주단속 교통경찰에 빙의되어 그에게 "더더더더더더더더더더~"를 외쳐댔다. 만나지 않는 날에는 전화로 잔소리를 했고, 자신이 바라는 것을 말하며 그를 독촉하기도 했다. 아래와 같은 얘기를 하며 말이다.

"30년 넘게 다르게 산 사람들이 당연히 다르지.
이렇게 서로 맞춰가는 거야. 처음부터 맞을 순 없으니까."

이쯤 되면 연애가 아니라 고문이다. 여자 입장에서는 잘 들어주고, 다 맞춰주고, 언제나 다정하게 대해주는 그가 100점짜리 남자겠지만 그에게 그녀는 '결혼 상대로 적합하지 않은 여자'가 되고 만다. 의무만 늘어가는 연애에 자연히 '내가 얘랑 왜 사귀고 있는 거지?'라는 생각이 들기 때문이다. 이별 직전엔 일과 연애에 지친 그의 몸에 이상증세까지 나타났는데, 그럼에도 불구하고 그녀는 "연애는 서로 맞춰가는 거야."라는 얘기만 하고 있었다.

🌺 마음에도 없는 말, 그리고 떠보기
회사 일이 많아져서 오늘 만남을 미루고 내일 저녁을 같이 먹자는 남자에게는, "그럼 내일 우리 회사로 오지 말고, 내가 오빠 회사 근처로 갈게. 거기서 저녁먹자. 어때?" 정도의 대답을 하는 게 맞다. 하지만 그녀는 실망한 나머지 "일 많구나. 그럼 내일도 일해. 난 괜찮아."라는 말을 하고 말았다. 바보가 아닌 이상 저 괜찮다는 말이 정말 괜찮아서 하는 말이 아니라는 걸 알기에, 그는 늦게라도 괜찮다면 약속을 미루지 않겠다고 말했다. 그러나 이미 기분이 상한 그녀는 "난 괜찮으니까, 나 신경 쓰지 말고 일해."라는 대답만 할 뿐이었다.

의무만 점점 늘어나고 자신에 대한 배려는 전혀 느낄 수 없는 연애에 남자는 지쳤다. 그래서 "우린 참 많이 다른 것 같아."라는 말을 하기도 했다. 그 말을 얼른 알아듣고 그녀가 그를 좀 느슨하게 해주었다면 참 좋았을 텐데, 안타깝게도 그녀는 저 위에서 말한 것처럼 "다른 게 당연하지."라는 말만 반복하고 말았다.

믿기 어렵겠지만 이별을 통보한 건 그녀다. 그가 점점 지쳐가자 그녀는 이별을 인질삼아 그에게 경각심을 갖게 하려 했던 것이다. 하지만 그녀를 더 달랠 여력도 없고, 달래서 다시 만나봐야 밑 빠진 독에 물 붓는 일이 될 것 같다는 생각이 들었던 그는, 그녀의 이별통보를 덤덤하게 받아들였다. 그녀는 '어? 이건 내가 생각한 시나리오가 아닌데'라며 후회했지만 때는 이미 너무 늦어버리고 말았다.

❀ 이별 후 '혼자 놀기'의 문제

연애하다 당연히 싸울 수 있다. 육두문자를 쓰거나 동물욕을 한 게 아니라면 싸움 자체는 큰 문제가 되지 않는다. 문제는 격해진 감정에 상대에게 상처 내려 하고, 평소에 마음에 담고 있던 이야기들을 필터링 없이 퍼붓고, 답을 이별로 결론짓는 행동들이다.

홀로여도 좋지만 네가 있어 더 행복하다

이별 이후 그녀가 한 행동들을 정리하면 아래와 같다.

이별 당일: 추궁(도발).

이별 1일 후: 사과.

이별 4일 후: 반성.

이별 7일 후 오전: 부탁.

이별 7일 후 오후: 체념.

그나마 그녀는 점잖은 편이었기에 무난한 흐름을 보였는데, 일부 극단적인 여성대원들은 저 중간에 협박, 저주, 공갈 등을 끼워 넣기도 한다. 상대 역시 점잖은 사람이었기에 그녀의 도발에도 묵묵히 침묵을 지키며 끝까지 예의를 지켰다.

그녀는 이 이별을 통해 '대답 없음도 대답'이라는 걸 배웠다. 똑똑하고 야무진 연애를 하려고 하다가 넘어진 그녀에게 난, "자신이 구한 답을 상대에게 강요하지 마세요. 연애 중에도, 연애 후에도."라는 이야기를 해 주었다. 내게 도착한 수만 편의 연애사연 중 아쉽기로 다섯 손가락 안에 드는 사연이라 이렇게 소개하게 되었다. 둘이 정말 잘 어울림에도 불구하고 욕심을 내다가 아쉽게 헤어지고 마는 커플이 더는 없었으면 좋겠다.

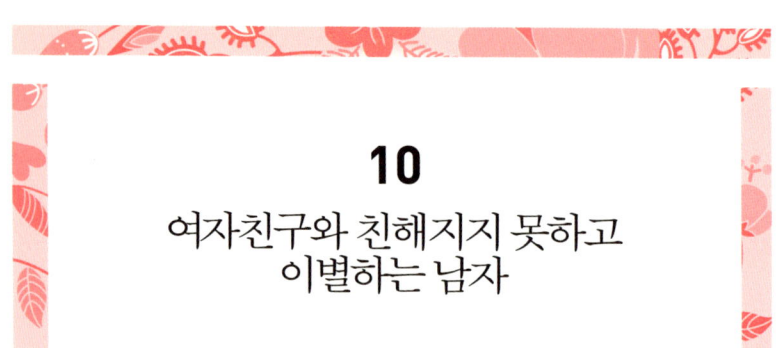

10
여자친구와 친해지지 못하고
이별하는 남자

일산에서 땅 끝 해남까지 자전거로 1박 2일 만에 종주를 한 지인이 있다. 그가 돌아와서 한 말은 "도로의 흰 선하고 노란 선 말고는 기억나는 게 없어."였다. 하루 만에 자전거로 종주하려다 보니, 주변을 살피며 여행할 여유가 없었던 것이다.

연애에서도 저런 일이 벌어질 수 있다. 첫 연애라고 해서 또는 이번엔 정말 마음에 드는 짝을 만났다고 해서 '후회 없는 연애'를 하려 무작정 달리다간, 몇 달을 만나도 기억에 남는 게 없는 연애를 할 수 있다.

"뭐 먹고 싶어?", "어디 가고 싶어?", "갖고 싶은 거 뭐야?" 등의 질문을 하고 그저 그 답에 따라 함께하기만 하는 연애는, 앞서 이야기한대로 그냥 '연인 코스프레'가 되는 경우가 대부분이다. 형식과 행위에만 집중하느라 정작 가장 중요한 둘 사이의 '단단한 기반'을 만들지 못하기 때문이다.

그대의 가장 친한 친구를 떠올려 보자. 그대는 그 친구와 모든 것을 함께 하려 노력하며 친해졌는가? 아마 그런 의식적인 노력 없이 그냥 만나게 되었을 때 시간 가는 줄 모르고 이야기 나누다 보니 '베프'가 되었을 것이다. 연인 사이의 기반에도 그것과 같은 우정이 있어야 한다. 영화 보고, 여행 가고, 전시회 보러 가는 건 그 다음의 일이다. 알맹이 없이 껍데기만 요란한 연애. 그렇게는 100년을 사귀어도 둘 사이의 거리가 좁혀지지 않을 것이다. 여기서는 여자친구와 친해지지 못하는 남자들의 가장 대표적인 두 가지 유형과 해결책을 알아보자.

❀ 다정한 듯하지만 무딘 남자

여자친구에게 좋은 말만 해주고 싶고, 힘을 낼 수 있도록 격려하고 싶고, 늘 웃으며 대화하고 싶은 그 마음은 잘 알겠다. 그런데 너무 파이팅만 넘쳐도 문제가 생긴다. 한 대원의 카톡 대화를 가져와 살펴보자.

여자 : 아까 자기가 말한 미드 다운 받고 있어 ㅎㅎ

남자 : 응. 그거 정말 재미있어! 얼른 봐~

(몇 시간 뒤)

여자 : 3편까지 봤어~ 재미있더라 ㅎ

남자 : 재밌지? 그거 다 보면 내가 다른 거 또 추천해 줄게~

여자 : 응. 고마워. 자긴 뭐해?

남자 : 자려고. 자기도 이제 잘 시간 되었으니까 자야지! 잘 자요~

여자 : 응~ 자기도 잘 자~

교과서 지문처럼 안부만 묻는 대화 말고, 사람 대 사람의 대화는 대체 언제 하는 건지 궁금하다. 아침에 일어나서는 좋은 하루 보내라고 파이팅, 점심엔 점심 잘 먹고 남은 시간 힘내라며 파이팅, 그러다 저녁엔 고생 많았다며 푹 쉬라는 얘기를 하는 남자. 카톡 대화를 전부 살펴봐도 수박 겉핥는 듯한 이야기들만 있을 뿐 알맹이가 없다. 언뜻 보면 서로를 다정하게 잘 챙기며 사귀는 듯 보이지만, 자세히 살펴보면 물어보면 대답하고, 보고하면 보고받는 식의 대화만 나누고 있다.

위와 같은 연애라면 몇 년을 만났다 헤어지더라도 이별에 그저 덤덤할 수 있다. 같이 수다를 떨던 '술친구' 하나 없어진 듯한 정도의 느낌밖에 들지 않기 때문이다. 함께 했던 시간의 관성을 못 이겨 다시 만나더라도 재회의 순간에만 잠깐 반짝할 뿐 여전히 겉돌기만 하는 관계에 머물고 말 수 있다. 중요한 건 연애의 길이나 부피가 아니라 밀도라는 걸 잊지 말자.

❀ 여자친구를 개조하려는 남자

자전거 동호회에 가입해 마음이 맞는 친구를 만났다고 해보자. 한 몇 주간은 그와 라이딩을 하며 즐겁게 지낸다. 그런데 시간이 지나자 둘 사이의 차이점이 점점 드러난다. 그대는 동네 마실 다니는 것 정도의 라이딩을 원하는데, 그 친구는 도시를 벗어나는 장거리 라이딩을 원하는 것이다. 그럼 이때에는 횟수를 나눠 단거리와 장거리의 비율을 조정하거나 적당한 거리로 조율하는 것이 해답이라는 걸 그대도 알 것이다.

그런데 유독 연애에서는 '내 방식대로, 내가 바라는 대로' 상대를 개조하려는 모습을 보이는 남자들이 있다. 여자친구가 자신보다 어리기 때문에 세상을 잘 몰라서 그러는 거라며 가르치려고만 들기도 하고, 자신이 꿈꿔온 연애판타지를 이번 연애를 통해 실현시키려 여자친구에게 강요하기도 한다. 그 개조작업에 지친 여자가 "나, 그냥 있는 그대로 좋아해 주면 안 돼?"라는 이야기를 해도, 그들은 막무가내로 여자친구를 개조시키려 들 뿐이다. 만나서 이야기를 나눠도 대화가 아니라 훈계나 정신교육의 시간이 될 뿐이니 자연히 둘은 가까워질 수 없다. 이런 남자 역시 재회를 하더라도 초반에만 잠깐 참을 뿐 시간이 지나면 다시 습관적인 '지적질'을 시작하기 때문에 다시 이별하게 된다. 현재 자신이 여자친구를 '고마운 사람'이 아니라 '부족한 사람'으로 보고 있는 것은 아닌지 한 번 생각해 보길 권한다.

너무 좋은 사람, 착한 사람이 되려고 애쓰지 말자. 완벽한 연애를 하려고도 애쓰지 말자. 무슨 연애사례집에 실려야 하는 것도 아닌데, 연애를 꾸미는 것에만 몰두하면 두 사람은 '연인 연기'만 하게 될 수 있다. 상대라는 한 사람에 대해 관심을 가지고, 상대를 깊이 알아간다는 생각으로 연애해 보길 권한다. 그럼 조급해하지 않더라도 어느새 둘은 세상에서 가장 친한 사람이 되어 있을 것이다.

11
남자에게 쉬운 여자가 되는
결정적인 이유

앞선 글에서 "아쉬운 여자가 쉬운 여자입니다."라는 이야기를 했었다. 여기서는 그 '아쉬운 여자'들이 보이는 행위들을 예로 들어, 보다 근본적인 원인을 찾아볼까 한다. 어떤 태도가 그대를 남자들로 하여금 쉬운 여자로 생각하게 만드는지 함께 알아보자.

 **'쉬운 친구' 이야기**

'일반적인 인간관계'라고 생각해 보자. 그대 주변에 있는 친구 중엔 대하기 어려운 친구가 있는 반면, 쉽게 생각되는 친구가 있을 것이다. 서로가 얼마나 어울렸는지 또는 얼마나 서로 친한지가 그 기준이 될 수도 있지만, 같은 친분을 가지고 있음에도 불구하고 '상대방의 행동'에 따라 그 차이가 나타날 수도 있다.

홀로여도 좋지만 네가 있어 더 행복하다

매번 "난 잘 모르는데."라거나 "난 잘 못하는데, 어쩌지." 같은 이야기를 하는 친구가 있다면, 그 친구를 대하는 태도에서 존중은 조금씩 사라졌을 것이다. 그 친구에게 직설적인 말도 점점 쉽게 하게 되고, 은연중에 그 친구를 무시할 수도 있다. 친하기 때문에 격식을 차리지 않는 것과는 분명 다르게 그 친구를 가볍게 여기는 부분이 생겨난다는 얘기다.

스스로를 존중하지 않는 사람은 남에게서도 존중받지 못한다. 물론 서로에 대해 막 알아가는 단계에서는 어느 정도 존중받을 순 있다. 예를 하나 들어보자. 우리는 한 채팅방에 들어와 있다. 처음엔 다들 반가운 인사를 나누고, 사는 곳을 묻는다. 이때는 모두 서로에 대한 친절과 호의가 가득한 까닭에 서로를 존중한다.

하지만 시간이 지나고, 대화를 통해 서로를 알아가며 변화가 생긴다. 상대에 따라 말의 무게가 달라지는 것이다. 자존감이 낮은 사람은 분위기에 혼자 들며 산만해지거나 반대로 작은 농담에도 쉽게 심각해지기에 그를 가볍게 여기게 된다. 그는 스스로를 조연이라 생각하고 있으니, 남들도 그를 조연으로 대하는 것이다.

이게 그저 사회에서 만난 사람들과의 관계에서 벌어지는 일이라면 큰 문제가 되진 않는다. 날 존중하지 않는 사람들의 태도는 그 모임에 나가지 않는 것으로 해결할 수 있고, 때로는 그렇게 조연의 자리에서 부담 없이 사람들을 구경하는 것이 오히려 마음 편할 때도 있기 때문이다.

하지만 연애 중에 그런 일이 벌어지면 치명적인 문제로 이어진다. 앞서 이야기 한 적 있는 '깨끗한 방' 얘기를 기억하는가? 내 방을 깨끗이 치워두면, 놀러 온 친구가 바나나를 먹고도 "이거, 바나나 다 먹었는데 껍질 어디다 버려야 해?"라고 묻지만, 내 방이 난장판이면 친구는 바나나 껍질을 대충 아무 데나 던져둔다는 얘기.

여기서 '내 방'을 '나'로 바꿔 생각해 보면, 스스로를 존중하지 않는 사람이 왜 남에게서도 존중받지 못하는지를 알 수 있다.

🌸 쉬운 여자들의 판타지

남자에게 휘둘리고 난 쉬운 여자는, "철저하게 당하고 속은 기분입니다. 농락당하고 이용당한 것 같습니다."라는 이야기를 한다. 그런데 그런 이야기를 하는 여자의 사연을 읽어보면, 사연 곳곳에 상대를 '나쁜 남자'로 판정내릴 수 있는 증거들이 가득하다. 심지어 상대가 아예 대놓고 자신이 그 관계를 가볍게 여기고 있음을 밝힌 경우도 있다. 그녀들은 이렇게 여실히 드러나는 증거들을 왜 못 본 것일까?

그녀들은 그 증거를 못 본 게 아니라 안 본 거다. 처음부터 상대에게 '더 없이 좋은 남자'라는 허상을 씌워 놓고, 실제의 그가 아닌 자신의 판타지 속 그에게 구애했던 것이다. 때문에 상대가 눈에 뻔히 보이는 거짓말을 해도 그녀는 그의 광신도가 되어 맹목적으로 그 말을 믿으려 노력했다. 상대가 그녀를 존중하지 않기에 벌이는 행동이라는 게 분명함에도 불구하고, 그녀는 그에게 뭔가 사정이 있어서 그러는 걸 거라고 애써 합리화를 했다.

더 안타까운 건, 상대에게 실컷 휘둘린 뒤에도 상대를 원망하긴커녕 자신을 탓하는 여자들이 있다는 것이다.

"그가 나빠서가 아니라, 제가 못나서 그가 저한테 그런 짓을 한 것 같아요."

이쯤 되면 문제가 심각해진다. 부족했던 자존감은 바닥을 드러내게 되고, 자

홀로여도 좋지만 네가 있어 더 행복하다

기비하와 자학의 단계로 넘어가기 때문이다. 난 그녀들에게 "원래부터 그런 남자는 없습니다. 그러니까 그런 남자가 있을 뿐입니다."라고 이야기하며 절망으로부터 구하려는데, 내가 내민 손을 잡고 절망에서 빠져나오는 대원들은 많지 않다. 그녀들은 이게 끝이 아닐 거라며 조금 더 그 폐허가 된 곳에 앉아 있겠다고 말한다.

좀 더 시간이 필요하다면 거기 더 앉아서 기다리거나 쉬어도 괜찮다. 하지만 쉬운 여자는 남자에게 '장난감' 이상의 의미를 가지지 못한다는 걸 꼭 기억해 두길 바란다. 필요할 땐 꺼내서 가지고 놀다가 필요 없으면 아무 데나 팽개쳐 두는 그런 장난감 말이다. 장난감 통 속에서 상대의 손길을 기다리다 아까운 청춘을 다 보낸 선배대원들의 수가 전국의 휴대폰 판매점 수보다 많다. 선배대원들이 갔다가 되돌아 나온 그 길을 걷고 싶은 게 아니라면, 판타지를 걷어낸 냉정한 시각으로 자신과 상대의 태도를 돌아보길 권한다.

한 독자 분께서, 노멀로그에 먼저 게재된 이 글을 읽곤 명언을 하나 소개해 주셨다. 이 글은 그 명언을 소개하며 마치도록 하겠다. 마틴 루터 킹이 한 말이다. "당신이 먼저 등을 구부리지만 않으면, 남이 당신 등에 올라타지 못할 것이다."

PART 5
흙탕물은 가만 두고
기다려야 맑아진다

여전히 상대가 그립다고 울고 있는 당신

사귈 때 서로가 했던 유효기간이 지난 말들만

손에 가득 쥐고 있으면 아무것도 더 잡을 수 없다.

똑같은 레퍼토리의 연애를 다시 할 게 아니라면

치울 것은 치우고 정리할 것은 정리하며

내 연애의 '오답노트'를 만들어 보자.

감정이 잔잔해졌을 때 '다시 한번'이 가능하도록.

01
남자와 헤어진
여자들이 하는 착각들

여전히 상대가 그립다는 그대여. 그대가 손에 쥐고 있는 건 혹시 사귈 때 상대가 했던 유효기간이 지난 말 같은 게 아닌가? 유통기한이 한참 지난 식품들을 냉장고에 넣어 놓으면 신선한 식품들을 넣을 공간이 없듯, 유효기간 지난 추억들을 손에 가득 쥐고 있으면 새로운 추억을 만들 수 없다.

이제 그대가 버려야 할 것은 버리고 정리해야 할 것은 정리할 수 있도록, 여기선 그대가 유예기간의 구실로 삼고 있는 그 '착각'들에 대해 이야기를 해볼까 한다. 출발해보자.

 **잡으면 다시 올 것 같아요**

물론 잡으면 다시 올 수 있다. 시간은 울퉁불퉁해진 마음에 풍화작용을 일으

키는 까닭에, 분노와 미움의 쓰나미가 지나가고 난 뒤에는 다시 부드러운 마음이 된다. 두 사람 모두 평화로운 마음이 되었다면 그땐 다시 만나는 게 그리 어렵지 않을 것이다.

문제는 다시 만나도 비슷한 이유로 또 헤어질 수 있다는 거다. 이별의 원인이 제거된 것이 아니라 그저 감정에 이끌려 서로 잠시 이해하고 참기로 하며 재회했기 때문에 재회의 기쁨이 사라지고 나면 '우리가 왜 헤어졌었는지'를 두 사람 모두 다시 한번 확인할 수 있게 된다.

이별노래가 전부 본인 얘기 같다며 "잡으면 다시 올 것 같아요."라는 말만 할 게 아니라 두 사람이 왜 헤어졌는지를 생각해 이별사유와 해결책을 찾아내야 한다. 그냥 징징거리기만 하는 건 시험 망쳐놓고 "다시 보면 잘 볼 것 같아요."라는 얘기를 하는 것과 다르지 않다. 시험을 망쳤으면 틀린 문제 또 틀리지 않도록 오답노트에 적어봐야 하는 것 아닌가. 그 과정을 생략한 채 신세 한탄만 하고 있다간 다시 기회가 와도 또 틀리게 된다.

연애 오답노트를 만들 듯 그 연애에서 잘못된 부분들을 찾아보자. 노래방에서 부른 노래를 녹음해 집에 와서 들어보면 "내 목소리가 이래? 이게 정말 내가 부른 거야?"라며 놀라듯, 그대와 상대가 주고받은 카톡 대화만 다시 봐도 얼굴이 화끈거릴 것이다. 그때는 별 생각 없이 한 말이 상대에겐 상처가 되었을 수 있다는 걸 알게 되거나, 지금 생각해 보면 참 감사한 일을 그땐 당연한 듯 여기고 있었다는 걸 발견할 수 있을 것이다. 또는 상대가 괜찮은 사람이 아니었다는 걸 오답을 정리하는 과정에서 눈으로 확인하게 될 수도 있고 말이다. 그러니 조만간 다시 상대와 만나게 되길 바라고만 있지 말고, 혼자서도 당장 할 수 있는 오답노트를 만들어 보자.

243

❀ 그와 전화 통화했는데 헤어진 사이 같지 않았어요

이별은 화재다. 거센 불길이 마음의 집을 다 태워버렸다고 생각하면 된다. 시간이 지나 다 타고 나면 불길이 잡히는 건 맞는데, 그렇다고 예전의 집 모양 그대로 남아 있는 건 아니다. 겉은 멀쩡해 보여도 안에 들어가면 전부 불탄 자리들뿐이라 앉아있기도 힘든 지경일 수 있다. 어쩌다 연락이 닿았는데 헤어진 사이 같지 않았다며 재회의 가능성을 묻는 건, "불길이 다 잡힌 거죠? 이제 다시 들어가도 되죠?"라고 묻는 것과 같다. 물론 들어갈 순 있다. 하지만 전과 같은 관계가 되기 위해서는 두 사람 모두 마음의 방을 리모델링해야 한다.

이때, 절대 성급하게 굴면 안 된다. 많은 대원들이 약간의 가능성을 확인한 것에 들떠,

"사랑했던 건지, 진심이긴 했던 건지 그것만이라도 말해줘."

"마지막으로 물어볼게. 나랑 헤어지고 싶다는 생각 변함없는 거지?"

"나 정말 너 아니면 안 되겠어. 우리 그때로 돌아갈 수 없을까?"

따위의 이야기를 급하게 꺼내서 망쳐 버리고 만다. 혹시 저런 질문을 던져 답을 구할 생각을 하고 있던 대원이 있다면 얼른 다시 넣어두길 권한다. 마음의 방을 리모델링하는 게 먼저다. 리모델링이 완성되었다는 증거는 그대가 잘 웃고 잘 먹고 행복하게 살고 있다는 것으로 드러난다. 그런 새 마음으로 하는 재회가 아니라면, 불탄 자리 때문에 두 사람 모두 곤란한 시간만 겪다가 분명 다시 이별하게 될 것이다.

홀로여도 좋지만 네가 있어 더 행복하다

🌺 그 사람도 저처럼 힘들어하고 있겠죠?

너무 솔직하게 말하는 것 같아서 미안하지만 이별통보를 받은 그대가 힘들어하는 것과 달리 상대는 해방감을 느끼고 있을 가능성이 크다. 일부는 '사랑은 다른 사랑으로 잊는 거지'라며 벌써 친구에게 소개팅을 부탁해 놓았을 수도 있고 말이다.

지금은 누구 걱정해줄 때가 아니라 자신부터 챙겨야 하는 때라는 얘기를 해주고 싶다. 스스로를 돌보자. 지금처럼 마음의 상처에 생긴 딱지를 계속 뜯으면, 상처가 계속 낫지 않을 수 있다. 나중엔 그 상처가 큰 흉터로 남아 마주할 때마다 괴로울 수 있고 말이다.

애완견을 유기한 견주와 유기된 강아지 둘 중에 더 힘든 건 어느 쪽일까? 피치 못할 사정으로 인해 유기를 했다면 견주도 힘들긴 하겠지만, 한순간에 모든 것을 다 잃은 채 위험하고 낯선 곳에서 온몸으로 견디고 있는 강아지만큼은 아닐 거라고 생각한다. 지금은 상처 받은 그대의 마음을 자신이 먼저 보듬어줘야 할 때라는 걸 잊지 말길 바란다.

삶의 페이지를 한 장 넘겨보자. 페이지를 넘기지 않으면 다음 이야기를 알수 없다. 뒷이야기가 새로운 사람과 만나게 되는 것이든, 아니면 그 사람과 다시 만나게 되는 것이든 일단 페이지를 넘겨보자. 그대가 어릴 적 보았을 〈빨강머리 앤〉에도 이런 말이 나오지 않는가. 세상은 생각대로 되지 않지만, 생각지도 못했던 일이 일어나기도 한다고. 앉아서 우는 건 그만 하고, 마음의 방부터 청소해 보자.

02
착해 보이지만 착한 게 아닌
남자 유형 세 가지

이별 후 상대를 분명 착한 남자라고 생각하지만 다시 돌아갈 엄두는 나지 않고, 그렇다고 이대로 관계를 놓아 버리자니 자신이 실수하는 것 같다고 말하는 여성대원들이 있다. 이 글에선 그중 '놓아도 괜찮은 경우'에 대해 살펴볼까 한다. 출발해 보자.

 **남이 인생을 대신 살아주는 것에 익숙한 남자**

돈 있으면 놀고 없으면 일하는 게 생활화된 남자는 놓는 게 맞다. 그는 자신의 인생을 돌보지 않으며, 닥치는 대로 사는 것에 익숙한 남자다. 그렇게 살면 가장 극명하게 드러나는 부분이 늘 돈 문제로 허덕이는 것이다.(집이나 차, 그런 걸 살만한 돈을 얘기하는 게 아니라 지극히 기본적인 '생활비'와 관련된 부분을 말하는

것이다.)

　남이 인생을 대신 살아주는 것에 익숙한 남자와 사권 대원들은 자신이 남자의 인생을 대신 살아주거나, 얼마간이라도 그를 대신해 삶을 지탱해 주려 노력한다. 방세, 학원비, 학비, 전화요금, 심지어 용돈까지 줘 가며 만나는 경우도 있다. 그러다 나중엔 거기에 점점 길들여지는 남자친구를 보며 차용증을 쓰라느니 공증을 받으러 가자느니 하는 얘기를 하다 헤어지곤 한다.

　부모의 돈을 가져다 쓰는 까닭에 저런 부분이 가려져 있을 수 있다. 그럴 땐 그가 무엇을 하고 있는지 살피길 바란다. 그런 경우 대개 십중팔구는 '주색잡기'의 문제를 일으킨다. 매슬로우의 욕구 이론을 토대로 말하자면, 그들은 남들이 인생을 대신 살아줬으니 소속감과 애정의 욕구까지 별 어려움 없이 충족할 수 있었다. 그 이후엔 명예, 권력, 성취를 갈망하게 되는데, 그는 그간 남들의 도움으로 살아온 까닭에 스스로 뭔가를 이뤄낼 만한 재주가 없다. 때문에 손쉽게 랭커가 될 수 있는 취미생활에 골몰하거나 주색잡기에서 성취를 이루려 한다.

　이런 남자와 헤어질 땐 "너도 다른 여자와 똑같다.", "내가 돈이 없으니까 날 버리는 거냐." 등의 이야기를 듣게 되는 까닭에 죄책감을 갖는 경우가 많은데, 절대 그러지 말자. 그렇게 말하는 그에게 "네가 보여준 그동안의 모습들이 너를 증명한 거야." 정도의 대답만 해주길 권한다.

✿ 자기비하, 자기혐오하는 남자

　동정심으로 연애를 지속하면 인생이 고달파진다. 자기비하, 자기혐오를 하는 남자(이후 비하남)를 만났을 때 자신의 의지와 상관없이 늪에 빠져 버릴 수 있기 때문이다.

상대가 '비하남'이라는 게 처음부터 드러나는 건 아니다. 그랬다면 둘의 만남이 연애로 이어지지 않았을 것이다. 오히려 서로를 알아가는 시기엔 비하남이 모든 에너지를 연애에 쏟는 까닭에 '헌신적이고 열정적인 남자'로 보일 수 있다.

문제가 생기는 건 갈등이 찾아왔을 때다. 비하남은 갈등이 찾아오면 즉시 자신의 오래된 문제해결 방식을 꺼낸다. 자기비하와 자기혐오가 그것이다.

"너도 이런 성격을 가진 내가 싫겠지. 나도 내가 싫다."
"콩깍지가 벗겨지면, 아마 넌 날 떠날 거야."

한두 번은 큰 실망 때문에 저러는가보다, 하며 여자가 위로할 수 있다. 하지만 모성애를 발휘해 격려하고 응원하면 할수록 비하남은 계속해서 저런 포지션을 굳혀간다. 무슨 얘기만 꺼냈다 하면 우울한 분위기부터 풍기고, 이쪽에서 실망할 만한 부분들을 미리 한탄해 비판을 피해간다. 그러다 보니 자연히 정상적인 대화나 조율이 불가능해진다.

자신을 철저한 실패자로 미리 선언한 후 거기에서 은밀한 안도감을 찾는 남자. 그런 남자는 늪과 같으니 깊이를 재겠다며 뛰어들지 말길 권한다. 상대의 심리치료사가 되겠다고 그 늪에 뛰어든 여자사람은 꽤 많은데, 다들 살아서 돌아오지는 못했다. 상대가 비하남이라는 것을 확인했을 땐, 뒤도 돌아보지 말고 도망치는 게 맞다.

🌸 늘 회피하는 남자

위에서 말한 비하남과 비슷한 타입인데, 이들은 비하 대신 회피를 사용한다. 그들의 회피방법은 오랜 시간 쌓여온 까닭에 단단하게 굳어 있다. 때문에 그들과의 대화는 벽을 마주한 채 이야기를 하는 느낌을 불러일으킨다. 예를 들자면 아래와 같다.

여친 : 어제 잘 들어간 거야? 집에 들어가서 톡 하나 남겨주지 그랬어!

남친 : 너 잠들기 전에 내가 들어갈 거라고 톡 보냈는데, 집 도착했다고 또 보내야 해?

여친 : 그게 아니라 난 들어간다는 톡 보고 잠들었는데, 도착했다는 톡이 없기에….

남친 : 시시각각 다 보고할 수는 없는 거잖아. 그리고 너도 전에 찜질방 갔을 때 나왔다고는 톡 안 했잖아. 들어갈 때만 톡하고, 나중에 집에 도착해서야 톡 보냈잖아.

회피남은 종종 "서운한 거 있으면 쌓아두지 말고 말해."라는 이야기를 하기도 하는데 그건 말뿐이다. 그 말을 듣고 진짜 서운한 걸 말하면, 그는 '내 회피기술의 현란함을 느껴봐.'라고 말하듯 요리조리 다 피해갈 것이다. 그대를 여자친구가 아니라 라이벌로 생각하거나 적대시하고 있는 남자와는 연애가 불가능하다는 걸 꼭 기억해 두자.

위에서 말한 것들은 연애를 집에 비유했을 때 기둥이 되는 부분들이다. 집에 창문 하나 고장 나면 고쳐서 살 수 있지만, 기둥이 붕괴조짐을 보이면 수십 억짜리 집이라도 들어가 살 수 없는 법 아닌가. 어떻게든 보수하겠다고 들어가서 손수 시멘트 바르고 보강목 대며 공사하는 여자사람들도 있긴 한데, 굳이 말리지는 않겠다. 보수공사에 성공한 사람이 아주 없는 것은 아니니 말이다. 다만, 그 보수공사는 그대의 소중한 청춘을 담보로 이루어진다는 걸 잊지 말자. 그런 담보를 걸어도 괜찮을 만한 사람이라는 확신이 있는 게 아니라면, 두 번 고민할 것 없이 얼른 그 현장에서 나오길 바란다.

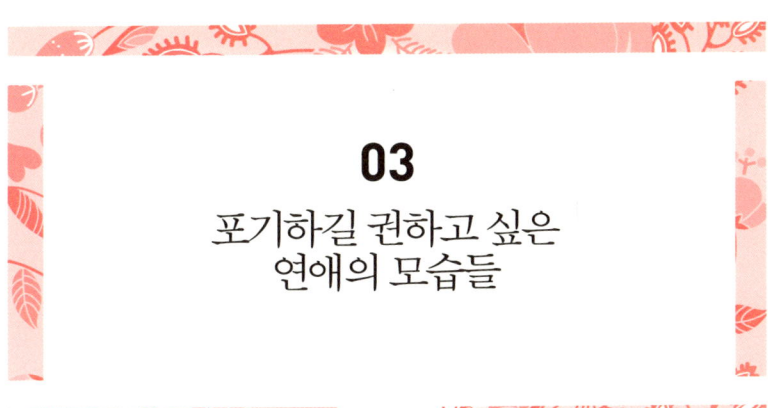

03
포기하길 권하고 싶은
연애의 모습들

축구 경기에서 레드카드(퇴장)가 사라지면 선수들이 반칙에 무감각해지는 일이 벌어질 것이다. 반칙을 해도 옐로카드(경고)만 받을 뿐이니 다급한 순간엔 반칙으로 흐름을 끊을 것이다.

연애에서도 레드카드는 필요하다. 상대에게 목숨이 위태로울 정도의 반칙을 당하고도 옐로카드만 든다면, 상대는 거리낌 없이 그대에게 반칙을 할 것이며 퇴장당할 걱정이 없기에 갈수록 마음대로 행동하게 될 것이다. 어떤 순간에 레드카드를 들어야 하는지, 함께 알아보자.

❀ 친구로 남아 달라는 경우

이별 후 두 사람 모두 서로에 대해 아무 감정이 없는 게 아니라면, '친한 사이'

로 지내기로 하는 건 마음이 남아 있는 쪽에게 고문이 된다. 한 대원의 이야기를 들어보자.

"남자친구가 헤어질 때 그러더군요. 이제는 저와 연인 사이가 아닌 게 맞지만 헤어졌다고 해서 영영 안 보고 살아야 하는 건 아니잖냐고. 그러면서 저만 괜찮다면 친구로 지내고 싶다고 했어요. 친구로 지내며 서로를 응원해주기도 하고, 힘든 일 있을 때 도와가며 지내자고. 자긴 그럴 수 있다며 제게 생각해 보라고 했어요."

'친구로 지내며 서로를 응원해주기도 하고, 힘든 일 있을 때 도와가며 지내자'는 말이 그럴듯하게 들리지만 그 관계는 99.82%의 확률로 상대의 '심심함 및 외로움 처리창구'가 되고 만다. 또 스킨십엔 후진이 없는 까닭에 이미 다 진도를 나가버린 스킨십과 관련해 문제가 되는 경우도 많다. 욕구가 불타오를 땐 금방이라도 다시 연애를 시작할 것처럼 다가오고, 욕구를 해소하고 나면 잠수를 타는 것이다.

상대가 새로운 연애를 시작한 후, 여자친구가 채워주지 못하는 부분을 구여친인 이쪽에서 채워가는 문제도 있다. 여자친구와는 연애하고, 코드가 맞는 이쪽과는 수다를 떤다. 이건 사실 '양다리'의 범주에 속하는 건데, 이쪽과의 관계는 '친구'라고 명확하게 간판을 걸어둔 까닭에 문제가 될 경우 쉽게 빠져나가곤 한다.

이쪽 역시 남자친구가 채워야 할 자리를 구남친에게 내준 까닭에 연애를 시작하지 못하는 문제가 생기기도 한다. 친구로 지내는 조건으로 그가 약간의 감정적 위안을 해주니, 거기에 의지한 채 애매한 사이로 계속 지내게 되는 것이다.

이런 이유들로 인해 친구로 남아 달라는 상대에게 레드카드를 들 것을 권한다. 즐거움은 누리고 싶지만 책임은 지기 싫어 발을 빼려고 하면 레드카드를 드는 게 맞다. 1%의 이로움을 위해 99%의 해로움을 감수하는 건 바보 같은 짓 아닌가. 다시 잘 될 수도 있을 것 같은 여지를 놓아 버리는 듯한 마음 때문에 레드카드를 들기 어렵겠지만, 그대의 미래를 위해 레드카드를 번쩍 들길 권한다.

🌺 맞지 않는 궁합으로 인해 헤어진 경우

연인 두 사람이 아닌 집안 어르신들이 궁합을 따질 경우 커플의 생존율(응?)은 꽤 높은 편이다. 하지만 연인 둘 중 한 사람까지 궁합을 문제 삼을 경우, 그 커플의 생존율은 제로에 가깝다. 둘 사이에 갈등이 생기거나 다툼이 벌어질 경우 그 원인을 모두 '안 좋은 궁합'에서 찾기 때문이다.

꽤 오래 사귀어 온 커플도 재미로 궁합을 봤다가 헤어지는 경우가 있다. 성격차이, 언쟁, 권태기 등 그동안 서로 노력하며 훌륭하게 잘 넘겨온 것들도, 궁합을 본 이후론 그 원인이 사실은 '안 좋은 궁합' 때문에 벌어졌던 것이라 생각하기 때문이다.

궁합 때문에 헤어지자고 말하는 상대에겐 레드카드를 들어야 한다. "세상 최고의 남자라고 생각했던 그가 어떻게 궁합을 보고 나서 하루아침에 다른 사람이 될 수 있는 건지 모르겠네요."라는 이야기를 하는 대원들이 종종 있는데, 그럴 수 있다. 그건 자전거로 치자면 뒷바퀴에 해당되는 '우리가 함께 만들어가자는 의지'가 떨어져 나간 것이다. 그런 상태에선 아무리 페달을 밟아 봐야 앞으로 나가지 못하는 것 아닌가. 그게 세상에서 가장 좋은 자전거라도 말이다. 여러 군데 돌아다니며 다시 궁합을 봐서 잘 나온 걸 가지고 찾아갈 거라는 대원들도 종종 있는데, 그러지 말자. 상대가 궁합 때문에 이별을 말하는 사람이라면, 지금 헤어진 것이 오히려 그대에겐 다행일 수 있다.

❀ 만나면 좋지만 안 만나도 그만이라고 말하는 경우

상대가 '만나면 좋지만 안 만나도 그만'이라고 말하는 건, 그대를 '액세서리' 정도로 생각할 때 할 수 있는 말이다. 그런 얘기를 들으면서도 이별과 재회를 반복하며 "그래도 오빠가, 우리 사이 좋을 땐 정말 잘해주거든요."라는 이야기를 하는 대원들이 종종 있는데, 즐거울 때 잘해주며 함께 재미있게 노는 건 누구나 다 할 수 있는 일이다. 그런 건 나중에 따져보고, 가장 먼저 두 사람이 서 있는 곳 아래 '애정과 신뢰'라는 기반이 있는지 살펴보자. 그게 없다면 아무리 화려해도 둘의 연애는 모래 위에 지은 집의 신세일 뿐이니 말이다.

그대가 괜찮은 사람과 연애를 하고 있는 게 맞다면 그대 혼자 그렇게 오래 고민해야 하는 일은 생기지 않을 것이다. 그가 괜찮은 남자라면 그대가 혼자 고민하도록 놔두지 않을 것이고, 함께 하는 연애라면 그대 혼자가 아닌 상대와 함께 고민할 테니 말이다. 상대가 그대 혼자 고민하도록 방치해 두는 사람이라면, 그땐 더 고민할 것 없이 과감하게 레드카드를 들길 권한다.

04
부모님 모시는 문제로
다투다 헤어진 커플

사연을 토대로 살펴보자. M양(29세, 회사원)은 2주 전 프러포즈를 받았다. 그간 M양은 결혼 얘기를 안 하는 남자친구 때문에 '나랑 연애만 하려는 건가? 아니면 결혼까지 생각하는 건가?'라는 생각을 하고 있었는데, 남자친구가 청혼을 한 것이다. '드디어 나도 웨딩드레스를 입어보는구나'라는 생각으로 그녀가 들떠있을 때, 남자친구가 몇 마디 이야기를 덧붙였다.

"그런데 결혼하면, 혼자 계신 우리 어머니 모시고 순천에서 같이 살았으면 한다."

그녀는 그 자리에서 대답하지 못했다. 며칠 후 남자친구는 자신을 향한 그녀의 마음이 어느 정도인지 알겠다며 이별을 통보했다. 그녀는 헤어지고 싶지 않았지만 그렇다고 시골에 내려가 시어머니를 모시고 살겠다고 쉽게 대답할 수도 없기에 며칠을 앓았다. 그녀는 조율해 보고자 남자친구에게 연락해 보았지만 답은 오지 않았다. 이 커플의 문제점과 두 사람이 실수한 부분들에 대해 살펴보자.

❀ 조건부 청혼과 효도의 도구

효도는 셀프를 기반으로 해야 한다. 자신이 먼저 본인의 부모님과 상대방 부모님께 잘하면, 곁에 있는 사람도 알아서 잘하는 법이다. 그런데 자기가 해야 할 몫까지 모두 상대에게 떠맡기는 사람들이 있다. 본인은 며칠에 한 번 부모님께 전화하고, 명절이 되어야 찾아가 뵙는 게 전부면서 상대에게는 부모님과 같이 살며 알아서 잘 챙기도록 요구하는 사람이다. 본인은 마음으로 효도하고 상대는 몸으로 효도하는, 뭐 그런 거다.

M양의 남자친구는 나쁘게 말하자면 참 치사하고 야비하다. 저 조건부 청혼은 'YES'라는 답을 하지 않으면 밑도 끝도 없이 나쁜 사람 되는 일밖에 남지 않는 청혼이다. 또 남자친구는 부모님을 모시고 시골에서 사는 것에 대해 M양과 '논의'를 한 게 아니라 일방적으로 '통보'했다. 그건 "부모님 모시고 시골에서 살자. 안 그러면 결혼은 없다."라고 말한 것과 같다. M양이 망설이자 남자는 '마음의 크기'를 알았다면서 이별까지 통보했다. 통보가 습관화된 사람이 아닐까 하는 생각이 든다. 그는 이 다툼 이전에도, 혼자 결론을 내고 그 결론을 통보한 뒤 상대가 응하지 않으면 그냥 인연을 끊어 버리려는 모습을 보인 적이 있다.

조건이 걸린 청혼에 대해서는 그게 무엇이든 받아들이지 않는 게 맞다. 남자친구의 말을 그대로 인용하자면, 남자친구에겐 '그 조건을 수용하지 않으면 결혼할 생각이 없을 정도의 마음'만 있는 것이니 말이다.

홀로여도 좋지만 네가 있어 더 행복하다

🌸 대화의 프레임 바꾸기

저 상황에서 M양은 남자친구의 말에 대답을 하기보다 대화의 프레임을 바꿨어야 했다. 남자친구가 한 말엔 단순히 '부모님을 모시고 시골에서 사느냐, 안 사느냐'의 문제만 있는 게 아니라 복합적인 문제가 결합되어 있다는 걸 알렸다면, '속물적인 여자'라는 황당한 누명은 쓰지 않았을 것이다.

상대의 말에 쉽게 대답할 수 없을 땐, '무엇 때문에 쉽게 대답을 할 수 없는지'까지를 전부 다 털어놓는 게 좋다. 내가 M양의 입장이라면 직장과 생활에 대한 문제, 내 부모님에 대한 문제 등을 꺼내놓을 것 같다. "그렇기 때문에 부모님 모시고 시골에서 살 수 없다."고 주장하는 게 아니라, 이런 문제들 때문에 쉽게 대답할 수 없다는 걸 상대에게 알리는 것이다. 그러면 '내 부모님 모시고 시골에서 살 수 있는 여자인가'만을 생각하던 상대는 저 문제들까지 함께 고려해서 생각해야 한다는 사실을 알 수 있게 될 것이다.

또, '사랑받고 싶은 마음'과 '내 인생'에 대한 이야기도 꺼내야 한다. 한 남자의 아내가 된다는 게 오로지 가정을 꾸리기 위해서인 것은 아니니 말이다. 상대는 현재 자신의 인생에 M양을 편입시킬 수 있는가 없는가를 고민하고 있으니, 그런 상대에게 M양이 도구나 수단이 아니라는 것을 인식시킬 필요가 있다.

사랑을 확인하는 것 역시 지금처럼 상대만 M양의 사랑을 측정할 수 있는 권리를 가진 게 아니라는 것도 알게 해주어야 한다. 현재 상대가 보이는 태도는 이쪽의 감정이나 생각, 인생에 대해서는 소홀하게 생각하며 본인이 원하는 것만 말하는 면접관 같은 태도라는 것도 환기시켜 줄 필요가 있다. M양이 상대와 연애를 하고 있는 것이지, 결혼하기 위해 지원한 지원자가 아니라는 사실을 말이다.

🌺 다급하다고 매달리면 끝장이다

급박한 상황이라는 생각이 들수록 자신의 감정을 차분히 들여다봐야 한다. 다급할 때에는 외로움이나 우울함, 심심함이나 안타까움 등을 모두 사랑이라 착각하는 실수를 저지를 수 있기 때문이다.

M양은 "그렇게 헤어지고 나니까 오빠가 너무 보고 싶고…. 왜 헤어진 다음에야 정말 사랑했다는 걸 안다는 말이 있잖아요."라는 이야기를 했는데, 그건 위험한 말이다. 내 입장에서 사연을 봤을 땐 M양이 남자친구의 제안을 수락하지 못한 것에 대한 약간의 죄책감과 헤어진 다음에 찾아오는 공허함, 그리고 이대로 한 사람과의 인연이 끊어지게 된다는 것에 대한 불안 등을 모두 '사랑'으로 치환해서 생각했기 때문에 저런 결론에 도달한 것처럼 보인다.

그간의 연애가 어떤 모습이었나를 들여다보자. 둘은 소개팅으로 만났고, 만나서 밥을 먹거나 영화를 보거나 수다를 떠는 데이트를 했다. M양의 말에 의하면 둘은 속마음을 허심탄회하게 털어 놓고 맞춰보는 시간도 갖지 못했다. 친구와 밥을 먹고 있을 때 상대에게 전화가 오면, 친구와 밥을 먹고 있으니 나중에 통화하자며 끊을 정도로(그래놓고는 나중에 다시 전화하지 않아도 이상하지 않을 정도로) 서로가 서로에게 차지하는 부분은 그닥 크지 않았다.

그 기반에서 우정이나 애정을 찾아보기 힘든 연애다. 당장 다른 대안이 없으니 함께 하고는 있지만, 둘 다 서로를 위해 희생할 정도로 상대를 생각하고 있진 않다. 때문에 남자친구는 M양을 '도구' 정도로 생각했고, M양은 결혼적령기에 사귀는 남자니 당연히 그와 결혼하게 될 거라고 막연히 생각했던 것이다. 다급하다고 해서 이런 부분을 돌아보지 않은 채 '무조건 승낙'을 한다면, 결혼식까지는 기쁠지 몰라도 결혼식 이후는 절망의 나날이 될 수 있음을 잊지 말자.

　언뜻 보기엔 둘의 문제가 '부모님을 모시고 시골에 살 수 있는가?'인 것처럼 보이지만 사실은 그게 아니다. 둘의 진짜 문제는 '난 이 사람과, 또 이 사람은 나와 평생을 함께 보내고 싶어 하는가?'였다. 그 문제에 한 사람은 '조건부'의 대답을, 또 한 사람은 '망설임'을 보였기에 둘은 헤어지게 되었다고 난 생각한다.

05
구여친들도 말해주지 않았던
그의 문제점

제목에 '구여친들'이라고 적어 놓은 까닭에 사연의 주인공(J군, 29세)이 연애를 많이 해본 것처럼 보일 수도 있는데, 사실 그는 일주일 미만의 연애(혹은 썸)만 경험한 모태솔로에 가깝다.

아래에서 이야기할 그의 문제들을 대부분의 남자들은 학창 시절에 바로잡는다. 자신보다 뛰어난 친구를 보면서 오만함에서 벗어나기도 하고, 영어 섞어 쓰다가 '펜션'을 F발음으로 해 놀림도 좀 받고 하다 보면 굳이 노력하지 않아도 자연히 매끄러워진다.

그런 과정을 생략한 채 사회에 나오면 문제가 되는 태도들을 수정할 계기를 찾기 어려워진다. 모난 모습을 가진 사람이라도 사회에선 가끔 안부 묻는 정도의 얕은 계에 엮어 두거나, 아니다 싶으면 바로 인연을 잘라내기 때문이다.

듣기 불편할 수 있겠지만, 자신의 모난 모습을 정면에서 들여다보려면 누군가에게 꼭 한 번은 들어야 하는 이야기들. 내가 총대를 메기로 했다. 출발해 보자.

🌺 자신을 과대 포장하는 문제

J군이 TV를 안 본다면 그냥 'TV를 안 보는 사람'인 거다. TV를 안 본다는 게 대단한 인간이라는 증거나 '지식인의 표상' 같은 게 될 순 없다. 그런데 J군은 그게 대단한 일인 양 이야기한다. 하나의 특별한 인간상을 만들어 두고, 거기에 억지로 자신을 끼워 맞추는 느낌이다. 그는 거의 모든 부분에서 그런 태도를 보인다.

물론 우쭐하고 싶은 마음에 그런 행동을 할 수는 있다. 나 역시 별 거 아닌 일임에도 불구하고 지인들에게 자랑하고 싶을 때가 있고, 남들과 다른 독특한 모습이 있으면 그 모습에 혼자 의미부여를 할 때가 있다. 그런데 대부분의 경우 그런 마음이 들더라도 날 것 그대로 내밀지 않도록 스스로 주의한다. 나 혼자만 주인공 하려는 태도는 남들을 불쾌하게 만들 수 있기 때문이다. 점심 먹었냐고 묻자, 다음과 같이 대답하는 사람이 있다고 해보자.

"도킨스의 책을 읽다가 흥미로운 부분이 있어서, 관련된 논문 찾아보느라 아직 못 먹었어요."

저 말을 듣고 그를 대단하게 생각하는 사람은 없을 거라 생각한다. 어림잡아 열에 아홉은 짜증난다는 반응을 보이거나, 심한 경우 재수 없다는 반응을 보일 수 있다. 저건 "나 잘났어. 나 특별해. 나 대단해."라는 말과 같은 뜻이기 때문이다.

여자친구, 소개팅 상대, 친구들은 J군의 부모님이 아니다. 우쭐해 한다고 해서 머리 쓰다듬으며 칭찬해 주지 않는다. 존중받으려면 받고 싶은 만큼 상대를 존중해야지, 스스로를 높이며 열심히 포장만 하다간 그저 우스운 사람이 될 수 있음을 잊지 말자.

🌸 100점짜리 아들, 0점짜리 남친

J군의 사연에선 '조금이라도 지적당하면 못 견디는 아이', '혼날까봐 두려워하며 칭찬만 받으려는 아이'의 모습을 찾을 수 있다. J군은 일단 들이댔다가 상대가 좀 부담스러워하면 변명을 하며 금방 물러난다. 상대가 J군의 이야기에 동의하지 않으면 J군은 방금 자신이 한 주장을 말 한마디로 쉽게 철회하기도 한다. 더불어 상대가 자신을 어떻게 생각하는지만 궁금해하는 모습도 보인다. 더 큰 문제는 이런 성향이 위에서 말한 '척'과 결합해 100점짜리 대답을 하려는 태도로 나타난다는 점이다. 딱 엄마들이 좋아할 '바람직한 아들상'에 맞춘 대답이다. "그래. 꾸준히 해야 하는 거지. 나도 공부할 때 그 부분이 제일 힘들었지만 지금은 극복했어. 절제력은 조금씩 키워나가면 되는 거니까 열심히 해봐." 같은. 여자친구를 과외받는 학생 정도로 생각하며 대하면 그 연애는 일주일을 넘기기 힘들다는 얘기를 해주고 싶다.

J군이 보낸 사연을 보면 그는 만점에 가까운 남자다. 자신의 단점이라고 써놓은 것도 따지고 보면 죄다 장점이다. 8할이 포장이기 때문이다. J군이 할 수 있는 만큼만 하길 권해주고 싶다. 상대에게 100점 맞으려고 교과서적인 얘기만 하면, 결국엔 자신의 본모습까지도 부정해야 하는 일이 생길 것이다. 부족한 남자여도 괜찮으니 자신의 본모습으로 상대를 대하길 바란다.

❀ 사람들이 관심을 주지 않는 이유

사람들이 J군에게 관심을 주지 않는 건 J군이 다른 사람들에게 관심을 주지 않기 때문이다.

"제가 먼저 늘 연락하고, 관심 있다는 표현했는데도요?"

J군은 이렇게 말할지 모르지만, 그건 '호출'일 뿐이다. '내가 너에게 이러이러한 남자로 보이고 느껴지길 원한다. 그러니 응답해라.'라는 의미의 호출. 내가 만약 J군과 아는 사이인데, 같이 저녁 먹자고 불러서는 처음부터 끝까지 내 얘기만 한다면, 그게 관심의 표현일까?

말로만 서로의 마음을 이해하는 사이가 되고 싶다느니 세세한 감정까지 나누고 싶다느니 하는 얘기를 하지 말고, 실제로 그렇게 하자. 상대를 청중이나 들러리로 생각하지 말고, 진심으로 상대의 얘기에 귀를 기울여야 한다. 지금처럼 몇 분 듣다가 상대의 말을 끊거나 "그건 그렇고."라며 말을 돌리면, 상대와의 거리를 영영 좁힐 수 없다는 걸 잊지 말자.

J군 스스로도 변화를 원한다. 그래서 구여친이나 소개팅에서 퇴짜를 놓은 상대에게 "제 문제가 뭔지, 그것만이라도 가르쳐 주세요."라는 이야기를 하는데, 꺼내면 괜히 감정을 상하게 만들 수 있는 이런 민감한 얘기들을 J군에게 해주는 여자는 없었다. "J씨 좋은 분인 것 같아요. 그런데 제가 찾는 분은 아닌 것 같네요." 정도의 대답이 전부였다.

'나'를 알리는 것에 목숨을 거는 건 이제 그만하고, 그 에너지의 절반을 상대를 알아가는 것에 쏟아보자. 날 쳐다봐 달라며 상대 앞에서 소란스럽게 굴면 상대는 피하고 만다. 상대라는 선물이 앞에 놓였다고 생각하며 호기심 어린 눈빛으로 천천히 탐구해 보자. 그럼 상대도 그 눈빛으로 J군을 탐구할 것이다.

06
남자들은 왜
그녀에게 질려서 떠나갔을까?

사연을 보낸 J양은 겁이 많고, 예민하다. 그래서 (구남친들을 포함한)남자친구가 조금만 J양의 기대와 다른 모습을 보여도 어쩔 줄을 몰라 하고, 어서 내가 바라는 대로 행동하라며 상대를 다그친다. 서운하다거나 섭섭하다는 소리를 늘 입에 달고 살며, 엎드려 절 받지 않으려고 참다가도 전화를 걸어 울면서 하소연하기도 한다.

불안증에 시달리는 여자와 계속 사과만 하는 남자의 연애. 필연적으로 종말이 찾아올 수밖에 없는 관계다. J양의 연애는 늘 이런 식으로 진행되다 결국은 남자가 "네 말대로, 난 널 사랑하지 않는 게 맞는 것 같다."라며 떠나는 것으로 막을 내렸다. 상대만 바뀐 똑같은 레퍼토리의 연애다. 대체 무엇 때문에 J양은 매번 이런 마지막을 경험하는 것인지 함께 살펴보자.

✿ '사랑하지 않는다는 증거' 찾는 모습

거울 보는 셈 치고, J양을 따라 하는 내 모습을 한 번 보자.

ⓐ 버스를 탄 뒤 뒤를 봤을 때, 등을 돌려 걸어가고 있는 모습에 대해.

→ "나와 헤어지는 게 아쉽다면 그렇게 등 돌려 걸어가지 않았을 텐데…."

ⓑ 생일에 케이크를 미리 준비한 것이 아니라 만나서 산 것에 대해.

→ "성의 없이 그저 형식적으로 하는 거라면 주지 않아도 괜찮아."

ⓒ 친구들과 만나 늦게까지 논다고 했는데 걱정하지 않은 것에 대해.

→ "나라면 재미있게 놀라는 말보다, 걱정된다며 안부를 물었을 것 같아."

내가 저런 에피소드들을 꺼내며 친구들에게 잘잘못을 가려달라고 하면, 내 친구들은 모두 J양의 친구들처럼 대답할 것이다. "걔 진짜 좀 이상하다. 그냥 헤어져."라고 말이다. 그들은 내 친구지 J양 친구가 아니니까. 그러니 친구들의 증언은 '그가 날 사랑하지 않는다는 증거'가 될 수 없음을 인정하자.

사실 '사랑하지 않는다는 증거'를 찾기 시작하면 어떤 모습이든 다 그 혐의를 씌울 수 있다. 내 여자친구는 어젯밤 다큐를 본다고 한 뒤 아침까지 연락하지 않았는데, J양처럼 생각하면 그것도 '사랑이 식은 증거'로 보인다. 잠들기 직전에라도 카톡을 하나 보낼 수 있었을 거라 생각할 수 있으니 말이다.

남자친구가 편지를 써 왔는데 그 편지에 틀린 글씨를 찍찍 긋고 다시 쓴 흔적이 있다는 걸로 '성의 없음' 판정을 내릴 정도면, 지나치게 예민한 거 맞다. J양은 그 편지가 한 페이지를 넘지 않는다는 사실 때문에도 실망한 것 같은데, 하아, 그렇게 생각하기 시작하면 방법이 없다. 겉만 보지 말고 안을 보자. 그는 J양에게 하고

홀로여도 좋지만 네가 있어 더 행복하다

싶은 말이 있으니 편지를 쓴 거고, J양이 좋으니 사귀고 있는 거고, J양과 만나면 즐거우니 만나고 있는 거 맞다.

🌸 자신이 받을 것만 요구하는 모습

미안하지만 J양의 남자친구로 사는 건 일곱 살짜리 아이를 키우는 것보다 더 힘들다. J양이 밤길에 무슨 일을 당하진 않을까 계속 카톡 대화를 해야 하고, J양이 친구들과 술을 마실 땐 안부를 물어 걱정하고 있음을 표현해야 하고, 애정이 넘친다는 걸 보여주는 행동을 계속 해야 하니 말이다.

일곱 살짜리 아이도 혼자 놀이터 가서 친구들과 놀 줄 알고, 유치원에 갔다가 집까지 찾아올 줄 아는데, 이십 대 중반인 J양은 "세상에서 일어나는 모든 일들은 나에게도 일어날 수 있는 거야."라며 남자친구에게 자신의 베이비시터가 되어주길 요구하고 있다.

또 J양은 "제가 탄 택시가 안전한 택시인가는 남자친구에게 문제가 되지 않나 봅니다."라는 이야기를 하기도 하는데, 솔직히 "아니 그럼, 연애하기 전에는 대체 어떻게 택시를 타셨어요?"라고 묻고 싶다. 그냥 툭 터놓고 사랑이 느껴질 수 있도록 관심을 좀 더 쏟아 줬으면 좋겠다고 말하면 나았을 텐데, 안타깝게도 J양은 "여자니까 보호받아야 한다."라는 식의 주장을 펴며 관심을 요구한다. 여자이기 때문에 당연히 받아야 한다고 생각하는 배려나 호의, 친절과 감사의 목록이 너무 많은 것이다. 그 목록을 본 J양의 남자친구는 '이렇게 사귀느니 그냥 친구로 지내는 게 낫잖아. 가깝게 지내거나 썸을 탈 때에는 이런 요구사항 없이 만날 수 있었는데, 사귀고 나니 무슨 노예계약을 한 것처럼 시달리게 되었어'라는 생각을 하지 않았을까?

위의 두 가지 문제 외에 '아닌 척하기' 역시 문제가 된다. J양이 하는 말들은 앞뒤가 안 맞는 경우가 많다. 사연에서 가져온 예문을 보자.

〈전〉 편지라도 받았으면 좋겠다고 생각했습니다.

〈후〉 편지는 한 페이지 뿐이었고, 찍찍 긋고 다시 쓴 흔적이 있었습니다.

〈전〉 기념일을 챙기지 말자고 제가 말했습니다.

〈후〉 기념일에 남자친구는 편지만 내밀었을 뿐, 선물은 없었습니다.

〈전〉 "받은 걸로 할게. 마음만으로도 고마워."

〈후〉 "솔직히 네가 무슨 성의를 보이고 무슨 노력을 하는지 모르겠어."

J양은 상대의 앞에선 맞은 걸로 해주겠다며 동그라미를 쳐놓고, 뒤에선 전화나 카톡으로 "넌 왜 그따위 답을 썼는지 모르겠다. 그거 틀린 건데 내가 맞은 걸로 해준 거야."라고 말한다. 그러지 말자. 또 J양은 남자친구를 떠보기 위해 교묘히 오답을 유도하는 문제를 내기도 하는데, 그것도 하지 말자. 그런 일들이 계속되면 남자친구의 마음엔 점점 허탈함과 실망이 들어찰 것이고, 결국 "나는 너를 사랑하지 않는 게 맞는 것 같다."라며 떠날 것이다. 겁이 많고 예민하기 때문에 '나만 상처받지 않도록' 하는 연애는, 결국 상대를 질리게 만든다는 걸 잊지 말길 바란다.

07
헤어진 연인을 붙잡고 싶다면
알아야 할 것들

뜬금없지만 냇가에 가서 다슬기를 잡아 본 적이 있는가? 다슬기를 잡을 때는 흐르는 물을 거슬러 올라가며 잡아야 한다. 이유는 간단하다. 물이 흐르는 방향으로 내려가며 잡으려 하면, 자신이 방금 휘젓고 내려온 흙탕물 때문에 바닥에 있는 다슬기가 보이지 않기 때문이다.

헤어진 연인을 붙잡고 싶어 하는 그대는, 혹시 자신이 만든 흙탕물 때문에 바닥이 보이지 않는 곳에서 상대를 다시 붙잡으려 하는 건 아닐까? 상대를 잡고 싶은 마음은 이해하지만 지금 그 흙탕물을 휘저어 봐야 더 탁해지기만 할 뿐이다. 지금은 뭔가를 더 하기보다, 아무것도 하지 않은 채 시간이 그 혼탁함을 다시 맑게 해줄 때까지 기다리는 게 가장 현명한 방법일 수 있다.

흙탕물이 맑아졌다는 건 '만나서 커피 한잔 마시는 게 부담스럽지 않은 사이'

라고 생각하면 된다. 당장은 정말 그런 날이 오긴 하는 거냐고 묻는 대원들도 있겠지만, 단 한순간이라도 서로 사랑한 게 맞다면 그런 날은 반드시 온다. 여기선 그 날을 위해 그대가 준비해야 할 것들에 대해 알아보자.

🌸 이별의 덫에서 벗어나기

채플린이 말했다. 인생은 가까이서 보면 비극이지만 멀리서 보면 희극이라고. 때문에 그대가 봤을 때, 헤어진 그 사람은 좋은 사람들과 맛있는 음식 먹으며 즐거운 시간을 보내고 있는 것처럼 보일 수 있다. 과거엔 지인을 통해 소식을 전해 듣거나 '발신자표시제한'으로 전화를 걸어 목소리만 듣는 정도였지만, 요즘은 SNS가 있는 까닭에 언제든 상대의 공간에 접속해 실시간으로 안부를 확인할 수 있다. 그래서 언제든 손만 내밀면 잡을 수 있을 것 같다는 착각도 들고, 주의하지 않으면 충동으로 인해 마음이 쉽게 달려나갈 수 있다.

상대는 그렇다 치고, 그대는 어떤가? 혹시 덫에 걸려 발버둥치다 발목에 깊은 상처가 난 사슴과 같은 모양을 하고 있지 않은가? 패배감과 우울함은 감기와 같아서 삶에 대한 면역력이 떨어지면 언제든 찾아올 수 있다. 믿기 어려우면 주식이나 펀드를 시작해 보길 바란다. 그대가 투자한 종목이 시시각각 내리막을 걸을 때면, 초대하지도 않은 패배감과 우울함이 찾아오는 걸 경험할 수 있을 것이다.

그 감정에서 벗어나는 게 먼저다. 마음을 온통 이별에 빼앗기지 않도록 다른 것에도 마음을 쏟아보자. 법에 저촉되거나 남에게 피해를 주는 일이 아니라면 무엇이든 좋다. 내 경우, 지인이 갓 헤어져 삶에서 침몰하고 있을 땐 그에게 미드를 권하기도 한다. 어떻게든 마음을 다른 곳에 쏟도록 만드는 것이, 이별에 함몰되어

'훗날 후회할 것이 분명한 실수'를 저지르도록 놔두는 것보다 낫기 때문이다.

만약 그대가 이별 후 그저 하루하루를 버티는 사람처럼 살고 있다면 무슨 수를 써서라도 그 모습에서 벗어나길 바란다. 그렇게 하루하루를 버티고 있을 뿐인 사람은 상대에게 안기려고만 할 뿐 상대를 안아줄 수 없는 사람이다. 그 모습으로는 재회를 해도 상대에게 기대다가 다시 헤어질 수 있으니 두 다리에 힘주고 우선 자신의 힘으로 서는 연습을 해보자.

🌸 예측이 불가능한 상황 만들기

믿기지 않을 정도로 바뀐 옛 친구를 만나본 적이 있는가? 소극적이고 말이 별로 없던 친구가 미술관 큐레이터를 하고 있다든지 하는 경우 말이다. 그 친구라면 당연히 이러이러할 줄 알았는데 만나보니 예상과 다른 모습일 때, 우리는 자연히 그 친구에 대한 '이미지 재정립'을 하게 된다.

지금 그대에게 필요한 것도 바로 저 '이미지 재정립'이다. 훗날 그대가 상대와 다시 만나게 되었는데 전과 비교해 아무것도 바뀐 게 없다면, 둘은 '똑같은 문제'로 전과 같은 갈등만 반복하게 될 수 있다. 그렇게 되면 그간 그대가 쌓아 온 기다림의 공든 탑은 힘없이 무너져 버릴 것이다.

전작이 별로였던 감독이 만든 같은 장르, 같은 스토리의 영화는 그대도 볼 생각이 없지 않은가. 장르를 바꾸든 스토리를 바꾸든 해야 한다. 과거만 손에 쥔 채 추억을 앞세워 다가가선 곤란하다. 다시 만났을 때 그대는 상대가 예측할 수 없는 사람이 되어야 한다. 아무것도 바뀐 것 없이 같은 상황을 만들게 되면 같은 결말을 맞이할 수밖에 없다는 걸 잊지 말길 바란다.

271

🌺 진심 그대로를 말하는 연습하기

　말을 잘하는 게 타자를 빨리 치는 거라면, 진심 그대로를 말하는 건 글을 쓰는 일에 가깝다. 말투가 어눌하거나 말을 더듬어도 괜찮다. 진심 그대로를 말할 수 있다면 그것만으로도 그대와의 대화는 큰 의미를 가질 것이다.

　뭉뚱그려 말하던 것을 보다 세밀하게 말해보자. 그러기 위해선 평소 자신의 감정들이 어디서 와서 어디로 사라지는지를 관찰해야 한다. 만약 짜증이 났다면, 무엇 때문에 짜증이 났고 그래서 지금은 어떤 기분인지를 살피는 것이다. 그러면 이전엔 단순히 "짜증나."라고 말하던 것을 "이러이러한 일 때문에 내 기분이 이래."라고 표현할 수 있게 된다.

　진심 그대로를 말하는 것이 주는 효과는 엄청나다. 앞서 소개한 적 있는 '나 대화법'의 장점을 모두 가지는 것은 물론이고, 더불어 그대와 대화하는 상대는 맑은 물에 자신의 얼굴을 비춰 보는 듯한 느낌까지 들 수 있다. 사람의 마음이라는 게 서로 닮은 부분이 많기에 상대는 그대의 진심에서 자신의 진심과 닮은 곳을 발견하게 되는 것이다. 진심 그대로를 말하는 사람은 누군가에게 기만을 당할 위험도 현저하게 줄어드니 꼭 익혀두길 권한다.

　막연히 기대하며 마냥 기다리고 있지 말고, 스스로 할 수 있는 일부터 시작하자. 삶이 영원할 것 같지만 이 글을 쓰고 있는 나나 읽고 있는 그대가 다음 핼리 혜성이 오는 2061년에도 지구에 있을지는 장담할 수 없는 것 아닌가. 그대가 덫에 걸린 사람처럼 그 자리에 엎드려 있는 동안에도 세월은, 또 청춘은 흘러간다. 던져두었던 정신줄 다시 꽉 움켜쥐고 오늘부터 시작하자. 내일은 너무 늦다.